王可樂日語
高級直達車

輕鬆打通任督二脈，直登日檢N1高峰

作者 / 王可樂日語

「なるほど！」と感じる喜び！

はじめに｜前言｜

　　我一直在思考，如果能將教科書比喻成一個人，那什麼樣的人值得我們深交，並願意將自己學習語言的熱情與動力完全奉獻給他呢？

　　一般而言，教科書總是給人很嚴謹，內容一板一眼的感覺，也許這樣的形象符合教科書該有的身分，但這會讓人難以親近，在某些情況下，這種嚴肅謹慎的態度是帶有壓迫感的，學語言本來就不容易，如果連學習的礎石都這麼生硬，是很容易讓學習者放棄學習的，因此好的教科書除了內容完整度要夠，對於內文的陳述、版面的排列、文字的說明等，都必須讓學習者感到舒服，內容例句也不要太死板，應該要更有趣也更生活化一些，只要有這樣的教科書，相信學習者可以學得更開心，也能更靈活地活用語言。

　　然而，儘管市面上有大量的教科書，作者、出版時間都不相同，但這幾十年來，這些書籍的內容呈現方式卻完全一樣，學習者也就很難發現不同品牌教科書的獨立特點，由於彼此的內容都過於生硬，因此就像吃了沒有淋上任何湯汁的白米飯一樣，特別無味，難以吞嚥。

　　為了解決這個問題，我們決定開發自己的教科書，我們追求 2 個要點：

　　①單字要最新、文法項目要最全

　　②內文例句要生活化，而且是能應用於日常生活中的

　　教科書內容絕不能太死板，要適當加入一些輕鬆的元素，才能引發學習者持續翻閱學習的動力，也因此這 6 年來，針對內容，我們開過無數場的檢討會議，修改了數百次的教科書，終於把「初級（相應日檢 N4、N5）」、「中級（N3）」、「中高級（N2）」、「高級（N1）」完整的教材全部編制完成，我們教科書的特點如下：

初級（N4、N5）

　　由單字、文法句型、會話、練習所組成的基礎課程。

　　內容採用最新的單字列表，並補充市面上教科書沒提及的文法，力求單字的實用性與文法量，另外導入大量的動詞變化解說與練習，學習者能由初級教科書打好基礎日語能力。

中級（N3）

採用短篇文章進行教學，從文章中帶入大量助詞跟 N3 文法解說，並針對部分 N4、N5 文法做了複習。

以訪問日本人的故鄉為故事開端，之後引發一連串的故事，例如：人際關係、生活與戀愛、結婚生子等，每個主題都非常有趣實用，學習者能藉由中級教科書，學會文章的讀解方式，及各個助詞在文章中的應用。

中高級（N2）

採用中長篇文章進行教學，從文章中帶入大量助詞跟 N2、N3 文法教學，並針對較難懂長句做了短句拆解的教學。

以日本文化為主軸，針對 15 個主題做出解說，例如：學習者能藉由中高級教科書，學會長文章的讀解、助詞的應用及長句子的拆解，培養能閱讀較簡單日文小說，或短篇文章的讀解能力。

高級（N1）

採用長篇文章進行教學，從文章中帶入 N1、N2 文法教學，並針對較難懂長句做了短句拆解的教學。

以日本人的生活與文化為主軸，針對 20 個主題做出解說，例如：「日本人と掃除」、「出産のあれこれ」，學習者能藉由高級教科書，學會長文章的讀解、助詞的應用及長句子的拆解，累積雜誌文章、報紙讀解的能力及高階文法的應用。

王可樂日語創辦人

王頂倨

2021.03

せつめい

高級課程共一本教材，教材內容如下：

1. 目次（もくじ / 目次）

除了可以查詢每一課所在的頁數外，也可以讓同學一眼就得知這一冊主要會學習到哪些文法。另外，在目次最後一頁（P.12）附上本書單字、文章、聽解練習所有音檔的 QR Code，方便練習聽力。

2. 單字（たんご / 単語）

本書將高級該學習的單字列表在每課的開頭，除了假名、漢字外，還有附上中譯、詞性，若想聽到純正日本人的發音也可翻至目次最後一頁（P.12）QR Code 下載練習。不同於初級教材有音調標示，中級開始期許同學可以成長獨立，培養看到生字能自己查字典的習慣。

3. 文章（ほんぶん / 本文）

本書共 20 篇文章，每篇皆有一個主題。內容環繞於日本文化及日本的日常生活，從 N3 開始，希望同學能藉由文章學習文法，將之前所學的加以延伸應用。N1 句子跟文章的長度及難度都增強不少，希望藉此培養同學的長篇文章閱讀和句子拆解能力。

4. 文法（ぶんけい / 文型）

逐一列出文章中提及的所有文法，搭配豐富的例句，並附上中文翻譯，幫助同學更快熟悉該文法的應用及意思。

5. 單元練習（まとめもんだい / まとめ問題）

每課課後皆有 10 題練習題及 2 到 4 題的聽力練習，讓同學在結束一課後做一個小小的測驗，檢視自己是否已經有效地吸收了該課的內容，如果測驗結果有答錯，還可以搭配前面的文法迅速複習。最後，附上高級程度的聽力練習（附音檔 QR Code，見 P.12），增強同學的聽解能力。

6. 複習（ふくしゅう / 復習）

每 3 篇文章後會有一個複習篇，複習篇題型各式各樣，主要訓練同學高級單字的運用、文章的理解、文法的熟悉度，並在最後附上聽力練習（附音檔 QR Code，見 P.12），提高耳朵對日文的靈敏度。

7. 單字索引（たんごさくいん / 単語索引）

將本書所有單字以五十音順序做排列，並對照課數，方便同學迅速查詢單字所屬課數。

8. 文法索引（ぶんけいさくいん / 文型索引）

將本書所提到的文法，用辭書型的方式以五十音順序做排列，並對照課數，方便同學在課後看到熟悉的文法，可以快速查閱在哪一課有學到。

9. 解答（こたえ / 答え）

課本最後會有解答區，包含單元總練習和複習的解答。

10. 文章中譯（ちゅうごくごやく / 中国語訳）

放上每課文章的中文意思供同學參考，翻譯會因為語順的關係而有一些文字增減，希望同學可以藉由中文的輔助更懂得文章的意思。

キャラクターしょうかい

コウさん

黄鈴麗 / コウリンリー

台湾人で、中谷さんや岩崎さんとは同じ大学だった。

日本の企業で働いている。

同僚の王さんは、とてもよくできる。

料理が得意。

中谷さん

中谷香枝 / なかたにかえ

和歌山県白浜市出身。

料理が苦手だけれど克服しつつある。誰にでもフレンドリー。

けれど恋愛には臆病。

岩崎さん

岩崎さん / いわさきさん

中谷さん、コウさんの親友。仲間の中では一番先に結婚した。

映画好き。

ご主人はコーヒー好きで、甘いものは苦手。

山口さん / やまぐちさん

梅花大学の女子大学生。読書好き。穏やかな性格。
台湾へ留学に行く予定。

山口さん

佐竹先生 / さたけせんせい

梅花大学の教授。町中夏樹のファン。

佐竹先生

目次

もくじ

目次
もくじ

線上課程 - 聽力內容

從清水的舞台跳下去？

　　日文有句話是「清水の舞台から飛び降りる」，它用奮不顧身地往下跳來比喻「下定某決心、豁出去做某事」。以前日本有個為了祈求身體健康或實現願望就從高處往下跳的習俗，由於清水寺的觀音堂舞台就蓋在山崖邊，是個非常適合往下跳的祈願地點，因此「從清水寺的舞台往下跳」就被日本人用來說明下定決心了。不過雖然下決心很重要，但也千萬不要做傻事喔！

一緒に頑張りましょう！

01 だいいっか

- ～といったらない
- ～に至るまで
- A に応じて B
- ～をよそに
- ～とあれば
- A くらいなら B
- ～ともなれば
- ～ようにも～ない
- A ないまでも B
- ～であれ

01 贈り物文化
第一課

〈 たんご 単語 〉

單字	漢字	中譯	詞性
1 つつみ	包み	包裝	名詞
2 おちゅうげん	お中元	中元禮品	名詞
3 おせいぼ	お歳暮	歲暮禮品	名詞
4 みとどける	見届ける	看到最後	動詞 II
5 あんもく	暗黙	不成文	名詞
6 ひっす	必須	必要	名詞
7 ひきつる	引きつる	僵硬	動詞 I
8 タブー		禁忌	名詞
9 ごしゅうぎ	ご祝儀	紅包	名詞
10 えん	縁	緣分	名詞
11 ふしめ	節目	大事、轉折點	名詞
12 はなやか	華やか	豪華	な形容詞
13 タイミング		時機	名詞
14 おさえる		掌握	動詞 II
15 きしつ	気質	天性	名詞
16 こなす		熟練	動詞 I
17 ねづく	根付く	根深蒂固	動詞 I
18 なかなか		怎麼也	副詞
19 なんてん	難点	難點	名詞
20 おもい	想い	想法	名詞

贈り物をもらうのは、嬉しいものだ。包みを開ける時の高揚感といったらない。

日本には、贈り物をするイベントが多い。お正月のお年玉やお年賀、夏の贈り物であるお中元や、冬のそれにあたるお歳暮などの定期的なものに加え、クリスマスやバレンタインデー、誕生日に結婚記念日にと、年中行事の度に機会があるわけだから常に何を贈るか考えている人もいるだろう。その上に、身近に子どもが生まれると、出産祝いに始まって、七五三や入学祝い、卒業祝い、成人式や結婚、新築祝いに至るまで見届けなければならない。

頻度が多いだけでなく、日本は贈り物をする際のマナーも厳しく、暗黙のルールもあるので大変だ。基本的に気を付けるべき点は5つある。

1つ目は、予算だ。贈る相手と自分との関係や親密度に応じてそれは変わる。あまり高価な物にしすぎるのも良くない。日本では贈り物にはお返しが必須だからだ。例えば結婚祝いなら、地域により異なるようだが、いただいた物の半額ぐらいの品を贈る。これを、内祝いという。反対に、こちらの財布事情をよそに、周囲からいっきに結婚の報告があり、笑顔を引きつらせずにはいられない状態になったとしても、できるだけケチることは避けよう。

2つ目は、贈る品を何にするかだが、時と場合によってタブーがあるので選ぶ前に調べておくほうがいい。結婚式への出席が決まっている場合は、ご祝儀といって現金でもかまわないが、欠席する場合は何か贈ったほうが望ましい。新生活の応援とあれば、無駄にならなそうな生活用品を贈りたいと思うかもしれないが、その場合、「縁切り」を連想させるはさみやナイフなどは選ばないようにしよう。

　そして、3つ目は包み方だ。日本人は贈り物の包装にまで気を配る。結婚、出産などの人生の節目や、お中元やお歳暮などの季節の挨拶の際には、のし紙という贈答品の目的と贈り主の名前を書いた紙を品物の上にかける。これにも細かなルールがあるのだが、悩むくらいならデパートなどで購入する時に店員に聞いてみるといい。適した方法できれいに包んでくれるだろう。また、結婚式などで現金を贈るなら、華やかな祝儀袋を用意し、それに入れて渡す。

　4つ目は、どのタイミングで渡すかだ。基本的には早ければ早いほどいいが、六曜の「大安」の日に合わせて贈る人も少なくない。

　最後の5つ目は、手渡しする時のマナーだ。これにもたくさんのルールがあるが、とりあえず、贈り物は風呂敷や紙袋から出して渡すということだけはおさえておこう。

　先日、来日して数年経つ外国人の友人が「日本人はプレゼントが好きなんだね」と話していたが、これは日本人の気質というより文化だ。「いい大人ともなれば誰もがこなすべき習慣」として根付いているため、やめようにもなかなかやめられないのが難点である。

　しかし、プレゼントする以上は喜んでもらいたいものだ。相手の好みに完璧に合わせることはできないまでも、せめて気持ちだけは伝えたい。いろいろと方法はあるが、私はどんな物にも手書きのカードを添える。ただ「おめでとう」とだけではなく、日頃の感謝も忘れずに書く。相手が誰であれ、一つ一つを習慣ではなく私個人の意思として贈りたい。日本の贈り物の文化も、最初はきっと私のような想いの誰かから始まったにちがいない。

文　型

1. ～ものだ（理所當然）
- ・いろんな人と出会って、自分の知らないことを教えてもらうのは楽しいものだ。
  （遇到各式各樣的人，學習到自己所不知道的事情是很快樂的。）
- ・この前生まれたと思った子どもが、もう小学校に入学する。時が経つのは本当に速いものだ。
  （才想說前陣子剛出生的小孩子，已經準備要念小學了。時間過得真快啊。）

2. ～といったらない（難以言喻、非常～）
- ・スマホの画面が割れた時の絶望感といったらない。
  （手機畫面破掉時，是極度絕望的。）
- ・エレベーターで上司と二人きりになった気まずさといったらない。
  （電梯裡只有我跟上司兩個人時，非常尷尬。）

3. ～に至るまで（範圍廣）（到～）
- ・この鞄は縫製から小さな金具に至るまで全て手作業で作っている。
  （這個包包從縫製到小小的金屬零件，全都是以手工製作的。）
- ・このホテルはベッドやソファーから化粧室の備品に至るまで全てが一流品だ。
  （這家飯店從床鋪跟沙發到洗手間的消耗品，全都是一級品。）

4. A に応じて B（根據 A 就會有 B 變化）
- ・このお寿司屋さんは予算に応じて、旬の魚を握ってくれる。
  （這家壽司店依照預算，運用當季魚類製作壽司。）
- ・このジムでは年齢に応じて、いろんなトレーニングメニューが準備されている。
  （這個健身房依照年齡，準備各種健身課程。）

5. ～をよそに（不顧～ / 無視～）
- ・彼は周囲の心配をよそに 1 人で登山に挑戦した。
  （他不顧周圍的擔心，一個人去挑戰登山。）
- ・親の反対をよそに学校を中退した。
  （不顧父母的反對退學了。）

6. ～ずにはいられない（忍不住～ / 不禁～）
- ・「数量限定」「本日限り」と言う広告を見ると買わずにはいられなくなる。
  （一旦看到「數量限定」「本日限定」的廣告，就變得忍不住想買。）
- ・医者からは安静にするように言われているが、試合のことを考えると体を動かさずにはいられない。
  （雖然被醫生要求要休養，但是，想到比賽的事就忍不住想活動身體。）

7. ～とあれば（如果 / 只要是（為了）～的話）
- ・友人の頼みとあれば、何があっても手伝う。
  （只要是朋友的委託，不管有什麼事情都會幫忙。）
- ・アイドルのコンサートが行われるとあれば、会社を休んででも駆けつける。
  （只要是偶像要舉辦演唱會，就算向公司請假也要跑去。）

8. A くらいなら B（與其 A 倒不如 B）
・しなかったことを後悔するくらいなら、失敗して後悔したほうがいい。
（與其後悔沒做，不如失敗了再來後悔。）
・他人から好かれるために自分を演じるくらいなら、他人から嫌われてもありのままの自分でいたほうがましだ。
（與其為了討好別人而演戲，不如就算被別人討厭，也要做真正的自己。）

9. ～ともなれば（當上～ / 成為～）
・社会人ともなれば自分の発言には責任を持たなければならない。
（變成社會人士之後，就必須對自己的發言抱持責任。）
・真の成功者ともなれば、人に自慢話をすることはない。
（真正的成功者，不會跟別人炫耀。）

10. ～ようにも～ない（想～也無法～）
・お金がないので、タクシーに乗ろうにも乗れない。
（因為沒有錢，想坐計程車也沒辦法坐。）
・彼は有名人なので、犯罪を犯して隠れようにも隠れられない。
（因為他是有名人，想要犯罪後藏身也藏不了。）

11. A 以上（は）B（既然 A 就 B）
・契約した以上はそれを守る義務がある。
（既然已經訂定契約，就有遵守的義務。）
・大会に出場する以上、もちろん優勝を狙っている。
（既然要參加大會，當然想以獲得冠軍為目標。）

12. A ないまでも B（即使沒 A 也（至少）B）
・モデルのように細くなって欲しいとは言わないまでも、もう少し痩せたほうがいい。
（雖然沒有要求你跟模特兒一樣瘦，但稍微再瘦一點比較好。）
・彼は仕事がうまくいかなくて、口には出さないまでも、気持ちは相当焦っていたと思う。
（他工作不順利，就算沒有說出口，但心裡應該相當焦慮吧。）

13. ～であれ（即使～也… / 不管～也…）
・たとえ冗談であれ、やってはいけないことがある。
（即使是開玩笑，也有不可以做的事。）
・彼はどんなに悪い状況であれ、最後まで諦めない。
（不管再怎麼不好的狀況，他也會堅持到最後。）

まとめ問題

1. 休みがないので、旅行へ行（　　　　　）行けない。
　　① っても　　② ければ　　③ こうにも

2. 日本語の能力に（　　　　　）授業の内容を変える。
　　① 応えて　　② 応じて　　③ よれば

3. たとえ観光客（　　　　　）、その国の法律に従わなければならない。
　　① なら　　② であれ　　③ であれば

4. 周囲の心配（　　　　　）海外で働くことを選んだ。
　　① なので　　② をよそに　　③ とともに

5. 家族や友人と会えない寂しさと（　　　　　）。
　　① いってもいい　　② いえない　　③ いったらない

6. お世話になった先輩のため（　　　　　）、喜んでお手伝いします。
　　① なのに　　② とあっても　　③ とあれば

7. 食べたいものを食べられない（　　　　　）、少し太っても構わない。
　　① くらいなら　　② だけなら　　③ ように

8. バイリンガルとは言わない（　　　　　）、彼の日本語能力は相当高い。
　　① くらい　　② までも　　③ から

9. この本は基礎から応用（　　　　　）全て解説している。
　　① を経る　　② にまつわる　　③ に至るまで

10. プロ（　　　　　）、周りからの評価は一層厳しくなる。
　　① ともなれば　　② ともあれ　　③ とはいえ

まず文を聞いてください。それから、それに対する返事を聞いて、1から3の中から、最もよいものを一つ選んでください。

    1)（　　　　　）
    2)（　　　　　）
    3)（　　　　　）
    4)（　　　　　）

    ＊聴解問題音檔 QR Code 請參閱 P.12

「〇〇コマチ」是什麼東西？

　有時我們會在水果外盒上面看到「コマチ（小町）」三個日文字，這是什麼意思呢？其實在日文中「小町」是「當地美女」的意思，通常以「地名＋小町」的方式呈現，例如「秋田小町」之類的，也因此如果上面寫的是「斗六小町」，那就是「斗六正妹」的意思。

　另外，「〇〇小町」也可以引申為「〇〇當地名產」，也因此這裡的「コマチ」指的是「某處的水果名產／農作物」的意思。

一緒に頑張りましょう！

02 だいにか

02 日本人とおにぎり
第二課

〈 たんご 単語 〉

單字	漢字	中譯	詞性
1 つぶれる		壓爛	動詞 II
2 とどまる		只佔	動詞 I
3 ひんぱんに	頻繁に	經常	副詞
4 パーセンテージ		百分比	名詞
5 みるまに	見る間に	沒多久就	
6 ようぼう	要望	要求	名詞
7 きげん	起源	起源	名詞
8 さかのぼる	遡る	追溯	動詞 I
9 せいていする	制定する	制定	動詞 III
10 もってこい		適合	な形容詞
11 ラップ		保鮮膜	名詞
12 アルミホイル		鋁箔紙	名詞
13 さよう	作用	效果、作用	名詞
14 がんねん	元年	元年、出發點的那一年	名詞
15 〜がたい		難以〜	接尾語
16 すまい	住まい	住家	名詞
17 たきだし	炊き出し	賑濟災民煮的飯	名詞
18 バタバタする		忙得不可開交	動詞 III
19 せきのやま	関の山	頂多	名詞
20 げきれいする	激励する	鼓勵	動詞 III

〈 日本人とおにぎり 〉

　私の朝は、手を塩まみれにして、お弁当のおにぎりを作るところから始まる。できるだけ時間短縮できるように、子ども用のは100円ショップで買ったキットを使い、つぶれないようにするために専用のおにぎりケースに入れる。夫のは普通サイズより少し大きめに作り、個数を減らしている。運動会などの特別な日は俵型にするけれど、普段は三角形だ。関西在住ということもあり、我が家では焼きのりではなく味付け海苔を巻く。

　食品用ラップフィルム会社「クレハ」のアンケート調査によると、8割以上の人がおにぎりが「好き」と答え、「嫌い」な人は0.8％にとどまっているそうだ。また、週に1回以上おにぎりを作る人は全体の43.8％を占めるという。白米好きな日本人のことだから頻繁に食べられているとは思っていたが、こんなにも高いパーセンテージになるとは。

　給料日前の財布の事情いかんによっては、休日の昼食もおにぎりにすることもある。作るそばから見る間になくなるので、うちの家族も相当おにぎりが好きらしい。具は、たいてい梅干しだが、時には夫の要望にこたえて鮭の切り身を焼くところから始める。全国的にも、好きなおにぎりの具ランキングの1位は鮭だそうで、若い人にはツナマヨが人気のようだ。

　おにぎりの起源は、弥生時代後期に遡る。石川県の杉谷チャノバタケ遺跡から最古のおにぎりと思われる米粒の塊が炭化したものが出土した。発見された6月18日は、「おにぎりの日」として制定されている。何かにつけて記念日を決めるのが、日本人は本当に好きだ。

〈 日本人とおにぎり 〉

　現在のように海苔が巻かれるようになったのは、江戸時代の中期だそうだ。ちょうどこの頃は庶民にも伊勢参りが大流行した時期であった。持ち運びしやすいおにぎりは、旅行にもってこいだっただろう。現代はラップフィルムやアルミホイルでの包装が主流だが、かつては竹の皮で、おとぎ話の「おむすびころりん」でも紹介されている。殺菌作用や適度な通気性があったりと、いいことずくめだったようだ。

　1995年は、ボランティア元年とも言われ、日本人には忘れがたい年だ。1月17日、阪神・淡路大震災が起き、多くの人が命や住まいをなくした。これまでボランティアは一部の特別な人が行うものというイメージが強かったが、この年から普段活動しない人達も参加するようになった。おにぎりは、全国各地から集まったボランティアの方々の炊き出しで配布されたという。当時子どもだった私は、その様子をテレビで見て泣きそうになった。両親を失ったという同じくらいの子が、涙ながらに「おいしい」と言って食べていたのだ。

　1月17日は、おにぎりの別の呼び方である「おむすびの日」とされている。たくさんのボランティアによって手渡されたおにぎりが、人と人との気持ちを結んだことによるようだ。握り固めたものだと言えばそれまでだが、日本人にとっておにぎりは国民食であり、日本人の精神を支えてきたものにほかならない。おにぎりには、あふれんばかりの心がこもっているのだから。

　朝はバタバタして「いってらっしゃい」を言うのが関の山だけれど、私にとってもおにぎり作りは家族への愛情表現だ。背中をポンとたたいて激励するのと同じ力でにぎっているのだから。さぁ、今日も張り切っておにぎりを作ろうではないか。

文　型

1. ～まみれ（沾滿～）
   - 大掃除をして、汗まみれになった。
     （做了大掃除，全身都是汗。）
   - 倉庫から埃まみれの卒業アルバムが見つかった。
     （從倉庫裡面找到了佈滿灰塵的畢業紀念冊。）

2. A のことだから B（因為 A 所以 B 吧）
   - 優しい彼のことだから、きっと頼み事を聞いてくれるはず。
     （因為他很溫柔，所以應該會答應請求。）
   - 時間に厳しい部長のことだから、1 分でも遅刻すれば怒鳴り散らされるだろう。
     （因為部長對時間很嚴格，即使遲到 1 分鐘，他也會大發雷霆吧。）

3. ～とは（真是沒想到～ （意外、吃驚））
   - まさかこんなに簡単に夢が叶うとは。
     （沒想到夢想這麼容易就實現。）
   - 開店して 3 分で売り切れてしまうとは。
     （沒想到開店只用了 3 分鐘就全部賣光光了。）

4. A いかんによっては（依據 / 根據 A 而變化）
   - 今回のテストの結果いかんによっては留年することになる。
     （根據這次測驗結果，也有可能會留級。）
   - 同じ商品でも広告いかんによっては売上が激変する。
     （即使是相同的產品，依據廣告不同，銷售額也會有巨大的變化。）

5. ～そばから（一～就…）
   - 記憶力が低下したので、聞いたそばから忘れてしまう。
     （記憶力變差，聽過馬上就會忘記。）
   - 猫を 10 匹も飼っているので、部屋を掃除したそばから汚されていく。
     （因為養 10 隻貓，房間才剛打掃好，馬上就被弄髒。）

6. ～に応えて（滿足～ / 順應～）
   - ファンのリクエストに応えて 20 年前のデビュー曲を歌う。
     （順應粉絲的要求，唱 20 年前的出道曲。）
   - 被災地の要請に応えて、周辺自治体の消防隊員が救援活動に参加する。
     （因應受災區的要求，周邊地方政府的消防隊員參加救援活動。）

7. A につけて B（每當 A 就 B）
   - この曲を聞くにつけて、高校生の頃を思い出す。
     （每當聽這首歌，就會想起高中時代。）
   - 政治家の汚職事件のニュースを見るにつけて、政治不信が増していく。
     （每當看到政治家的貪汙新聞，對政治的不信任感越來越增加。）

8. ～ずくめ (從頭到尾都～ / 徹底～ / ～接二連三發生)
 ・今回のオリンピックは記録ずくめの大会だった。
 　(這次的奧運盡是破紀錄的成果。)
 ・監視カメラには黒ずくめの男が現場から立ち去る姿が映っていた。
 　(監視器裡面拍到一身黑的男生從現場離去的身影。)

9. ～がたい (難以～、無法～)
 ・信じがたい光景を見た。
 　(看到了一個難以置信的情景。)
 ・耐えがたい屈辱を受けた。
 　(受到了難以忍耐的汙辱。)

10. ～ながらに (保持～狀態下)
 ・この地方では昔ながらに牛を使って農作業をしている。
 　(這個地方保留以前的樣子，使用牛進行農耕作業。)
 ・彼は教えられたのではなく、生まれながらに才能を持っていた。
 　(他並不是受到誰的指導，而是擁有著與生俱來的才能。)

11. ～ばそれまでだ (要是～就完了 / 沒用了 (放棄、枉然))
 ・どんなに練習しても、本番で結果が出なければそれまでだ。
 　(不管你再怎麼練習，在真正比賽時沒有展現出成果的話，就沒有用了。)
 ・いいアイデアを思いついても、それを実行する行動力がなければそれまでだ。
 　(就算你想到好的主意，但如果你沒有行動力去實施，那也是沒有用的。)

12. ～にほかならない (絕對是～ / 無非是～ / 正是～)
 ・あの事故で負傷者が出なかったのは奇跡にほかならない。
 　(在那個事故中沒有出現傷患完全是奇蹟。)
 ・子どもを厳しく躾けるのは愛情があるからにほかならない。
 　(嚴格地教育小孩子，正是因為對他有愛的緣故。)

13. ～んばかりの (幾乎～ / 簡直就要～)
 ・鼓膜が破れんばかりの雷がした。
 　(聽到了震耳欲聾般的雷聲。)
 ・心臓が口から飛び出んばかりに驚いた。
 　(嚇得心臟幾乎都要從嘴巴裡面飛出來了。)

14. ～ようではないか (讓我們～吧！)
 ・感情的になるのではなく、冷静に考えようではないか。
 　(我們不該被感情支配，冷靜地思考吧！)
 ・周囲に変化を求めるのではなく、自分の行動を少しずつ変えていこうではないか。
 　(不要要求周圍變化，我們一點一滴地改變自己的行動吧。)

まとめ問題

1. 何かにつけてクレームを（　　　　）くる客がいる。
   ① つかって　　② つけて　　③ ついて

2. 事業に失敗して、彼は今、借金（　　　　）だ。
   ① まみれ　　② ばかり　　③ ずくめ

3. できるのにやらないのは怠慢（　　　　）。
   ① のほかでもない　　② にほかならない　　③ ならほかにない

4. ある問題を解決した（　　　　）、新しい問題が発生してきりがない。
   ① そばから　　② すぐさま　　③ なり

5. 彼は生まれ（　　　　）、スポーツ選手に必要な資質を備えていた。
   ① ならでは　　② ながらに　　③ ならずも

6. 父はグラスからあふれ（　　　　）ビールを注いだ。
   ① てばかりの　　② んばかりに　　③ たばかりで

7. 良かれと思ってしたことが、こんな結果になる（　　　　）。
   ① とは　　② とも　　③ まい

8. いくら高性能なパソコンを持っていても、使いこな（　　　　）それまでだ。
   ① せなければ　　② せてこそ　　③ さなくて

9. 社員の言動いかん（　　　　）、会社全体のイメージに影響する。
   ① によるなら　　② によっては　　③ だから

10. 彼女ができたり就職が決まったり、最近はいいこと（　　　　）だ。
   ① しか　　② ずくめ　　③ まみれ

聴解問題

まず文を聞いてください。それから、それに対する返事を聞いて、1から3の中から、最もよいものを一つ選んでください。

1) (　　　　　)

2) (　　　　　)

3) (　　　　　)

4) (　　　　　)

＊聴解問題音檔 QR Code 請參閲 P.12

コーラの豆知識

「一味」和「七味」有什麼不同呢？

　　日文裡有「一味唐辛子」和「七味唐辛子」這兩種香料。

　　所謂的「一味唐辛子」指的是純辣椒粉，而「七味唐辛子」指的是在「一味」也就是在「純辣椒粉」上另外加上其它六味，例如「胡麻」、「陳皮」、「罌栗の実」、「山椒」等。

　　據說「七味唐辛子」在江戶時代深受民眾喜愛，作為蕎麥麵的調味料大受歡迎。另外，關東、關西和長野地區根據當地口味不同，「七味」的內容也不太一樣。

一緒に頑張りましょう！

第三課

03 だいさんか

- A はもとより B
- A ばこそ B
- 〜を契機に
- 〜までもなく
- 〜にこしたことはない
- 〜に即した
- 〜きらいがある
- 〜ならでは
- 〜べく
- 〜であろうと

〈 たんご 単語 〉

單字	漢字	中譯	詞性
1 りょうこう	良好	良好	な形容詞
2 ふかけつ	不可欠	不可或缺	な形容詞
3 やすらぐ	安らぐ	放鬆身心	動詞 I
4 けいき	契機	契機	名詞
5 まどり	間取り	格局	名詞
6 おそう	襲う	侵襲	動詞 I
7 おうおうにして	往々にして	往往	副詞
8 ちくねんすう	築年数	屋齡	名詞
9 てきようする	適用する	採用	動詞 III
10 そくする	即する	依照	動詞 III
11 しんとうする	浸透する	普遍	動詞 III
12 かって	勝手	方便	名詞
13 コントロールする		調節、控制	動詞 III
14 ほしょうきん	保証金	保證金	名詞
15 べんしょうする	弁償する	賠償	動詞 III
16 ちょうしゅうする	徴収する	徵收	動詞 III
17 たいきょ	退去	退租	名詞
18 そうば	相場	行情	名詞
19 よって		因此	接續詞
20 ここちよい	心地良い	舒服	い形容詞

　より良い暮らしを送るためには、仕事や良好な人間関係はもとより、住まいは必要不可欠な条件だろう。それは外国に滞在中でも同じことだ。いや、外国であればこそ、母国以上に心安らげる空間は重要になってくるかもしれない。

　日本に来たばかりの留学生は、初めは日本語学校の寮に住む人も多い。しかし、夏休みなどに一緒に住むルームメイトを見つけて部屋を探す人もいれば、大学や専門学校への進学を契機に引っ越す人もいる。

　多くの人が新しい部屋を探す上で注目するのは、間取りなどの内装、駅やスーパーなどに近いかの利便性、そして家賃の3点だろう。しかし、築年数も忘れてはならないポイントの一つである。

　言うまでもなく、日本は地震大国だ。近年でも東日本大震災をはじめ、熊本地震など、大きな地震が日本を襲った。往々にして、築年数が高い建物は家賃が安い。けれど、耐震性を考えると新しい物件にこしたことはない。

　2018年1月、政府の地震調査委員会は、関東から九州地方までの広い範囲で被害が想定される南海トラフ巨大地震について、30年以内の発生確率を「70％程度」から「70〜80％」に引き上げた。1995年の阪神・淡路大震災は、当時の確率では0.4〜8％だったにもかかわらず想定外に起きたわけだから、実際にどうなるかはわからない。とは言っても、できる対策はしておいたほうがいい。

　それでは、新築でないと地震の時に危ないかというと、そうではない。1981 年、建築基準法が改正され、新耐震基準が適用されるようになった。つまり、この法律に即した建物であれば揺れに強いということだ。2011 年の東日本大震災でも、この新耐震基準の建物が全壊することはほぼなかったという。

　というわけで、おすすめは新耐震基準が浸透したであろう 1984 年以降の物件だ。最近だと洋室ばかりの部屋も増えたが、2010 年代は、まだ和室が多いきらいがある。和室というと使い勝手が悪いというイメージがあるかもしれないが、日本ならではのものなので、留学生には一度は住んでみてほしい。和室は大きな押入れがついていることも多く、そこに布団をしまっておけるので部屋を広く使える。それに、畳には湿度をコントロールする役割もあるそうだ。

　もちろん年を追うごとに耐震基準は上がっているので、新しい部屋に住めるなら住むべきだ。しかし、引っ越しにはお金がかかる。日本の習慣の一つで、入居する時に「敷金・礼金」を払わなければならないからだ。敷金は保証金のようなもので、もし入居者に部屋を汚されたり壊された時に弁償してもらうべく、先に徴収されるのだ。これは部屋をきれいに使えば退去時に返してもらえることもあるが、礼金は「お礼」なので返ってこない。敷金は家賃の 2 か月分、礼金は 1、2 か月分が相場だ。もちろん、どちらも 0 円の物件もあるが、気に入った部屋がそうであるとは限らない。

　また、引っ越しの時期にも注意だ。日本人も多くが進学や就職で引っ越しをするため、引っ越しは 3 月が多い。よって、出遅れるといい部屋が見つからなかったり引っ越し会社の料金が高くなったりすることもある。

〈 日本での引っ越し 〉

　どんな所でも住み慣れれば心地良くなることを「住めば都」というが、部屋探しはなかなか難しい。けれど、選んだのがどんな部屋であろうと慣れるまで待つのではなく、寝に帰るだけの部屋にしないように楽しく過ごすといいだろう。

文 型

1. A はもとより B（A 當然就不用說 B 也～）
   ・この温泉には人はもとより、猿も入りにくる。
   （這個溫泉，人類就不用說了，連猴子都會來泡。）
   ・デートの時には見た目はもとより、匂いにも気をつけなければならない。
   （約會的時候，外觀就不用說了，味道也必須注意。）

2. A ばこそ B（正因為 A 所以才 B）
   ・家族がいればこそ、辛い仕事も我慢することができる。
   （正因為有家人的關係，所以就算是辛苦的工作也可以忍耐。）
   ・学生のことを考えればこそ、厳しく注意する。
   （正因為很在意學生，所以才嚴厲地警告。）

3. ～を契機に（＋新想法、行動、變化）（以～為轉機、契機）
   ・結婚を契機に車を買い替えた。
   （以結婚為契機，買了新的車子。）
   ・子どもができたことを契機に自分の健康に気をつけるようになった。
   （以有了小孩為契機，開始注意自己的健康了。）

4. ～上で（在～過程中／在～場合下）
   ・一人暮らしをする上で、栄養に注意することは大切だ。
   （在一個人生活的過程中，注意營養均衡是很重要的。）
   ・外国語を勉強する上で、ドラマや映画を見ることは非常に役に立つ。
   （在學習外語的過程中，看連續劇跟電影是非常有幫助的。）

5. ～までもなく（用不著～／無需～）
   ・この問題は簡単なので、人の意見を聞くまでもなく、答えがわかる。
   （因為這個問題很簡單，用不著問別人的意見，就知道答案。）
   ・ここから近いので、運転するまでもなく、歩いて行ける。
   （因為離這裡很近，用不著開車，走路就能夠到。）

6. ～をはじめ（以～為代表，其他還有～）
   ・京都には清水寺をはじめ、有名なお寺がたくさんある。
   （京都以清水寺為代表，還有很多有名的寺廟。）
   ・小麦をはじめ、色々な食品がアレルギーの原因となっている。
   （除了小麥之外，還有很多食品會造成過敏。）

7. ～にこしたことはない（～最好／～最好不過）
   ・給料は高いにこしたことはないが、残業が多い仕事にはつきたくない。
   （薪水多當然是最好的，但是，不想從事加班很多的工作。）
   ・銀行からお金を借りることもできるが、借りないにこしたことはない。
   （也可以向銀行借錢，但是，最好還是不要借。）

8. 〜にかかわらず (雖然〜但…／不管〜／不受〜影響)
 ・出席するかしないかにかかわらず、返事は早めにしたほうがいい。
  (不管要出席還是不出席，早點回覆比較好。)
 ・外の温度にかかわらず、温室の中は常に 25 度に保たれている。
  (不管外面的溫度如何，在溫室裡面一直保持著 25 度。)

9. 〜に即した (按照〜／依照〜)
 ・これは 60 年前の法律なので、時代に即した修正を加えるべきだ。
  (因為這個是 60 年前的法律，應該加以修正來符合時代。)
 ・会社経営には常に現状に即した判断が求められる。
  (公司經營經常需要按照現狀來做出判斷。)

10. 〜きらいがある (有〜傾向)
 ・あの人は酔っ払うと、同じことを何度も話すきらいがある。
  (那個人一旦喝醉酒，就會反覆地說同樣的話。)
 ・人は年をとると、他人の意見を素直に聞かなくなるきらいがある。
  (人一旦上了年紀，就不會老老實實地聽別人的意見。)

11. 〜ならでは (〜獨有／〜才有)
 ・職人ならではの見事な技に感動した。
  (對於工匠獨有的傑出技藝感到感動。)
 ・このアイデアは彼ならではのものだ。他の人には思いつかない。
  (這個點子只有他才想得出來，別人想不到。)

12. 〜べく (想要〜／打算〜)
 ・来月新製品を発表するべく、今は最終準備をしている。
  (下個月打算發表新產品，現在在做最終準備。)
 ・事務所を移転するべく、いろいろな物件を下見している。
  (為了搬遷辦公室，事先去看各式各樣的房間。)

13. 〜であろうと (即使〜／不論〜)
 ・彼は相手が誰であろうと見下したりしない。
  (他不管對方是誰，都不會輕視。)
 ・コンサートのチケットが手に入るのなら、席はどこであろうと構わない。
  (如果能拿到音樂會的票，座位不管是在什麼地方都沒關係。)

1. 明確な目標が（　　　　　）、適切な計画を立てることができる。
   ① あれど　　② あればこそ　　③ あるだけなら

2. この仕事なら先輩に頼（　　　　　）、私たちだけでも何とかなる。
   ① らないまでも　　② るまでもなく　　③ ろうとも

3. あなたと遊びに行けるなら、どこで（　　　　　）かまわない。
   ① あれば　　② あろうと　　③ あるから

4. このアニメは子ども（　　　　　）大人にも人気がある。
   ① はさておき　　② はもとより　　③ にかかわらず

5. わが社（　　　　　）の商品を開発しなけば、厳しい市場で生き残れない。
   ① ならでは　　② のみならず　　③ ばかり

6. 好きな仕事をする（　　　　　）ことはないが、生活できることが第一だ。
   ① をこす　　② がこえる　　③ にこした

7. 彼は物事を悲観的に考える（　　　　　）。
   ① きらいだ　　② きらいになる　　③ きらいがある

8. 新しいビジネスを始める（　　　　　）、支援を募った。
   ① なら　　② だに　　③ べく

9. 定年退職を（　　　　　）英語の勉強を始めた。
   ① 契機に　　② 皮切りに　　③ はじめとして

10. 情勢を正しく判断するには、客観的事実に（　　　　　）分析が必要である。
    ① そって　　② 即した　　③ かかわる

聴解問題

まず質問を聞いてください。それから話を聞いて、問題用紙の1から4の中から、最もよいものを一つ選んでください。

1) (　　　　　)
   ① 家から会社まで自転車を使う
   ② 電車と自転車を使う
   ③ 快速特急に乗る
   ④ 早坂さんと一緒に通勤する
2) (　　　　　)
   ① 食事の準備
   ② 食べ物の受け取り
   ③ 飲み物の買出し
   ④ プレゼントの準備

＊聴解問題音檔 QR Code 請参閲 P.12

一緒に頑張りましょう！

第四課

04 だいよんか

- ～と思いきや
- ～ことだし
- ～てやまない
- ～にとどまらず
- ＡもさることながらＢ
- ～と相まって
- ～たところで
- ～までもない
- ～なりに
- ～かぎりだ

04 日本のラーメン
第四課

〈 たんご 単語 〉

	單字	漢字	中譯	詞性
1	おもいきや	思いきや	以為～沒想到	
2	くちをそろえて	口をそろえて	異口同聲	
3	ルーツ		起源	名詞
4	インスタント		速食	名詞
5	したしむ	親しむ	親近、喜好	動詞 I
6	ブーム		旋風	名詞
7	わきおこる	沸き起こる	吹起	動詞 I
8	さることながら		不用說了	
9	あいまって	相まって	互起作用	
10	ろうりょく	労力	精力	名詞
11	さんしゃさんよう	三者三様	各不相同	名詞
12	えんぽう	遠方	遠方	名詞
13	オリジナリティ		獨創性	名詞
14	いっちょういっせき	一朝一夕	急就章	名詞
15	おいこむ	追い込む	逼到	動詞 I
16	てんしゅ	店主	老闆	名詞
17	あらためて	改めて	重新	副詞
18	ていぎ	定義	定義	名詞
19	ふうど	風土	風土	名詞
20	せっさたくまする	切磋琢磨する	切磋琢磨	動詞 III

〈 日本のラーメン 〉

　最近、驚いたことがある。外国人の友人に好きな日本料理を聞いてみたところ、すしや天ぷらと答えると思いきや、なんと「ラーメン」と返ってきたのだ。しかも、その友人のみならず、その後知り合った数人の外国人にもたずねてみたが、みんな口をそろえて同じように述べた。

　私がびっくりしたのは、質問した全員が同意見だったことではない。ラーメンが日本食だと彼らが思っていることにだ。ラーメンはカタカナで書くことだし、中国大陸からきたものだと小さい頃から思っていた。それなのに、日本食だと思われていたなんて。

　私も月に何度か食べに行くほど愛してやまないラーメン。調べてみると、予想通りルーツは明治時代に入って開国してからできた横浜や神戸などの中華街にあるそうだ。1958 年、世界初と言われるインスタントラーメンが日本で生まれてから「ラーメン」の呼び方が広まったが、それまでは「中華そば」や「支那そば」など、多数の呼び名で親しまれていた。今も和歌山県では、ご当地の豚骨醤油ラーメンが中華そばと呼ばれているらしい。

　それでは、どうやってラーメンは日本食と外国人に思われるまでに成長していったのだろうか。それは、中華街だけにとどまらず日本各地でラーメンブームが沸き起こったからだと考える。行列ができるほどの店も出てくるというラーメン人気もさることながら、日本人の工夫好きに火を点けたのも理由の一つだろう。こうして日本のラーメンは、地方の特産物を使った「町おこし」と相まって、様々な多様性を見せていくことになる。

〈 日本のラーメン 〉

　「日本三大ラーメン」である北海道の札幌ラーメン、福岡県の博多ラーメン、福島県の喜多方ラーメンは、その代表的なものと言えるだろう。時間と労力をかけて研究されただけあって、どれも麺の感じやスープなど三者三様のおいしさがある。これらはご当地ラーメンの中でも絶大な人気を誇り、ラーメンを食べるためだけに遠方から訪れる人もいる。また、カップラーメンでもご当地ラーメンの味が売られていたりする。

　近年では、開発次第でいかようにもオリジナリティが出せることから、ラーメンで一発当てようとする人も増えた。しかし、よほどの時間と設備、そして経済力がないかぎり、自分だけのブランドのラーメンを作り上げるのは難しいことだろう。一朝一夕で独自のラーメンを作ったところで、舌の肥えた客を喜ばせるような味は出せるはずもなく、結果的にすぐに閉店に追い込まれるのは言うまでもない。そんな店主のために、最近では「ラーメン学校」と言って、ラーメン屋を出す前に修行できる学校も出てきたそうだ。この学校では、初心者でもわかるようにラーメン作りの基礎から店の運営方法まで教えてもらえるとのことだ。短期間のコースもあるので、国外からも観光ビザで来日した生徒が集まるという。

　日本料理とは何か。私なりに改めて考えてみた。そして、日本料理の定義は数あるが、日本の風土と社会の中で発展してきたものとしては、ラーメンも該当するんじゃないかという結論に達した。何より、今も進化し続けていることが、1つのことに研究熱心な「オタク」に通じる、日本人らしい料理だと言える。これからも多くの人が切磋琢磨し、そのおいしさや多様さで外国人を驚かせるようなラーメンが生まれてくれれば、嬉しいかぎりだ。

文型

1. 〜と思いきや＋意外、相反 (以為〜沒想到…)
   ・その人は私に謝ると思いきや、反対に私を罵り始めた。
   （以為那個人會向我賠罪，沒想到反而開始罵起我來了。）
   ・親に怒られて反省すると思いきや、その子は以前と変わらずゲームばかりしている。
   （以為被父母叱責會反省，沒想到那個孩子一如往常只顧著玩遊戲。）

2. A のみならず B (不只 A 而且 B)
   ・アジアのみならず、世界中で記録的な暑さになっている。
   （不只在亞洲，全世界都是創紀錄的酷暑。）
   ・彼は時間を守らないのみならず、仕事のミスも多い。
   （他不只不遵守時間，工作上的失誤也很多。）

3. 〜ことだし (因為〜所以…) (還有很多原因理由)
   ・雨も降っていることだし、今日の外出は中止にしよう。
   （因為下雨，今天就不要出門吧。）
   ・締め切りまでまだ日数もあることだし、急ぐ必要はない。
   （因為離截止日還有幾天，所以不用急。）

4. 〜なんて (對某事感到驚訝、感嘆 (竟然〜))
   ・あの 2 人がまさか親子だったなんて。
   （沒想到那兩個人竟然是親子。）
   ・まさか自分が優勝できるなんて。
   （沒想到自己竟然能夠獲得冠軍。）

5. 〜てやまない (打從心裡〜 / 某種感情一直〜)
   ・台湾チームの優勝を願ってやまない。
   （一直希望台灣隊能夠獲勝。）
   ・あの人の講演を聞いてから、尊敬してやまない。
   （自從聽了他的演講，就一直尊敬他。）

6. 〜にとどまらず (不只〜還…)
   ・先生は自分の専門にとどまらず、色々なことに詳しい。
   （老師不只對自己的專業，對於各種事情也很了解。）
   ・たばこは自分の健康を害するにとどまらず、周りの人にも危害を加える。
   （香菸不只對自己的健康有害，還對周圍的人造成危害。）

7. A もさることながら B (A 就不用說了，B 也很…)
   ・このバンドは最近の歌もさることながら、デビュー当時の歌も素晴らしい。
   （這個樂團，最近的歌曲就不用說了，出道當時的歌也很棒。）
   ・この携帯は機能・デザインもさることながら、価格も非常に魅力的だ。
   （這個手機，功能、設計就不用說了，價格也非常有魅力。）

8. 〜と相まって（跟〜一起產生影響 / 適逢〜）
　　・彼の実力はコーチの的確な指導と相まって、どんどん成長した。
　　　（有教練適切的指導相輔相成，他的實力不斷地成長。）
　　・今年のビールの販売数は連日の猛暑と相まって、去年を大幅に上回っている。
　　　（適逢連日的酷暑，今年的啤酒販賣數量大幅超過去年。）

9. 〜だけあって（真不愧是〜＋高度評價）
　　・海が近いだけあって、刺身がとても新鮮だ。
　　　（真不愧是靠海，生魚片非常新鮮。）
　　・学生の時、運動部だっただけあって、体力には自信がある。
　　　（正是因為學生時代是運動社團成員，對體力有自信。）

10. 〜次第で（視〜而定）
　　・テスト当日の体調次第で、結果は大きく違ってくる。
　　　（依據考試當天的身體狀況，結果會大大地不一樣。）
　　・台風の進路次第で、明日は休みになるかもしれない。
　　　（依颱風的行進路線而定，明天也許會休息。）

11. 〜ないかぎり（只要不〜＋不可能、困難、否定）
　　・ここは許可がないかぎり、駐車禁止です。
　　　（這裡只要沒有許可，禁止停車。）
　　・パスワードを思い出さないかぎり、ログインできない。
　　　（只要沒有想起密碼，就沒辦法登入。）

12. 〜たところで（即使〜，也…（後面接否定、程度不高））
　　・今から頑張ってレポートを書いたところで、締め切りに間に合わない。
　　　（即使現在努力寫報告，也趕不上交報告的期限。）
　　・どんなに残業したところで部長に評価されない。
　　　（就算怎麼加班，部長也不會給予好評。）

13. 〜までもない（用不著〜 / 無需〜）
　　・軽い風邪なので、病院に行くまでもない。
　　　（因為是輕微的感冒，所以無需去醫院。）
　　・あの場所は何度も行ったことがあるので、地図を見るまでもない。
　　　（那個地方去過好幾次，所以用不著看地圖。）

14. 〜なりに（與〜相呼應 / 適合〜 / 屬於〜）
　　・子どもなりに悩むことはたくさんある。
　　　（小孩子有很多他們自己的煩惱。）
　　・ひとの真似をせずに、自分なりに考えてみる。
　　　（不模仿別人，試著用自己的方式去思考。）

15. ～かぎりだ（最～）

　　・みんなの期待に応えられずに、恥ずかしいかぎりだ。
　　　（沒能實現大家的期待，非常愧疚。）

　　・社員旅行で毎年海外に行くなんて、羨ましいかぎりだ。
　　　（員工旅行每年都去海外，真令人羨慕。）

1. 古いものであっても、古い（　　　　　）使い勝手がいい面がある。
   ① なりに　　　② ならば　　　③ こそ

2. あの俳優の人気は日本に（　　　　　）、海外においても相当なものだ。
   ① のみならず　　　② とどまらず　　　③ かかわらず

3. まだ貯金もあること（　　　　　）、今は無理に節約しなくてもいい。
   ① に　　　② ので　　　③ だし

4. そんな当たり前のことを、今さら説明する（　　　　　）。
   ① までだ　　　② までのことだ　　　③ までもない

5. 彼の外国語の能力は、異文化に対する好奇心（　　　　　）一気に伸びた。
   ① によると　　　② にあたって　　　③ と相まって

6. 友人の無実を信じて（　　　　　）。
   ① しかない　　　② やまない　　　③ たえない

7. このプレゼントをあげれば喜ぶと（　　　　　）、怒らせてしまった。
   ① 思って　　　② 思いきや　　　③ 思わず

8. 今からどんなに急いで駅に行った（　　　　　）、終電に間に合わない。
   ① ところが　　　② ところで　　　③ ところに

9. 成功するには、才能や努力も（　　　　　）、運も重要な要素となりえる。
   ① かかわらず　　　② さておき　　　③ さることながら

10. 長年の努力の末に、ついに夢がかなって、うれしい（　　　　　）。
    ① ところだ　　　② かぎりだ　　　③ にかぎる

聴解問題

まず質問を聞いてください。それから話を聞いて、問題用紙の1から4の中から、最もよいものを一つ選んでください。

1）（　　　　　）
　① 乗馬
　② ハイキング
　③ 写真
　④ ゴルフ

2）（　　　　　）
　① 不動産屋に連絡する
　② 敷金を返してもらう
　③ 水道局に連絡する
　④ 不動産屋の人に会う

＊聴解問題音檔 QR Code 請参閱 P.12

✏️ ふくしゅう　復習

1. 《　　　》の中から最もよいものを選んでください。
##　　必要な場合は、適当な形に変えてから書いてください。

1) 幼いころから本に（　　　　　）習慣を身につけることは大切だ。

2) 彼はいつも冗談を言う（　　　　）が悪い。

3) 彼の研究は国内に（　　　　）ず、海外にまで影響を与えた。

4) タンパク質は生物にとって（　　　　）栄養素だ。

5) 自分の将来について（　　　　）考えてみた。

6) 彼は誰よりも多くの仕事を（　　　　　）ている。

7) 要点を（　　　　）ことで、効率よく学習できる。

8) （　　　　）音楽を聴いていると、眠たくなってくる。

9) （　　　　）人間関係を築くには、どうすればよいだろうか。

10) 階段で転んで、プレゼントを入れた箱が（　　　　）てしまった。

《 　　こなす　おさえる　タイミング　とどまる　つぶれる
　　良好　不可欠　心地良い　親しむ　改めて　　》

2. 《　　　》の中から最も適当なものを選んでください。

1) 目標のためならば、どんな障害（　　　　）克服してみせる。
　《　とすれば　/　からも　/　ものなら　/　であれ　》

2) あの会社の社長がまさかこんなに若かった（　　　　）。
　《　とも　/　とか　/　とは　/　とて　》

3) 仕入れた（　　　　）、すぐに売り切れる人気商品。
　《　ところに　/　や否や　/　ばかりで　/　そばから　》

4) 運命的な出会いも、ただの偶然と言ってしまえば（　　　　）。
　《　それまでだ　/　それきりだ　/　それほどだ　/　それしきだ　》

5) 計画を実行する（　　　　）、どのような問題点があるか事前に調査する。
　《　上から　/　上まで　/　上で　/　上は　》

6）現在では、多くの食材は季節（　　　　　　　）手に入れることができる。

　《　はともかく　／　はさておき　／　もかまわず　／　にかかわらず　》

7）彼は相手が誰（　　　　　　）態度を変えない。

　《　であるなら　／　であろうと　／　であるから　／　であると　》

8）4月になったら暖かくなると（　　　　　　　）、まだコートが必要な日もある。

　《　思いつき　／　思わず　／　思いつつ　／　思いきや　》

9）この映画は脚本も（　　　　　）、俳優の演技もすばらしい。

　《　ばかりか　／　さておき　／　さることながら　／　ともかく　》

10）私がどんなに努力した（　　　　　　）、彼には勝てない。

　《　ところに　／　ところか　／　ところで　／　ところだ　》

3. 最もよい文になるように、文の後半部分を A から J の中から一つ選んでください。

1）毎日単調な仕事の繰り返しで、（　　　　　）。

2）売れ残って無駄になるくらいなら、（　　　　　）。

3）何かにつけて文句ばかり言っていないで、（　　　　　）。

4）間違った使い方をして壊してしまったのは、（　　　　　）。

5）私が優勝できたのは家族やコーチはもとより、（　　　　　）。

6）この小説くらいの日本語ならば、（　　　　　）。

7）新しい習慣を身につけたいのであれば、（　　　　　）。

8）せっかく海外旅行に行くのだから、（　　　　　）。

9）まだ明るいことだし、（　　　　　）。

10）彼の才能は語学にとどまらず、（　　　　　）。

A：自業自得にほかならない　　　　　　　B：辞書を引くまでもなく読める

C：自分で改善する努力をしたらどうだろうか　D：早く始めるにこしたことはない

E：その国ならではのお土産を買って帰りたい　F：もう少しこの辺りを散策してみよう

G：値段を下げて売ったほうがよい　　　　　H：つまらないといったらない

I：絵画や音楽のセンスも飛びぬけている　　J：大勢の方々の支えがあったからです

4. 次の文章を読んで、文章全体の内容を考えて、 1 から 4 の中に入る最もよいものを、①から④から一つ選んでください。

日本は世界屈指の長寿国である。日本に健康で長生きな高齢者が多い理由が食事にあるのではないかとして、日本食 1 研究が行われている。

一言で日本食と言っても、そこには様々な料理が含まれる。外国人にも有名な寿司やラーメンをはじめ、日本人 2 あまり食べることのない懐石料理のようなものもある。また、日本食には「洋食」というものもある。伝統的な日本料理を指す和食に対し、洋食は西洋料理の調理法を模倣しながらも、日本人の味覚や食習慣に合うようにつくられた、いわゆる西洋風料理を指す。16世紀にポルトガルの食文化が伝わったのを 3 、日本人は西洋の料理に触れるようになった。明治維新以降、本格的に広がり始め、現在に至るまでに多種多様な洋食が生まれ、一般家庭の食生活も大きく変わってきた。

長寿と日本食に関する研究では、このような日本食の変化にも着目し、異なる年代の献立を再現し実験を行っている。その実験では、1975年頃の食事が最も健康維持に効果的であるという結果が出ている。日本の長寿化は、こうした食生活を経てきた高齢者が引っ張っている。一方で、現代の若い世代は欧米化がさらに進んだ食生活を送っている。食の欧米化は生活習慣病の要因の一つとも言われているため、日本の平均寿命は今後伸びていかなくなる 4 、健康状態も悪化していくのではないかと懸念されている。健康的に長生きするために、75年型日本食を取り入れてみるのもよいだろう。

1	① による	② に関する	③ に沿った	④ にかかわらず
2	① でも	② だからこそ	③ なりに	④ ならでは
3	① 限りに	② 皮切りに	③ 言うまでもなく	④ 上に
4	① からこそ	② つつあり	③ ばかりか	④ だけで

ふくしゅう　復習

5. 《聴解問題》まず文を聞いてください。それから、その返事を聞いて、1から3の中から、最もよいものを一つ選んで、その番号を（　　　　　）に書いてください。

1)（　　　　　）

2)（　　　　　）

3)（　　　　　）

4)（　　　　　）

＊聴解問題音檔 QR Code 請参閱 P.12

一緒に頑張りましょう！

- A からというもの B
- 〜とはいうものの
- A ことなしに B
- 〜ですら
- 〜といったところだ
- A あっての B
- あまりの〜に
- 〜ともなると
- 〜ともなしに
- A なり B なり

05 江戸時代
第五課

〈 たんご 単語 〉

單字	漢字	中譯	詞性
1 きょうゆうする	共有する	共有、共享	動詞 III
2 ちょんまげ		髮髻	名詞
3 さこく	鎖国	鎖國	名詞
4 ぜつだい	絶大	極大	な形容詞
5 はくする	博する	獲得	動詞 III
6 いくさ	戦	戰爭	名詞
7 はいじん	俳人	俳句作家	名詞
8 ごえい	護衛	保鑣	名詞
9 かくめい	革命	革命	名詞
10 やしなう	養う	養活	動詞 I
11 たいせい	体制	體制	名詞
12 そこぢから	底力	潛力	名詞
13 せいけつさ	清潔さ	乾淨度	名詞
14 らいにちする	来日する	來到日本	動詞 III
15 めをみはる	目を見張る	瞠目結舌	
16 かちく	家畜	家畜	名詞
17 ハイヒール		高跟鞋	名詞
18 よける		撥開	動詞 II
19 あわれむ	憐れむ	憐憫	動詞 I
20 せけん	世間	世面	名詞

　21世紀に入ってからというもの、世界中が各国と情報を共有できるようになった。しかし、日本の情報があまりない国の中には、日本人はまだ「ちょんまげ」で、刀を脇にさしていると思っている人もいると、先日どこかで聞いた。ご存知の通り、日本でまげを結っているのは力士くらいだ。とはいうものの、日本人が昔の自分達を思い描いた時、武士の姿を想像する人は少なくないだろう。

　武士の最後の時代は、江戸時代である。1603年、日本統一を競う戦国時代の勝者と言える、徳川家康が開いた。外国との交流を避ける「鎖国」という制度があったので、浮世絵や歌舞伎などの日本文化が発展した。それは当時に限らず、現代も絶大な人気を博している。

　江戸時代が世界に誇るものは3つある。

　1つ目は、平和と人口である。江戸時代は約250年つづいたので戦がなく、そのために犯罪も減って平和であった。日本史上最高の俳人の一人である松尾芭蕉は、約2400km、総日程150日もの旅行をしたにもかかわらず、一度も山賊などに襲われることはなかったという。護衛をつけることなしに庶民でも旅に出られる時代だったのだ。

　また、現在の東京である江戸の人口は100万人だったそうだ。ちょうど産業革命がされていたイギリスのロンドンやフランスのパリですら、40万人といったところだったというのだから驚きだ。飲み水や食料など、それだけの人数を養えるほどの体制が江戸にあったということになる。

　2つ目は、識字率だ。ロンドンでは20％、パリでは10％以下だったそうだが、江戸では70％以上だった。武士に限定するとほぼ100％だったとのことで、当時世界一と言われいる。人々は「寺子屋」という学校に通い、勉強した。武士だけでなく一般市民が男女問わず「読み書き」できたという。後の日本の発展は、この時代の人々の底力あってのことで、そう考えると成長の基盤は江戸時代で作られたのかもしれない。

　3つ目は、清潔さだ。日本人は風呂と掃除が好きなこともあり、体は健康で町は美しかった。鎖国が終わった時、来日した外国人はそのあまりのきれいさに目を見張ったそうだ。農家が家畜はもちろん人の糞尿などを肥料にして農業を営んでいたので、ごみ問題もなかったらしい。つまり、この時代からリサイクルしていたのだ。一方、この頃欧州では部屋の窓から汚物を道に投げ捨てていたため、高貴な女性は汚れないようにするために大きな帽子をかぶり、ハイヒールをはいたという。ジェントルマンは、レディーの足元の汚物をステッキでよけていたとか。いくら豪華なドレスを着ていても、優雅に散歩どころではなかっただろう。

　長く続いた時代ともなると、「生類憐みの令」と言い、生き物（特に犬）を殺してはならないという法律が出たりと、江戸時代はとにかくおもしろい。子どもの時は、ただ何ともなしに授業で聞き、試験のための覚えるべき単語だった歴史上の人物も、大人になって世間を知るようになると、おもしろく感じることもある。「歴史なんて学生以来触れていない」という方もいるだろうが、ぜひ漫画なり映画なり好きな方法で楽しんでみてほしい。

1. A からというもの B（以 A 為開端，B 大大地改變）
　・大学を卒業してからというもの、本を読まなくなった。
　　（自從大學畢業之後，就變得不再看書了。）
　・あの曲を聞いてからというもの、ずっとコンサートに行きたいと思っていた。
　　（自從聽了那個歌曲之後，就一直想去音樂會。）

2. ～とはいうものの（～卻（跟現實不同））
　・10 月とはいうものの、まだまだ日中は暑い。
　　（雖然已經是 10 月了，但白天卻還是很熱。）
　・彼は留学経験があるとはいうものの、簡単な英語すら書けない。
　　（他雖然有留學經驗，但卻連簡單的英文都寫不出來。）

3. ～に限らず（不只、不限～）
　・おでんは冬に限らず、一年中売られている。
　　（おでん不只限於冬天，一整年都有在販賣。）
　・この漫画は子どもに限らず、大人が読んでも面白い。
　　（這個漫畫不只限於小孩子，就算大人讀也覺得很有趣。）

4. A ことなしに B（沒有做 A 就做 B）
　・練習することなしに、上達することはできない。
　　（沒有練習的話，就沒辦法進步。）
　・両親に大学を辞めたいと伝えたら、反対することなしに、許してくれた。
　　（跟父母說不想念大學了，他們沒有特別反對就允許了。）

5. ～ですら（連～都…（帶有驚訝語感））
　・大人ですら知らない言葉を、あの子は 10 歳なのにたくさん知っている。
　　（就連大人都不知道的單字，那個小孩子明明只有 10 歲卻知道很多。）
　・プロですら難しいホールインワンを部長は 1 日に 2 回もした。
　　（就連專家都很難做到的一桿進洞，部長一天當中竟然成功了兩次。）

6. ～といったところだ（頂多是～的水準而已 / 程度、數量、水準不高）
　・毎日残業しても、もらえるのは 15 万円といったところだ。
　　（就算每天加班，頂多只能拿到 15 萬日圓。）
　・このレストランの味はまずくはないが、まあまあといったところだ。
　　（這家餐廳的味道沒有不好吃，但是，頂多是普普通通的水準。）

7. ～問わず（不管～、不論～、不分～）（任何情況都沒有關係）
　・卓球は年齢問わず楽しむことができる。
　　（桌球不管年齡幾歲都可以玩。）
　・この通りは昼夜問わず車がよく通る。
　　（這條馬路不管是白天還是晚上，車子都很多。）

8. A あっての B（正因為有 A 才 B）
   ・仕事ができるのは家族の協力あってのことだ。
   （能夠工作是因為有家人的同心協力。）
   ・お客様あっての仕事なので、いつも感謝している。
   （因為有客人才有工作，所以平時心存感謝。）

9. あまりの〜に（太過於〜而…）
   ・あまりの暑さに食欲がない。
   （因為太熱，所以沒有食慾。）
   ・新しいカメラを買おうと思ったが、あまりの値段に驚いた。
   （想要買新的相機，但是，因為價格太高而嚇一大跳。）

10. 〜どころではない（根本顧不上〜 / 不是〜的時候）
   ・忙しくて、旅行に行くどころではない。
   （因為很忙碌，根本不是去旅行的時候。）
   ・お金がなくて、車を修理するどころではない。
   （因為沒有錢，根本沒有辦法修車。）

11. 〜ともなると（一旦變成〜時 / 變成〜情況時）
   ・子どもも 3 人目ともなると、子どもの写真を撮る枚数も減ってしまう。
   （有了第三個小孩子之後，就變得少拍小孩子的照片了。）
   ・部長ともなると、毎月海外に出張している。
   （當上部長之後，每個月都會去海外出差。）

12. 〜ともなしに（不經意地〜）
   ・テレビを見るともなしに、ぼーっとながめている。
   （漫不經心地看著電視。）
   ・喫茶店で隣の人の会話を聞くともなしに聞いていたら、意外と面白かった。
   （在咖啡廳不經意地聽隔壁座位的對話，內容意外地有趣。）

13. 〜て以来（自從〜後就一直…）
   ・去年会って以来、吉田さんとは話していない。
   （自從去年見面之後，就沒有再跟吉田先生說話。）
   ・手術をして以来、お酒は 1 滴も飲んでいない。
   （自從做了手術之後，就沒有再喝過一滴酒。）

14. A なり B なり（A 也好 B 也好）
   ・約束の時間に遅れるなら、電話なり LINE なりで連絡を入れるべきだ。
   （如果你趕不及約定時間的話，應該使用電話或者 LINE 來聯絡。）
   ・勉強したくないときは、運動するなり、漫画を読むなり、一度気分転換した方がいい。
   （不想看書的時候，可以運動一下，或者看看漫畫，稍微轉換一下心情比較好。）

1. 現在の仕事の進捗状況は、せいぜい半分といった（　　　　　）だ。
　　① こと　　② もの　　③ ところ

2. 窓の外の景色を見る（　　　　　）眺めている。
　　① ともなしに　　② ともなると　　③ にともない

3. 資格試験に合格した（　　　　　）、勉強することはまだまだ多い。
　　① というので　　② とはいうものの　　③ ともいえるが

4. 頭痛がひどくて、テストを受ける（　　　　　）。
　　① ところだった　　② どころではない　　③ ことはない

5. ベテランの職人（　　　　　）、後継者の育成にも力を入れなければならない。
　　① にともない　　② ともなると　　③ ともなしに

6. 痩せたいなら、食生活を見直す（　　　　　）、運動する（　　　　　）したほうがいいですよ。
　　① や　　② なり　　③ たり

7. 李さんは日本人（　　　　　）知らないことわざをたくさん知っている。
　　① においても　　② でしか　　③ ですら

8. 働き始めてから（　　　　　）、友人と食事する時間すらなくなってしまった。
　　① というもの　　② すれば　　③ こそ

9. （　　　　　）の衝撃に、言葉を失ってしまった。
　　① とても　　② あまり　　③ 非常

10. 実践する（　　　　　）、習得することはできない。
　　① ことなしに　　② ともなく　　③ しかなく

聴解問題

まず質問を聞いてください。それから話を聞いて、問題用紙の1から4の中から、最もよいものを一つ選んでください。

1）（　　　　　）
　　① クレジットカードで買い物をする
　　② 写真を撮る
　　③ 家に戻る
　　④ お金を払う
2）（　　　　　）
　　① チラシを確認する
　　② 日付を訂正する
　　③ 写真を撮ってもらう
　　④ 写真の色を直す

＊聴解問題音檔 QR Code 請參閱 P.12

コーラの豆知識

祇園的傳統習俗「八朔」

　京都的祇園會在 8 月 1 日舉辦傳統習俗「八朔」，「八朔」原本是「旧曆 8 月 1 日」的習俗，但現在已經固定於「新曆 8 月 1 日」舉行。

　在「八朔」這一天，京都市東山區祇園一帶的舞妓和藝妓們，會前往「お茶屋」及「師匠」的家，感謝他們平日的關照與指導。

　「八朔」通常於早上 10:00 ～ 12:00 間進行，而舞妓們一定是穿著「黑紋和服」外出拜訪，因此「八朔」舉行時，看到每個藝妓都穿著一身黑的景像，不分你我，應該很令人難忘吧！

一緒に頑張りましょう！

06 だいろっか

- A とあって B
- ～にもまして
- ～たりとも～ない
- ～をおいて
- ただ～のみ
- ～しまつだ
- A かたわら B
- ～ないでもない
- ～はというと
- ～いかんによらず

06 おひとりさま文化
第六課

〈 たんご 単語 〉

	單字	漢字	中譯	詞性
1	チェーンてん	チェーン店	連鎖店	名詞
2	おせち		年菜	名詞
3	いつにもまして		比平常更～	
4	きらくさ	気楽さ	輕鬆自在	名詞
5	ぼっとうする	没頭する	埋頭於、沉溺於	動詞 III
6	きちょう	基調	基調、主軸	名詞
7	ぜんあく	善悪	善惡	名詞
8	ならわし		常規	名詞
9	かまう		理會	動詞 I
10	きばつ	奇抜	怪胎	名詞
11	いちづける	位置付ける	定位	動詞 II
12	おもに	重荷	重擔	名詞
13	ふきゅうする	普及する	普及	動詞 III
14	ひがえり	日帰り	當天來回	名詞
15	しまつ		結局	名詞
16	かたわら		一方面	名詞
17	きをつかう	気を使う	顧慮、留意	
18	めいっぱい	目一杯	盡情	副詞
19	いったん	一端	一部分	名詞
20	ゆうせんする	優先する	擺在第一位	動詞 III

〈 おひとりさま文化 〉

　近年、1人で行動する人が、特に女性に増えてきた。一昔前は、牛丼チェーン店やラーメン屋に1人で入る女性は見かけなかったが、最近ではまだ少数ではあるもののめずらしくない。食事だけでなく、映画や旅行を1人でする人も増えた。1人でカラオケをすることを「ヒトカラ」と言ったりと、「おひとりさま」は社会に浸透しつつある。「一人鍋」や「一人おせち」など、「おひとりさま」向け商品も次々と発売されている。

　実際に「おひとりさま」経験者に話を聞いてみた。

　「予定していた旅行に、友人が急に行けなくなったのがきっかけでした。その時は初めての一人旅とあって不安でいっぱいでしたが、好きな時に好きな所へ行けるから、いつにもましてとっても楽しかったんです。」

　1人で過ごす気楽さを知ってからは、すっかりこの魅力にはまってしまったとのこと。誰にも邪魔されることなく趣味に没頭できるのは、確かに快適だ。寂しくなかったのかと聞くと、「一瞬たりとも寂しくなかったと言うと嘘になりますが、一人旅をおいて、自分の希望を全部通せることは他にないですよ。」と、返ってきた。思えば、ただ友達と複数で過ごすことのみが楽しいなんてことはない。

　1946年、米国の文化人類学者ルース・ベネディクトによって書かれた『菊と刀』では、日本文化を「恥の文化」と定義している。これは、「恥を基調とする文化」ということで、日本人はものの善悪というよりは、「世間のならわし」を重視し、それが行動方針を決めているということだ。つまり、いつも団体で行動するのが基本姿勢のため、人の目もかまわず1人で行動するのは奇抜とされてきたのだ。ちなみに西洋の文化は、神が定

めた善悪により行動する「罪の文化」と位置付けられている。「罪」は神に告白することで重荷を軽減することができるが、「恥」は他人の判断が全てなのでそれができない。それでは、どうして「おひとりさま」が流行っているのだろうか。

　現代の日本人は疲れている。コンピューターや携帯電話の登場で、常に連絡をとらざるをえない状態になった。それに、新幹線や飛行機が普及したことで、日帰りでの出張も増えるしまつとなった。そのかたわら、仕事では人に気を使いつづけなければならないのだ。プライベートの時間ぐらい、好きなことをめいっぱいしたいと思っても不思議ではない。こう考えると、「おひとりさま」文化は、日本人らしさがあふれた文化と言えないでもない。「オタク」がそのいい例である。

　また、晩婚化や未婚率が上がっていることも理由の一端かもしれない。50歳まで一度も結婚したことがない人の割合を示す「生涯未婚率」は、2015年時点で男性が23％、女性が14％となっている。これは、毎年上がっているようだ。また、3組に1組の夫婦が離婚しているという統計もある。

　私はというと、結婚もしているし子どももいるが、「おひとりさま」が好きだ。やはり私も日本人で、どうしても誰かといると自分を優先できず、疲れやすい。でも、1人の時間はそれを癒してくれるのだ。理由のいかんによらず、これからも「おひとりさま」は増えていくだろう。これは、新しい日本人のスタイルなのだから。

1. A ものの B（雖然 A 但實際上卻 B）
　・本を買ったものの、読む時間がない。
　　（雖然買了書，但沒時間去看。）
　・免許は持っているものの、ほとんど運転しない。
　　（雖然有駕照，但不怎麼開車。）

2. ～つつある（某件事情、動作、狀態持續進行中）（不斷地～）
　・車を買う若者が減りつつある。
　　（買車子的年輕人越來越少。）
　・駅の後ろにマンションが建ちつつある。
　　（車站後面不斷地建公寓。）

3. A とあって B（因為 A 所以 B）
　・休日とあって、道が混んでいる。
　　（因為假日，所以道路很擁擠。）
　・男の子は飛行機が初めてとあって、緊張している。
　　（男孩子因為第一次搭飛機很緊張。）

4. ～にもまして（比起～更…＋更高程度、更多數量）
　・年金制度の改革は何にもまして優先する必要がある。
　　（年金改革應該要比任何事都更優先。）
　・今年の夏は、去年にもまして猛暑になると予想されている。
　　（預計今年夏天會比去年更熱。）

5. A ことなく B（沒 A 而 B）
　・20 年前から休むことなく日記を書いている。
　　（從 20 年前開始就沒有停止寫日記。）
　・彼は誰にも相談することなく、学校をやめた。
　　（他也沒有跟任何人商量就退學了。）

6. ～たりとも～ない（哪怕是～也不～）
　・部長はケチで 1 円たりとも奢らない。
　　（部長很吝嗇，哪怕是一塊錢都不願意請客。）
　・受験生は 1 日たりとも時間を無駄にできない。
　　（考生們哪怕是一天也沒有辦法浪費。）

7. ～をおいて（除了～外，沒有…）（表示評價高、強調唯一）
　・彼をおいてリーダーにふさわしい人はいない。
　　（除了他之外，沒有人更適合當領袖。）
　・この仕事を任せられるのは田中さんをおいて他にはいない。
　　（能夠委託這個工作的，除了田中先生之外，沒有其他人了。）

8. ただ～のみ（僅僅～）
　　・旅行の荷物は準備できたので、あとはただ天気だけが心配だ。
　　　（旅行的行李已經準備好了，現在只擔心天氣。）
　　・ただ生活をすることのみで精一杯なため、旅行に行く余裕はない。
　　　（光是生活就很不容易了，沒有心力去旅行。）

9. ～もかまわず（不在乎～ / 不管～）
　　・彼は自分の服が汚れるのもかまわず、手伝ってくれた。
　　　（他不在乎弄髒自己的衣服，幫了我的忙。）
　　・時間が遅いのもかまわず、山田さんは電話で相談にのってくれた。
　　　（雖然時間已經很晚了，但是山田先生毫不在意地用電話陪我商量。）

10. ～ざるをえない（不想～卻又無可奈何）（不得不～ / 只好～）
　　・アルバイトが足りないので、明日も働かざるをえない。
　　　（因為工讀生不夠，我明天必須工作。）
　　・今から考えると、自分の考えが甘かったと言わざるをえない。
　　　（現在仔細想想，不得不說自己的想法太天真了。）

11. ～しまつだ（演變成～（不好 / 負面）的局面）
　　・昨日急に運動をしたので、今日は動けないしまつだ。
　　　（昨天突然大量運動，結果今天整個動不了。）
　　・山本さんは最近ぼーっとしている。今日はついに会議中に寝てしまうしまつだ。
　　　（山本先生最近都在發呆，今天終究還是在會議中睡著了。）

12. A かたわら B（一邊做 A 一邊做 B）
　　・あの人は学校で教えるかたわら、趣味で絵を描いている。
　　　（那個人一邊在學校教書，一邊畫畫當興趣。）
　　・石田さんは市役所で働くかたわら、子どもに野球を教えている。
　　　（石田先生在市公所上班的同時，還教小孩子棒球。）

13. ～ないでもない（也不是不～ / 也還是會～）
　　・田中さんが離婚する話は聞いてないでもないが、本当だとは思わなかった。
　　　（不是沒有聽到田中先生要離婚的傳聞，但是以為是假的。）
　　・運動はしないでもないが、ジョギングはあまり好きではない。
　　　（也不是都不運動，只是不太喜歡慢跑。）

14. ～はというと（對比）
　　・昨日ゴルフをしたが、成績はというと、人に言うのが恥ずかしいくらいだ。
　　　（昨天打了高爾夫球，但若說到成績的話，就有點羞於啟齒了。）
　　・このホテルは素晴らしいが、値段はというと、気軽に来れるものではない。
　　　（這家飯店很棒，但這個價位不是隨隨便便可以來的。）

15. 〜いかんによらず（不管〜／無關〜）
　　・遅刻した人は理由いかんによらず、入場できません。
　　　（遲到的人，不管理由為何都無法入場。）
　　・この試験は年齢のいかんによらず、参加できます。
　　　（這個考試不分年齡，任何人都可以參加。）

まとめ問題

1. 海外の小説を翻訳する（　　　　　）、自身も小説を書いている。
   ① かたわら　　　② かたがた　　　③ かといって

2. 敵がどこにいるかわからないため、一瞬（　　　　　）油断できない。
   ① であれば　　　② たりとも　　　③ ともあれ

3. ただ前進し続ける（　　　　　）が勇敢さではない。
   ① ことしか　　　② ことやら　　　③ ことのみ

4. 一度申し込まれますと、理由のいかんに（　　　　　）キャンセルできません。
   ① 限って　　　② よらず　　　③ よって

5. 今回のライブはいつ（　　　　　）盛り上がっている。
   ① かは　　　② にもまして　　　③ にひきかえ

6. 留学経験はあるが、英語の実力（　　　　　）、それほど高くない。
   ① はというと　　　② ならば　　　③ といっても

7. 軽い風邪だと思って甘く見ていたら、1週間も寝込む（　　　　　）。
   ① わけだ　　　② までのことだ　　　③ しまつだ

8. 学生の頃何年も英語を勉強したが、卒業してからは徐々に忘れ（　　　　　）。
   ① たところだ　　　② ることだ　　　③ つつある

9. 広東語がわからない（　　　　　）、話すことはできない。
   ① ではない　　　② でもないが　　　③ ともないが

10. あの会社に投資するなら、今（　　　　　）他にない。
    ① を限りに　　　② に限って　　　③ をおいて

聴解問題

まず質問を聞いてください。それから話を聞いて、問題用紙の1から4の中から、最もよいものを一つ選んでください。

1) (　　　　　)

   ① 野菜ジュースだけ買う

   ② 健康茶だけ買う

   ③ どちらも買う

   ④ どちらも買わない

2) (　　　　　)

   ① 8時までに病院へ行く

   ② 受診表に記入する

   ③ 証明写真を探す

   ④ 顔写真を撮りに行く

＊聴解問題音檔 QR Code 請參閱 P.12

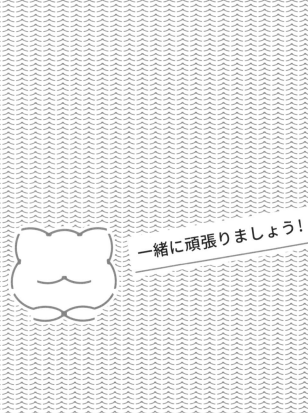

一緒に頑張りましょう！

07 だいななか

- 〜抜きで
- 〜ないではすまない
- A ながらも B
- 〜ないものでもない
- 〜までのことだ
- A とはいえ B
- A だけに B
- 〜ではあるまいか
- 〜にひきかえ
- 〜いかんで

07 外国語
第七課

〈 たんご 単語 〉

	單字	漢字	中譯	詞性
1	うっとりする		沉醉	動詞 III
2	らくてんてき	楽天的	樂觀	な形容詞
3	〜なみ	〜並み	跟〜一樣的水準	接尾語
4	〜ですら		即使是〜也〜	
5	ざっと		大約	副詞
6	はげむ	励む	努力	動詞 I
7	ぐっと		大大地	副詞
8	どくじ	独自	獨有	名詞
9	エンターテイメント		娛樂方式	名詞
10	きっかけ		契機	名詞
11	パワー		動力	名詞
12	へいぼん	平凡	普普通通	名詞
13	にんちする	認知する	想到	動詞 III
14	きわめる	極める	達到極限	動詞 II
15	けんい	権威	權威	名詞
16	なだかい	名高い	著名的	い形容詞
17	こうれい	恒例	例行	名詞
18	ストックホルム		斯德哥爾摩	名詞
19	いかん		如何	名詞
20	いよく	意欲	意願	名詞

〈 外国語 〉

　私が初めて日本の第一外国語である英語に触れたのは、中学校に入った時だった。最初は新しいことに好奇心いっぱいで、英語を流暢に話す自分を想像してはうっとりしていた。冗談ぬきで、すぐに覚えられるものだと思っていたのだ。英語の成績いかんによっては、この楽天的な考えもいいように作用したかもしれないが、あいにく私は飽きっぽく、すぐに興味は薄れ、試験はいつも平均並みだった。

　現在は、小学校から英語を勉強するそうだ。となると、私の時代ですら大学まで出るとざっと 10 年近くは勉強するというのに、今の子ども達はそれ以上に励まないではすまない。

　多くの日本人は、何年も勉強しながらも英語に自信がない。特に会話する際には、話せないものでもないはずなのに臆病になる。しかし、私はラッキーだった。再び積極的に頑張ろうと思えるチャンスがやってきたのだ。それは、語学習得のために一番大事なことだった。

　高校に入ってしばらく経ったある日、英語を母国語とする日本語が全く話せない友達ができた。つまり、英語が必要になったのだ。それまでは、英語なんてできなくても、外国へ行かなければいいまでのことだと思っていた。けれど、彼女と出会ったのは国内だった。しかも、外国人は全く見かけないような田舎町で。彼女との交流は、まだ私の方が挨拶くらいならできたので、私が頑張らないことには始まらなかった。

　もし、この彼女と出会っていなかったら、私は今も英語から遠く離れて暮らしていただろう。近年こそ、以前と比べると日本に来る外国人はぐっと増えているとはいえ、一昔前はそうではなく、田舎に行けば行くほど外国人を目にすることはなかった。つまり、外国語を使う必要性がなかったのだ。

　また、日本には漫画やアニメなど、独自のエンターテイメントが多くあるだけに、全て日本語で楽しめる。洋画に関しては、翻訳者が字幕を付けてくれるため、外国語ができなくとも全く問題ない。というわけで、外国語に興味を持つきっかけもなかった。

　「必要」だと感じることは、ものすごいパワーを生み出すのではあるまいか。彼女の日本語力はどんどん伸びていった。それにひきかえ、私の英語力は平凡なものではあったが、ただの試験のためでなくコミュニケーションの手段として使えると認知したおかげで、勉強が楽しくなった。

　しかし、以前の私のように英語に苦手意識があるというのに、頂点を極めた方がいる。ノーベル賞というと最も権威ある賞の一つとして名高いが、その受賞者である物理学者の益川敏英さんだ。彼は英語でスピーチするのが恒例の授賞式で、「英語が話せません」とだけ英語で話し、あとは日本語だったそうだ。海外渡航も、このストックホルムで開かれた授賞式が初めてだったとか。おそらく「苦手だから」と謙遜されたのかと思うが、それでも世界は「英語に頼らずノーベル賞を取るなんて、そうそうできるものではない」と驚いた。受賞の理由を、「母国語で最先端のところまで勉強できたことで、深く考えられたのではないか」と見ている人もいるようだ。

　後に益川さんは、「英語はできるにこしたことがない。英語も大切です」と語っている。英語だけの必要性を感じなかった彼がこう言うのだから、やはり外国語は使い方いかんで将来を切り開く手段の一つとしては大いに期待できるだろう。もし、語学習得に意欲が湧かないなら、今一度どこでどう使おうか考えたいものだ。

文　型

1. ～抜きで（不～ / 去除～ / 沒～）
 ・この鞄は税抜きで 2 万円もする。
 　（這個包包除稅後還要 2 萬日圓。）
 ・彼女の演奏はお世辞抜きで素晴らしい。
 　（不說好聽話，講實在的，她的演奏真的很棒。）

2. ～ものだ（理所當然）
 ・友達とは困った時に助け合うものだ。
 　（所謂的朋友，遇到困難的時候應該互相幫助。）
 ・人にご馳走になったときは、お礼を言うものだ。
 　（當人家招待我們吃飯的時候，我們應該跟他說謝謝。）

3. ～っぽい（某種傾向很強烈）
 ・彼女はとても怒りっぽい。
 　（她很容易生氣。）
 ・歳をとって、忘れっぽくなった。
 　（上了年紀之後，變得容易忘東忘西。）

4. ～ないではすまない（不～就不被允許、心裡不踏實、無法解決問題）
 ・手伝ってもらったから、お礼をしないではすまない。
 　（因為請人家幫忙，所以必須跟人家道謝。）
 ・重い病気が見つかったので、手術をしないではすまない。
 　（因為發現重大疾病，必須做手術。）

5. A ながらも B（雖然 A 但是 B）
 ・このレストランは新鮮な食材を使っていながらも、値段が安い。
 　（這家餐廳使用新鮮的食材，但價格很便宜。）
 ・太ると知っていながらも、夜中にラーメンを食べてしまう。
 　（明明知道會發胖，但是，半夜還是吃拉麵。）

6. ～ないものでもない（也不是不～（有可能的））
 ・家で全く料理をしないものでもない。
 　（也不是在家裡完全不做菜。）
 ・走っていけば、間に合わないものでもない。
 　（跑過去的話，還是有可能來得及的。）

7. ～までのことだ（只好～ / 只能～ / 大不了～）
 ・大学に合格できなければ、働くまでのことだ。
 　（如果考不上大學，大不了就去工作。）
 ・不当な理由で首にされたら、裁判で争うまでのことだ。
 　（如果因為不正當的理由被辭掉的話，只好上法庭爭辯。）

8. A ないことには B ない（沒 A 的話就不能 B）
・部長が来ないことには会議が始められない。
（部長沒有來的話，會議就不能開始。）
・実際に部屋を見ないことには、借りるかどうか決められない。
（如果沒有實際看房子，就沒辦法決定是否要租房。）

9. A とはいえ B（雖說是 A 但是 B）
・秋とはいえ、昼間は半袖でも汗が出るくらい暑い。
（雖說已經是秋天了，但是，白天就算穿著短袖還是熱到流汗。）
・何度も乗ったことがあるとはいえ、飛行機はドキドキする。
（雖說有搭過好幾次，但是，搭飛機還是會很緊張。）

10. A だけに B（正因為 A 所以 B）
・夏休みだけにどこも子どもが多い。
（正因為是暑假的關係，所以不管是什麼地方，小孩子都很多。）
・田中さんはレストランでアルバイトしていただけに、料理の手際がいい。
（正因為田中先生曾經在餐廳打過工，所以他做菜的本領很好。）

11. ～ではあるまいか（だろう）（會～吧／是～嗎？）
・あと 10 分しかない。間に合わないのではあるまいか。
（只剩 10 分鐘，會來不及吧。）
・伊藤さんがまだ来ない。道に迷っているのではあるまいか。
（伊藤先生還沒有來，是不是迷路了？）

12. ～にひきかえ＋相反的情形、狀況（跟～不同、不一樣）
・兄が節約家なのにひきかえ、弟は浪費家だ。
（相對於哥哥很節省，弟弟卻很浪費。）
・関西のうどんはスープの色が薄いのにひきかえ、関東のは濃い。
（關西的烏龍麵湯頭顏色淡，關東的較濃。）

13. ～というと（說到～＋聯想到的話題）
・鳥の肉というと日本では鶏だが、台湾ではアヒルやガチョウもよく食べる。
（說到鳥禽肉品，在日本會聯想到雞肉，可是，在台灣也經常吃鴨肉跟鵝肉。）
・数学の先生というと真面目な人を想像するけど、山田先生はいつも冗談を言っている。
（說到數學老師就會讓人聯想到比較認真的人，但是，山田老師卻總是在開玩笑。）

14. ～ものではない（不應該～）
・宝くじは簡単に当たるものではない。
（彩票應該不是隨隨便便就能夠中獎的。）
・一度失敗したからといって、すぐにあきらめるものではない。
（雖然說失敗了，但不應該馬上就放棄。）

15. ～いかんで（根據～ / 依據～來決定…）
　　・天気いかんで旅行のスケジュールが変更になるかもしれない。
　　　（看天氣狀況如何，行程說不定會變更。）
　　・このテストの結果いかんで、留年かどうかが決まる。
　　　（依據這個考試的結果，決定會不會留級。）

16. ～たいものだ（自己好想～）（強烈願望、感嘆心情）
　　・来年は家族一緒に温泉に行きたいものだ。
　　　（好想明年跟家人一起去泡溫泉。）
　　・子どもの夢を叶えてあげたいものだ。
　　　（好想實現小孩的夢想。）

1. 効率が悪いとわかって（　　　　　　）、慣れたやり方を変えられない。
   ① つつも　　② いながらも　　③ いてこそ

2. 借りた本を汚してしまったから、弁償（　　　　）。
   ① するまでもない　　② しないでもない　　③ しないではすまない

3. 学校で英語を勉強した（　　　　）、話せるわけではない。
   ① とはいえ　　② ともあれ　　③ ときては

4. 昼の賑やかさ（　　　　）、夜は非常に静かだ。
   ① に加えて　　② にひきかえ　　③ をさしおき

5. アメリカで生活したことがある（　　　　）、彼女は英語がぺらぺらだ。
   ① だけが　　② だけに　　③ だけか

6. 今季の業績（　　　　）今後の計画を修正する。
   ① いかんで　　② いわんや　　③ いかにも

7. 少し難しい仕事だが、私たちだけででき（　　　　）。
   ① ないことだ　　② るわけがない　　③ ないものでもない

8. 堅苦しい挨拶は（　　　　）、さっそく本題に入りましょう。
   ① ないことには　　② 限って　　③ 抜きで

9. 彼は嘘をついているのではなく、本当に何も知らないの（　　　　）。
   ① ではあるまいか　　② でもあるまいし　　③ はあるまじき

10. このやり方がだめなら、他のやり方を試す（　　　　）。
    ① までのものだ　　② までのわけだ　　③ までのことだ

まず質問を聞いてください。それから話を聞いて、問題用紙の**1**から**4**の中から、
最もよいものを一つ選んでください。

1) (　　　　)
　　① 机と椅子を片づける
　　② パソコンやプロジェクターを片づける
　　③ ポスターを剥がす
　　④ パンフレットの数を数える

2) (　　　　)
　　① 男の人のところへ行く
　　② メールで写真を送る
　　③ 高橋さんに写真を撮ってもらう
　　④ 男の人に会う

＊聴解問題音檔 QR Code 請参閱 P.12

一緒に頑張りましょう！

第八課

08 だいはちか

- ～ときたら
- ～ずにはおかない
- ～かぎり
- ～ものを
- ～ながらの
- ～ようものなら
- ～といったらありはしない
- ～ではあるまいし
- ～にして
- ～ものがある

08 忍者
第八課

〈 たんご 単語 〉

單字	漢字	中譯	詞性
1 フリーク		熱衷於某個事情的人	名詞
2 ふと		不經意地	副詞
3 きり		自從～之後就一直沒～	副助詞
4 さいそくする	催促する	催促	動詞 III
5 けっさく	傑作	傑作	名詞
6 おんみつ	隠密	不為人知的密探	名詞
7 おもてぶたい	表舞台	公眾場合	名詞
8 しゅんびん	俊敏	敏捷	な形容詞
9 しのびこむ	忍び込む	混入	動詞 I
10 そうりょ	僧侶	僧侶	名詞
11 ばける	化ける	裝扮	動詞 II
12 スパイ		間諜	名詞
13 モチーフ		主題、題材	名詞
14 みぎにでるものがない	右に出るものがない	沒有人能夠超越他	
15 くうそう	空想	幻想	名詞
16 じゅうちん	重鎮	大師	名詞
17 ぎわく	疑惑	疑惑	名詞
18 ばくふ	幕府	幕府	名詞
19 ともなう	伴う	隨著	動詞 I
20 リアリティ		真實性	名詞

「忍者」抜きに日本のサブカルチャー、とりわけ漫画は語れないだろう。私は漫画フリークと言われるほどではないが十数作は漫画を持っており、その中にはやはり忍者漫画がある。しかし、先日本棚にふと目をやると、その最終巻がなくなっていた。そうだ、2年前うちに遊びに来た友人に貸したんだった。でも、その友人ときたら、それっきり返してくれない。こういった貸し借りはきちんとしておかずにはおかない私は、何度催促したことか。けれど、友人は決まって「もう一回読んでから返す」と繰り返すばかりで、いつからか私も忘れてしまっていたのだ。

友人が言うのもわかる。この漫画は私の知るかぎり最高の忍者漫画だ。最終巻は傑作と言えるだろう。だからといって借りたものをそのまま返さないのは、やはり良くない。自分のを買えばいいものを、いつまでも私のを読み続けるなんて。

さて、忍者は「隠密」であったので、詳しく定義することはなかなか難しい。表舞台には決して出てこない謎に包まれた存在だからだろう。しかし、一般的な忍者の「イメージ」は、黒装束をまとって俊敏に動き、敵の陣地に忍び込んだり、旅人や僧侶に化けて話を聞きだしたりして情報を収集し、それを主君に伝えるスパイ。敵が襲ってこようものなら手裏剣などで撃退。生まれながらの超人、といったところだろうか。女性の忍者は「くのいち」と呼ばれている。これは「女」という漢字を「く」と「ノ」と「一」に解体するとそう読めるからである。

私が思いつくだけでも、忍者漫画は多いといったらありはしない。忍者をテーマとした作品を安易に出し過ぎなのではないだろうか。前述した通り、確固たる定義がないのでファンタジーと言ってしまえばそれまでだが、非科学的過ぎる忍者の技や現象が

頻発するのだ。魔法使いではあるまいし。実在し、謎に満ちたモチーフの中では右に出るものがない忍者にしてはじめて出せるリアリティと深みがあるのも確かではあるけれど。

　最近私は、空想で新しい忍者を作り上げたものより、歴史的な人物の忍者説に興味がある。例えば、日本文学史の重鎮である、俳人「松尾芭蕉」だ。彼は走行距離が約2400ｋｍ、総日程 150 日もの旅をし、句集「おくのほそ道」を完成させたことで有名である。46 歳ながら 1 日に数十キロの距離を移動したところをみると、一般人には無理ではないかという疑惑が生まれても仕方ない。彼が、忍者の里で有名な三重県伊賀市出身ということもあるだろう。また、当時は現代と違って自由な移動は許されておらず、パスポートのような「通行手形」が必要だった。これは、ただ旅をする目的だけで手に入れられるようなものではない。しかし、幕府から正式に認められた密偵だったとしたら説明がつく。

　「忍者」は、調べれば調べるほど、謎が増えていくばかりだ。けれど、時代の推移に伴って数々の資料が発見され、専門家が多様な説を立てていく。自分の人生を送りつつ、忍者の謎が解き明かされていくのをゆっくり見守るのは、何とも楽しいものがある。歴史は長い物語。これほどリアリティがあり、刺激的なものはない。その話の最先端に、私達はいるのだから。

1. ～抜きに（去掉～ / 除掉～）
・お世辞抜きに素晴らしい。
　（不說奉承話，真的很棒。）
・この映画は理屈抜きに面白い。
　（這個電影有趣到沒有道理。）

2. ～ときたら（＝は＋不滿、抱怨、感嘆）
・兄はいつも勉強しているが、弟ときたらゲームしかしない。
　（哥哥總是在念書，但是說到弟弟，只會打遊戲。）
・去年はお客さんが多かったが、今年ときたら全然だ。
　（去年客人很多，但今年的話，完全沒有。）

3. A きり B（自從 A 之後就一直沒 B）
・高校を卒業したきり、会っていない。
　（自從高中畢業之後，就沒再見過面。）
・彼とは一度会ったきりで、連絡をとっていない。
　（跟他見過一次面之後，就沒再聯絡過。）

4. ～ずにはおかない（主語：人→必定 / 一定會～）（主語：物品→自然而然引發某種情緒）
・彼女の笑顔は人を惹きつけずにはおかない。
　（她的笑容肯定會打動人心。）
・その映画は観客に戦争について考えさせずにはおかない。
　（那部電影必定會讓觀看的人思考戰爭的意義。）

5. ～ことか（多麼～ / 非常～）
・この日が来ることをどんなに願ったことか。
　（我多麼期待這一天的來臨。）
・子どもがいなくなった時、どれほど心配したことか。
　（小孩子不見的時候，我非常擔心。）

6. ～かぎり（就～來看 / 據～所知）
・私が見た限りでは、このパソコンは故障していないようだ。
　（就我來看，這個電腦似乎沒有故障的樣子。）
・私の聞いた限り、あの会社の倒産は避けられないそうだ。
　（就我所聽到的消息，那家公司似乎難逃倒閉的命運。）

7. A からといって B（雖然說是 A 但是也不 B）
・車が来ていないからといって、信号無視をしてはいけない。
　（雖然說沒有車子，但是也不能闖紅綠燈。）
・アメリカに住んでいるからといって、必ず英語が上達するわけではない。
　（雖然說住在美國，但未必英文就講得很好。）

8. ～ものを（不滿、後悔）（＋不希望發生的事情）
　・疲れたら休んだらいいものを、無理をしたので病気になった。
　　（累的話，明明去休息就好了，卻硬要逞強，結果就生病了。）
　・わからなければ先輩に聞けばいいものを、聞かなかったのでミスをした。
　　（不懂的話，一開始問前輩就好了，卻不問，結果就犯了錯。）

9. ～ようものなら（要是～就…）
　・このプロジェクトが失敗しようものなら、会社は倒産する。
　　（要是這個計畫失敗的話，公司就會倒閉。）
　・社長に少しでも反論しようものなら、クビにされる。
　　（要是跟社長稍微唱反調的話，就會馬上被炒魷魚。）

10. ～ながらの（～的狀態下）
　・昔ながらの街並み
　　（跟以前一樣的街道）
　・涙ながらの訴え
　　（聲淚俱下的控訴）

11　～といったらありはしない（非常～／極度～）
　・憧れの人に会えた喜びといったらない。
　　（能夠遇到憧憬的人，這種喜悅是無法比擬的。）
　・誰もいない家に帰る寂しさといったらありはしない。
　　（回到空無一人的房子是非常寂寞的。）

12. ～ではあるまいし（又不是～當然…）
　・神様ではあるまいし、天気を変えることはできない。
　　（又不是神，沒有辦法改變天氣。）
　・子どもではあるまいし、自分の発言には責任を持たなければならない。
　　（又不是小孩子，必須對自己的發言負責任。）

13. ～にして（強調）
　・この道 30 年の職人にして初めてできる技。
　　（研究這領域 30 年的老師傅才會的技術。）
　・人生 50 年にしてはじめてわかることもある。
　　（有些事活了 50 年才懂。）

14. A ながら B（雖然 A 但是 B）
　・貧しいながら幸せに暮らしている。
　　（雖然貧窮，但過得很幸福。）
　・彼は若いながら、しっかりとした考えを持っている。
　　（雖然他還很年輕，但擁有腳踏實地的想法。）

15. ～ところをみると (從～來看 / 來判斷＋推測)
　　・子どもが食べ残しているところをみると、美味しくなかったのだろう。
　　　(從孩子沒有把東西吃完來判斷，應該是不好吃吧。)
　　・負けて悔しがっているところをみると、真剣に練習してきたことがわかる。
　　　(看到輸了悔恨不及，就知道應該有很認真地練習。)

16. ～ばかりだ (事物的(不好的)持續變化)
　　・川の魚が減っていくばかりだ。
　　　(河川的魚越來越少。)
　　・最近の映画はつまらなくなっていくばかりだ。
　　　(最近的電影越來越無聊。)

17. A に伴って B (隨著 A，B 也～ / A 變化 B 也變化)
　　・年を重ねるに伴って、涙もろくなった。
　　　(隨著年齡的增長，變得容易落淚。)
　　・スマホの普及に伴って、本を読む人が減った。
　　　(隨著智慧型手機的普及，讀書的人減少了。)

18. ～つつ (一邊～，一邊～)
　　・電車で風景を楽しみつつ、移動する。
　　　(搭電車一邊享受風景，一邊移動。)
　　・実際の試合を想像しつつ、練習する。
　　　(一邊想像實際比賽的樣子，一邊練習。)

19. ～ものがある (有～傾向 / 具有～要素 / 有～感覺)
　　・子どもが成長していくのは嬉しいものがある。
　　　(小孩子逐漸成長是令人感到開心的。)
　　・自然がなくなっていくのは悲しいものがある。
　　　(自然環境逐漸減少真令人感到悲傷。)

1. 彼は気に入らないことがあると、文句を言わず（　　　　　）。
   ① でもない　　　② にはおかない　　③ ともよい

2. あと一歩のところで試合に負けた悔しさと（　　　　　）。
   ① いっても過言ではない　　　② いったらありはしない　　　③ いえなくもない

3. 早く対処すればよい（　　　　　）、放置したために問題が大きくなってしまった。
   ① わけを　　　② ものを　　　③ ことを

4. この歳（　　　　　）、やっと親の言葉の意味がわかった。
   ① にして　　　② ともなると　　　③ といえば

5. インターネットの普及（　　　　　）、テレビの影響力が小さくなった。
   ① に伴って　　　② にかかわらず　　　③ によると

6. 英語の成績は学年トップだが、数学（　　　　　）赤点だ。
   ① としては　　　② ときたら　　　③ といえども

7. この製品は昔（　　　　　）製法で作られているため、大量生産できない。
   ① ならでは　　　② ながらの　　　③ ならずも

8. 金持ち（　　　　　）、贅沢な生活はできない。
   ① だからこそ　　　② ではあるまいし　　　③ ともなると

9. 故郷が開発されていくのは、寂しい（　　　　　）。
   ① ものがある　　　② ものもない　　　③ わけもない

10. 私の知る（　　　　　）では、そのような事実はない。
    ① かぎらず　　　② かぎって　　　③ かぎり

まず質問を聞いてください。そのあと、問題用紙の選択肢を読んでください。読む時間があります。それから話を聞いて、問題用紙の1から4の中から、最もよいものを一つ選んでください。

1) (　　　　　)
　　① 学生の成績を一番に考える先生だから
　　② 校長先生とうまくやれているから
　　③ 学生に慕われている先生だから
　　④ 校長先生に嫌われているから

2) (　　　　　)
　　① 地震で電車が徐行運転をしているから
　　② 地震で男の人の家が被害を受けたから
　　③ 地震で電車が動いていないから
　　④ 地震で男の人が被害を受けたから

＊聴解問題音檔 QR Code 請参閲 P.12

✎ ふくしゅう　復習

1.《　　　　》の中から最もよいものを選んでください。
　　必要な場合は、適当な形に変えてから書いてください。

1）この推理小説は（　　　　　　）がなさすぎて、つまらない。

2）（　　　　　　　）動きで捕食者から逃げ切った。

3）趣味に（　　　　　）たいが、忙しくて時間も体力もない。

4）台湾や韓国であれば、（　　　　　　）で旅行することもできなくはない。

5）（　　　　　　）考え方は悪くないが、反省することを忘れてはならない。

6）世界的なスーパースターの発言は、（　　　　　）影響力を持っている。

7）家族を（　　　　　　）んがために頑張って働いている。

8）友人が書いた小説を（　　　　　）読んでみた。

9）この研究への（　　　　　　）なら、私は誰にも負けていないと思う。

10）30 年前にはインターネットがここまで（　　　　　　）とは想像すらできなかった。

《　　　　　絶大　　養う　　日帰り　　普及する　　没頭する
　　　　　意欲　楽天的　　ざっと　　俊敏　　リアリティ　　　　》

2.《　　　　　》の中から最も適当なものを選んでください。

1）（　　　　　　）の痛さに思わず叫んでしまった。

　　《　とても　／　非常に　／　少し　／　あまり　》

2）せっかくの休日だが、ひどく疲れていて、遊びに行く（　　　　　）。

　　《　ところだ　／　ところだった　／　どころではない　／　どころか　》

3）彼は海外で育った（　　　　　）、考え方が少し違う。

　　《　とあれば　／　とあって　／　とあるなら　／　とあるし　》

4）どう頑張っても仕事が終わらないので、残業せ（　　　　　）。

　　《　ないではすまない　／　なければならない　／　ざるをえない　／　ずにすむ　》

5) 材料が届か（　　　　　）、生産を始められない。

《　なくても　／　ないことには　／　ないのに　／　ないと言えば　》

6) 何度も繰り返し練習した（　　　　　）、本番前は緊張する。

《　とあって　／　とはいえ　／　ともあれ　／　ときては　》

7) 日本人が使っている（　　　　　）、正しい日本語とは限らない。

《　ため　／　のだから　／　からして　／　からといって　》

8) 冷静な彼が慌てている（　　　　　）、大変なことが起きたのだろう。

《　ところをみると　／　ところなので　／　ばかりに　／　としても　》

9) 少子高齢化によって、若者の負担は増える（　　　　　）。

《　ところだ　／　ばかりだ　／　限りだ　／　つつある　》

10) 大学を卒業して（　　　　　）、友人と全然会わなくなった。

《　きり　／　限りに　／　までして　／　からというもの　》

3. 《　　　　　》の中の表現を並べ替えて、正しい文にしてください。

1)《　という　／　なった　／　成人　／　ものの　／　に　》これといった実感は
特にない。

→＿＿＿＿＿＿＿＿＿＿＿＿＿＿＿＿＿＿＿＿＿これといった実感は特にない。

2)《　なしに　／　状況を　／　現場の　／　こと　／　見る　》、書類だけで判断
することはできない。

→＿＿＿＿＿＿＿＿＿＿＿＿＿＿＿＿＿＿＿＿、書類だけで判断することはできない。

3) あんなやつには《　やる　／　1円　／　貸して　／　たり　／　とも　》つもり
はない。

→あんなやつには＿＿＿＿＿＿＿＿＿＿＿＿＿＿＿＿＿＿つもりはない。

4) 彼は《　大学で　／　かたわら　／　作家　／　教える　》としても活動している。

→彼は＿＿＿＿＿＿＿＿＿＿＿＿＿＿＿＿＿＿＿としても活動している。

5) 私とは考え方が違うが《　もの　／　彼の　／　でも　／　主張も　／　わから
ない　／　ない　》。

→私とは考え方が違うが＿＿＿＿＿＿＿＿＿＿＿＿＿＿＿＿＿＿＿＿。

6) 毎日《　頑張って　／　だけに　／　勉強を　／　きた　》合格の喜びはひとしおだった。

→毎日＿＿＿＿＿＿＿＿＿＿＿＿＿＿＿＿＿＿＿＿合格の喜びはひとしおだった。

7) 地球環境のために、私たちにも《　できる　／　まいか　／　の　／　ある　／　何か　／　では　》。

→地球環境のために、私たちにも＿＿＿＿＿＿＿＿＿＿＿＿＿＿＿＿＿。

8) 私の《　そんな　／　調べた　／　記録は　／　限り　／　なかった　》。

→私の＿＿＿＿＿＿＿＿＿＿＿＿＿＿＿＿＿＿＿＿＿＿＿。

9) 《　ものを　／　いい　／　通りに　／　指示　／　やれば　》自分のやり方でやろうとして失敗した。

→＿＿＿＿＿＿＿＿＿＿＿＿＿＿＿＿＿自分のやり方でやろうとして失敗した。

10) ずっと好きだった人と結婚できる《　嬉しさ　／　ありは　／　といったら　／　しない　》。

→ずっと好きだった人と結婚できる＿＿＿＿＿＿＿＿＿＿＿＿＿＿＿＿＿。

✏ ふくしゅう　復習

4. 次の文章を読んで、文章全体の内容を考えて、　1　から　4　の中に入る最もよい ものを、①から④から一つ選んでください。

　　コーヒーは体にいいか悪いかという議論が何度となく繰り返されている。周知の通り、コーヒーにはカフェインが含まれている。そのメリットとデメリットに関する様々な研究結果が出ている。

　　カフェインには覚醒効果があることが知られているが、集中力や記憶力を向上させる効果もあるそうだ。また、運動機能も向上すると言われており、競技前にカフェインを摂取する選手もいるそうだ。

　　　1　、カフェインには悪い面もある。まずは依存性が強いことだ。さらに、人によっては耐性がついて覚醒効果が得られなくなり、カフェインの摂取量が徐々に増えていくことになる。カフェインの撮り過ぎは頭痛や胃痛、下痢などを起こす　2　、不安や不眠の原因になる。夜眠れないことで昼間に眠たくなり、眠気を覚ますためにカフェインを摂取し、そのせいでまた夜眠れないという負のスパイラルに陥っている人も少なくない。

　　しかし、カフェイン摂取を止めると　3　苦痛が伴う。日常的にカフェインを摂取している人がカフェインの摂取を止めると離脱症状に襲われるからだ。代表的な症状は頭痛だ。また、だるさややる気のなさといった症状も現れる。それらを解消するためにカフェインを摂取したくなってしまうのだ。こうした離脱症状に耐えカフェイン断ちに成功すると、頭痛の解消、情緒の安定、睡眠の質向上などの効果が得られる。コーヒーに限らず、どんなものであれ、やはり摂りすぎはよくないのだ。嗜好品もほどほどにと言った　4　か。

1	① 一方で	② その後	③ その上	④ ところで
2	① ほか	② ばかりに	③ わりに	④ ことなく
3	① 言えば	② なると	③ したから	④ あって
4	① こと	② ところ	③ わけ	④ ばかり

5. 《聴解問題》まず質問を聞いてください。それから話を聞いて、1から4の中から最も
　　よいものを一つ選んでください。

　　1) (　　　　　) ア：コーヒーセット　　① 女：ア　男：イ
　　　　　　　　　　イ：ビール1年分　　　② 女：ウ　男：ア
　　　　　　　　　　ウ：旅行券　　　　　③ 女：エ　男：イ
　　　　　　　　　　エ：商品券　　　　　④ 女：イ　男：ア

　　2) (　　　　　) ① ケース　　② ベッド　　③ 雑誌　　④ 本

　　3) (　　　　　) ① 会議に必要なものを持っていく
　　　　　　　　　　② 身だしなみを整えて、会議の準備をする
　　　　　　　　　　③ 会議の準備をし、封筒を届ける
　　　　　　　　　　④ 女の人が持っている資料を、会議室に持っていく

　　4) (　　　　　) ① 熱を測る　　　　　② 来週まで仕事を休む
　　　　　　　　　　③ すぐに家へ帰る　　④ 仕事を続ける

　　＊聴解問題音檔 QR Code 請参閱 P.12

コーラの豆知識

日本的「成人の日」

「成人節(成人の日)」最早被指定為 1 月 15 日，
但現在已經變更為 1 月的第二個星期一。作為傳統的
重要國定假日之一，在成人節這天，滿 20 歲的男生
會穿著西裝，女生則會穿著華麗的和服，參加成人儀
式接受祝福。換句話說，在日本滿 20 歲就被認定是
成人，此時除了擁有選舉等公民權（18 歲開始就有
選舉權）外，法律上也允許抽煙、喝酒等行為。

一緒に頑張りましょう！

第九課

09 だいきゅうか

09 移民問題
第九課

〈 たんご 単語 〉

單字	漢字	中譯	詞性
1 うずめる		掩埋	動詞 II
2 かじょう	過剰	過剰	な形容詞
3 あっせんする	斡旋する	斡旋	動詞 III
4 どみにかきょうわこく	ドミニカ共和国	多明尼加共和國	名詞
5 とこうする	渡航する	出國	動詞 III
6 いし	意思	打算	名詞
7 おもむく	赴く	前往	動詞 I
8 あれち	荒れ地	荒地	名詞
9 すえに	末に	歷經、試了～之後	
10 いさかい		衝突	名詞
11 こんいん	婚姻	婚姻	名詞
12 さぞ		想必	副詞
13 こころぼそい	心細い	不安	い形容詞
14 こせき	戸籍	戶籍	名詞
15 しゅうよう	収容	拘留	名詞
16 シーツ		床單	名詞
17 とまどい	戸惑い	迷惘	名詞
18 かいご	介護	照護	名詞
19 とけこむ	溶け込む	融入	動詞 I
20 よぎ	余儀	其他意見、方法	名詞

　旅行とは、最後には自宅へ帰ってくることを指す。しかし、移民はそれと違い、移住先で骨をうずめる覚悟をもってするものだ。なかなかそれを決意する人はいないだろうと思いきや、現在子孫を含めた日系人は 300 万人以上存在するというのだから、驚きだ。

　日本の移民の歴史は、明治元年のハワイへの移民を皮切りとして、以後、次々と新天地へと日本を後にした。国内の労働力が過剰だったため、日本政府が積極的に斡旋したのだ。主な渡航先は、ブラジル、アメリカ、ドミニカ共和国など幅広く、いずれにしても地球を半周するほど遠い地が多かった。

　労働のための移民とはいえ、船の料金なども払わなければならなかったため、最低限の資金が用意できる者で、なおかつ健康な者しか渡航できなかったそうだ。乗船前には健康診断があったという。人々は、最初は移住する意思はなく、「失敗したら帰国するまでだ」と出稼ぎのつもりで赴いた。しかし、現地は劣悪な環境もめずらしくなく、働く農場どころか家までない荒れ地から始めなければならず、帰りの船の料金を工面できずに残ることになる。けれど、貧困や困難の末に富を築いた者もいたようだ。日本人というものはどこに行っても真面目に仕事に取り組むので、それが現地の労働者とのいさかいにつながることもあったとか。

　日系移民の一世は、ほとんどが単身の男性だった。当時は日本人女性以外との結婚は考えられないことで、金銭的に余裕がある人は帰国して結婚し、妻と共に再度渡航した。しかし、多くの人はそれが叶わず、そこで生まれたのが「写真結婚」だ。これは、故郷の家族や親戚に仲介を頼み、お互いの写真を交換するお見合いだ。つまり、男女

09

だいきゅうか　第九課

は一度も会うことなしに婚姻を結んだのだ。妻となった女性は、「呼び寄せ」という形で夫の待つ異国へと渡ったのである。インターネットも電話も普及していなかった時代だ。1人船に乗り込む若い女性達は、さぞ心細くてならなかっただろう。戸籍上は夫といえども、声も聞いたことがない人と、現代よりもずっと遠い世界に感じただろう異国で暮らすことになるのだから。

　第二次世界大戦中、米国の日系移民は強制収容された。二世である画家のヘンリー杉本は、まともな画材もなく、自由もきかない状況にあってもシーツなどに当時の様子を描いた。収容所内の風景や人々の怒りや悲しみ、戸惑いを記録したのである。後にそれは貴重な証拠となり、レーガン大統領は「第二次世界大戦中の日系人強制収容は誤りであった」とし、収容者に保証金を出す法案にサインしている。

　さて、現在はというと、海外へ移住する日本人はいないことはないが、小規模だ。日本の課題としては、いかに外国からの移民を受け入れるか、である。台湾では、介護の現場などで外国人労働者が働く姿をよく目にするという。彼らは台湾の社会に溶け込んでいるようだ。介護は家族でもできないものでもないが、社会の高齢化が進むとともに介護人口も増え、日本は猫の手も借りたいくらいなのが現状である。これらを踏まえて考えると、日本でも移民を受け入れるべきだと思うが、果たして日本人は台湾人のように外国人と共に生きる選択ができるだろうか。江戸時代の終わりに開国した日本だが、これからは日本人一人一人が心を開くことを余儀なくされるかもしれない。

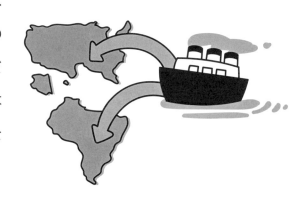

文　型

1. ～をもって（以～＝で（方法、基準、期限））
    ・身をもって体験したことは忘れない。
    　（親身體驗的事情是忘不掉的。）
    ・彼の能力をもってすれば、きっと解決できる。
    　（如果依靠他的能力，一定可以解決的。）

2. A を皮切りとして（以 A 為開端，陸續～）
    ・減税を皮切りに多くの景気対策が行われた。
    　（以減稅為開端，實施了很多景氣對策。）
    ・コンサートは東京を皮切りに 10 都市で開かれた。
    　（演唱會以東京為起點，陸續在 10 個城市舉辦了。）

3. ～しても（就算～也…）
    ・たとえ反対されたとしても、諦めない。
    　（就算被反對，也不放棄。）
    ・どんな仕事をするにしても、コミュニケーション能力は必要だ。
    　（不管做什麼樣的工作，溝通能力都是必要的。）

4. ～までだ（就只能這樣了（無須多想））
    ・彼が契約を守らなければ、訴えるまでだ。
    　（如果他不遵守契約，就只能控告他。）
    ・給料を上げてくれないのなら、別の会社に転職するまでだ。
    　（如果不調漲薪水，我就只好去別的公司。）

5. A どころか B（不但沒有 A，反而 B（相反））
    ・毎日ジョギングしているのに、痩せるどころか、体重が増える一方だ。
    　（明明每天都有在慢跑，但不但沒有瘦下來，體重還反而不斷地增加。）
    ・昨日の予報では大雨だったのに、雨どころか、雲一つない晴天だ。
    　（昨天的氣象預報說會下大雨，但不但沒有下雨，還是萬里無雲的大晴天。）

6. ～末に（歷經、試了～之後，最後…）
    ・悩んだ末に出席しないことにした。
    　（煩惱了很久，最後決定不出席。）
    ・話し合いの末に和解した。
    　（商量了很久，最後和解了。）

7. ～というものは…（所謂的～就是…）
    ・子どもというものは社会全体の宝だ。
    　（小孩子就是整個社會的寶物。）
    ・お金というものは人を幸せにも不幸にもする。
    　（金錢這個東西可以使人幸福，也可以使人不幸福。）

8. 〜（こと）なしに（不〜就做…）
　　・彼は一度も振り返ることなしに去っていった。
　　　（他一次也沒回頭就離開了。）
　　・社員たちは不満を言うことなしに働いている。
　　　（員工們毫無怨言地默默工作。）

9. 〜てならない（非常〜）
　　・試験の結果が気になってならない。
　　　（非常在意考試結果。）
　　・試合に負けたことが悔しくてならない。
　　　（比賽輸了非常悔恨。）

10. 〜上（從〜觀點來看／就〜來說）
　　・法律上、未成年の飲酒は禁止されている。
　　　（法律上，禁止未成年人飲酒。）
　　・計算上では 2055 年に世界の人口が 100 億人を超えるらしい。
　　　（就計算結果來看，2055 年世界人口會超過 100 億人的樣子。）

11. A といえども B（雖然 A，但是 B／即使 A，也不 B）
　　・テレビを見る人は減ったといえども、高齢者への影響力は大きい。
　　　（雖然看電視的人減少了，但是，對高齡者的影響力還是很大。）
　　・この辺りの冬は暖かいので、雪が降るといえども積もることはない。
　　　（因為這一帶的冬天很暖和，雖然會下雪，但不會積雪。）

12. 〜にあって（身處於〜）
　　・ネットが普及した時代にあっては、海外の出来事もすぐに知ることができる。
　　　（身處於網路普及的時代，就算是國外發生的事情，也可以馬上知道。）
　　・彼らはエレベーターに閉じ込められた状況にあっても、落ち着いて救助を待った。
　　　（他們即使被困在電梯裡，也很冷靜地等待救援。）

13　〜ないことはない（也不是不〜、有可能〜）（避免斷定）
　　・彼がちゃんと謝れば、許さないことはない。
　　　（他好好道歉的話，我有可能會原諒他。）
　　・今から必死に勉強すれば、合格できないことはない。
　　　（從現在起拚命學習的話，也是有可能會合格的。）

14. A とともに B（伴隨著 A 〜 B 也…／A 變化，B 也跟著變化）
　　・試合が近づくとともに、緊張してきた。
　　　（隨著比賽接近，我也跟著緊張起來了。）
　　・暗くなるとともに、気温がぐっと下がった。
　　　（隨著天色變暗，氣溫也驟降。）

15. 〜を踏まえて（以〜為前提 / 考慮到〜）
　　・前回の失敗を踏まえて、計画を立て直す。
　　　（考慮到之前的失敗經驗，重新訂計畫。）
　　・自分の経験を踏まえて、アドバイスする。
　　　（基於自己的經驗給出建議。）

16. 〜を余儀なくされる（不得不〜 / 被迫〜）
　　・大雨のため、試合の中止を余儀なくされた。
　　　（因為下大雨的關係，比賽不得不中止。）
　　・飛行機の機材トラブルのため、空港での宿泊を余儀なくされた。
　　　（因為飛機機體材料故障的關係，被迫在機場住上一晚。）

09

だいきゅうか　第九課

まとめ問題

1. 詳細は書面（　　　　）お知らせいたします。
   ① をもって　　② にとって　　③ にかわって

2. これまでの研究の結果（　　　　）、新しい仮説を立ててみる。
   ① によると　　② からして　　③ を踏まえて

3. 休日に雨が降って出かけられないなら、家で読書をする（　　　　）。
   ① までだ　　② からだ　　③ わけだ

4. この工場は24時間休む（　　　　）生産を続けている。
   ① ことから　　② ことなく　　③ こととて

5. 私は転勤のため、引っ越しを余儀（　　　　）。
   ① なくした　　② なくされた　　③ なくさせた

6. 彼は先生に叱られて、反省する（　　　　）反抗したらしい。
   ① ところが　　② どころか　　③ ところで

7. 政治家という立場に（　　　　）、言動には常に気を使わなければならない。
   ① 対しては　　② ついては　　③ あっては

8. あの男の逮捕を（　　　　）、事件の関係者が次々と逮捕された。
   ① 皮切りに　　② 限りに　　③ もって

9. 専門家と（　　　　）、間違えることはある。
   ① いえども　　② いったら　　③ いうものは

10. これは20年研究した（　　　　）出した結論だ。
    ① ところに　　② ばかりに　　③ 末に

聴解問題

まず質問を聞いてください。そのあと、問題用紙の選択肢を読んでください。読む時間があります。それから話を聞いて、問題用紙の1から4の中から、最もよいものを一つ選んでください。

1) (　　　　)

　　① この写真家が好きだから

　　② 写真のタイトルや説明がわかりやすいから

　　③ 写真集のタイトルが面白いから

　　④ 写真を見ながら小さい時の街の様子を考えられるから

2) (　　　　)

　　① サイズが大きくなったこと

　　② 省エネルギーであること

　　③ 冷蔵庫の中の臭いがとれること

　　④ 冷蔵庫の中の温度が外から見られること

＊聴解問題音檔 QR Code 請參閲 P.12

一緒に頑張りましょう！

第十課

10 だいじゅっか

- ～ずにはすまない
- ～てまで
- ＡおろかＢ
- ～にたえない
- ＡがてらＢ
- Ａや否やＢ
- ～ようが
- ～なりの
- ～すぎない
- ～にしろ

10 若者の〇〇離れ
第十課

〈 たんご 単語 〉

單字	漢字	中譯	詞性
1 ひなんする	非難する	批評	動詞 III
2 メディア		媒體	名詞
3 しこう	志向	取向	名詞
4 かくりつする	確立する	奠定地位、基礎	動詞 III
5 いばしょ	居場所	棲身之所	名詞
6 たえる		值得	動詞 II
7 がてら		順便	接尾語
8 〜やいなや	〜や否や	剛〜就開始〜	
9 ほおばる	頬張る	大口吃	動詞 I
10 のぞく	覗く	偷看	動詞 I
11 どうやら		好像	副詞
12 いつしか		不知不覺間	副詞
13 ひつぜん	必然	必然	名詞
14 つづる	綴る	抒發	動詞 I
15 よそう		盛飯	動詞 I
16 むろまちじだい	室町時代	室町時代	名詞
17 うれう	憂う	擔憂	動詞 II
18 ぴんとくる		突然有靈感	
19 もさくする	模索する	摸索	動詞 III
20 ものごと	物事	事物	名詞

〈 若者の〇〇離れ 〉

　近年、大人が若者を非難するかのような言い方である「若者の〇〇離れ」が、メディアで盛んに取り上げられるようになっている。例えば、若者の「車離れ」や「ブランド離れ」、「読書離れ」などだ。しかし、労働時間が長いわりに給料は少なく、将来に不安を感じる多くの若者は、貯金せずにはすまないだろう。高い維持費をかけてまで車を持とうとしなかったり、高級志向にならないのは仕方ないことだ。書籍も、たくさん買うとなるとお金がかかる。

　しかし、「若者の活字離れ」も叫ばれているが、これは本当にそうだろうか。インターネットが社会で確立した時代に生まれた今の日本の若者にとって、パソコンやスマホは生活必需品であり、人生の一部となっている。小説はおろか漫画も読まない若者もいるそうだが、ＳＮＳはだいたいが利用しているだろう。内閣府の調査によると、15 ～ 29 歳の若者の 6 割が「ネットは自分の居場所だ」と思っているそうだ。ということは、一文一文は短く、時には見るにたえないような文章もあるだろうが、毎日必ず活字には触れているはずなのだ。

　先日、休憩がてらに立ち寄ったファストフード店で、1 人の高校生を見かけた。彼は席に着くや否やハンバーガーを頬張りながらスマホを操作し始めた。チラッと覗いてみると、どうやら小説を読んでいるようだった。「読書離れ」は、大人がそう勝手に判断しているだけかもしれない。本でなくとも物語を読むことはできる。楽しそうな彼を見ていると、もしかするとお金があろうがなかろうが、今の若者には関係ないかもしれないと思い始めた。お金がないならないなりの楽しみ方があるのではないかと。

　その一つは、「若者言葉」だろう。最初は仲間内だけが理解できた言葉が、いつしか広い範囲で知られるようになり、その表し方も多様化した。しかし、このような言葉は時代と共に忘れられるのは必然だ。最近はあまり見なくなった、空気が読めないことを表す「KY」や、ギャル文字などもそれにすぎなかったのだろう。けれど、例外もある。それは、平安時代、宮女によって使われ始めた「ひらがな」である。元々の形は漢字だが、心情を綴るにはひらがなの方が便利だったのだ。すぐに書き留めたい時に限って漢字を忘れたりするのは今も昔も変わらない。また、ご飯をよそう時に使う「しゃもじ」など、室町時代の宮女が語尾に「もじ」を付けた言葉は今も残っている。

　年長者は、かつて自分が夢中になったものに若者が興味を示さないのが寂しいのかもしれない。そして、「こんなに楽しいことを知らずにいるなんて」と憂う。しかしながら、「○○離れ」という言葉を使ってはいるものの、実際は最初から離れているか、「読書は本で」というような大人が思う典型的な形から外れているのではないだろうか。何にしろ、若者からすると、一番ぴんとこない言葉だろう。情報が簡単に手に入るようになった現在、彼らは彼らの方法で楽しみ方を模索しているのだから。これからの大人は、物事の多様化を認め、「子離れ」し、若者を見守っていくべきだろう。

文　型

1. A かのような B（彷彿是〜、就像是〜（但實際上不是））
   ・冷蔵庫の中にいるかのような寒さ。
   　（彷彿身處於冰箱中一般寒冷。）
   ・ホースで水をまいているかのような豪雨。
   　（彷彿用水管噴水般的大雨。）

2. 〜ずにはすまない（不〜無法解決問題、不被允許（某些行為無法避免））
   ・お世話になったので、お礼をせずにはすまない。
   　（因為承蒙照顧，不道謝就說不過去。）
   ・業績が大幅に落ち込んだので、経営陣は辞任せずにはすまない。
   　（因為業績大幅下降，管理階層必須辭職。）

3. 〜てまで（不惜〜 / 硬是〜）
   ・自然を失ってまで、新しいダムを作る必要があるのだろうか。
   　（有必要不惜破壞自然，建造新水庫嗎？）
   ・借金してまで、彼女にプレゼントを買おうとは思わない。
   　（我沒有打算硬是去借錢，給女朋友買禮物。）

4. A おろか B（A 就不用說了，連 B 都〜）
   ・車はおろかバイクの免許も持っていない。
   　（汽車就不用說了，連機車的駕照都沒有。）
   ・喉が痛くて、会話はおろか水を飲むことさえ辛い。
   　（因為喉嚨很痛，交談就不用說了，連喝水也覺得不舒服。）

5. 〜にたえない（不值得〜 / 不堪〜）
   ・あまりにかわいそうで、見るにたえなかった。
   　（因為太過於可憐，看不下去。）
   ・彼の話は愚痴ばかりなので、聞くにたえない。
   　（他的話充斥著抱怨，不值得一聽。）

6. A がてら B（做 A 順便 B）
   ・散歩がてら、本屋に行く。
   　（散步順便去書局。）
   ・食事がてら、軽いミーティングをする。
   　（一邊用餐順便做簡單的面談。）

7. A や否や B（做 A 的同時也做 B/ 做 A 馬上做 B）
   ・昨日はベッドに横になるや否や、寝てしまった。
   　（昨天一躺到床上就睡著了。）
   ・電車のドアが開くや否や、急いで席に座った。
   　（電車的門一打開，馬上衝進去坐。）

8. ～ようが (即使～也沒關係)
　・親に反対されようが、あの人と結婚する。
　　(就算被父母反對也要跟那個人結婚。)
　・たとえ失敗しようが、後悔はしない。
　　(即使失敗也不會後悔。)

9. ～なりの (相對應的～ / 相符合的～)
　・子どもには子どもなりの悩みがある。
　　(小孩子有小孩子的煩惱。)
　・他人の真似ではなく、自分なりの方法を探す。
　　(不是模仿別人，而是探索專屬於自己的方法。)

10. ～すぎない (只不過是～ (沒什麼大不了))
　・私が優勝できたのは運が良かったからにすぎない。
　　(我獲得冠軍，只是因為運氣好而已。)
　・この問題が解けたのは 3%の受験生にすぎない。
　　(能夠把這個問題解開的僅僅只有 3%的考生。)

11. ～に限って (只要是～絕不… / 越是～越… / 偏偏)
　・急いでいる時に限って、赤信号が多い。
　　(越是急的時候，紅燈就越多。)
　・早く寝たい時に限って、なかなか寝られない。
　　(越是想早點睡覺就越睡不著。)

12. ～にしろ (即使～ / 就算～)
　・欠席するにしろ、早めに返事をしたほうがいい。
　　(就算你要缺席，也要儘快回信比較好。)
　・故意ではないにしろ、他人に迷惑をかけたら謝るべきだ。
　　(即使不是故意的，給別人添了麻煩的話，也應該道歉。)

13. ～からすると (從～立場來看 / 考慮＋判斷、推測、意見)
　・子どもからすると、この料理は辛すぎる。
　　(對小孩子來說，這道菜太辣了。)
　・地方の人からすると、東京の電車は複雑だ。
　　(以外地人的立場來想，東京的電車太複雜了。)

まとめ問題

1. 他の人に何を言われ（　　　　）、私は気にしない。
　　① たなら　　　② ようが　　　③ れば

2. 悪いことをしたのだから、謝罪（　　　　）。
　　① しないですむ　　　② してすまない　　　③ せずにはすまない

3. 健康のために、晴れの日は運動（　　　　）歩いて出勤している。
　　① だけに　　　② がてら　　　③ ながら

4. 大人は子ども（　　　　）努力を否定してはいけない。
　　① なりの　　　② ならでは　　　③ ならば

5. 授業がつまらない（　　　　）、教室で寝てはいけない。
　　① ならば　　　② にしろ　　　③ とすれば

6. 日本語の勉強を始めたばかりなので、話すことは（　　　　）、カタカナを読む
　　こともできません。
　　① のみならず　　　② おろか　　　③ どころか

7. 広東語がわかると言っても、漢字を見てわかる程度に（　　　　）。
　　① 限らない　　　② すぎない　　　③ たえない

8. 彼は定時になる（　　　　）退社した。
　　① や否や　　　② とたん　　　③ ところ

9. 友人を利用（　　　　）お金を儲けようとは思っていない。
　　① するため　　　② してまで　　　③ したなら

10. 被災地の惨状は想像する（　　　　）。
　　① にたえない　　　② かねない　　　③ たまらない

聴解問題

まず質問を聞いてください。そのあと、問題用紙の選択肢を読んでください。読む時間があります。それから話を聞いて、問題用紙の1から4の中から、最もよいものを一つ選んでください。

    1)（　　　　　）

       ① 悪用されるのが怖いから

       ② 勉強できなくなると困るから

       ③ 知らない人に写真を見られてしまうから

       ④ 友達との関係がこじれたことがあるから

    2)（　　　　　）

       ① 利用申請書と料金を忘れたから

       ② 利用申請書のコピーがなかったから

       ③ 利用計画書の書き方がよくなかったから

       ④ 利用計画書を提出しなかったから

＊聴解問題音檔 QR Code 請參閱 P.12

古時日本人要離別時，會把頭貼在馬的鼻子上？

　　日文中的「餞別（せんべつ）」和中文一樣，都是對即將搬家、轉職或出遠門的人贈送金錢或物品以示祝福。「餞」這個字單唸為「はなむけ」，它最早指的是：送行的人，為了祈求離開的人旅程平安，把自己的頭緊貼在馬的鼻子上表示祝福，這動作就是「馬（うま）の鼻（はな）に向（む）け」，將它省略成「鼻（はな）向（む）け」後再演變成「餞（はなむけ）」。

一緒に頑張りましょう！

第十一課

11 だいじゅういっか

- ＡであれＢであれ
- 〜なくもない
- 〜にたえる
- ＡといわずＢといわず
- 〜ないではおかない
- 〜ならいざしらず
- Ａいかんによって
- ＡなくしてはＢ
- 〜にせよ
- 〜だけまし

11 トイレ
第十一課

〈 たんご 単語 〉

單字	漢字	中譯	詞性
1 こうしゅう	公衆	公共	名詞
2 プライベート		私人	な形容詞
3 いごこち	居心地	住起來的感覺、心情	名詞
4 みまちがう	見間違う	看錯、誤認為	動詞 I
5 おちつく	落ち着く	好整以暇	動詞 I
6 したごころ	下心	企圖	名詞
7 ついでに		順便	副詞
8 みこむ	見込む	看準、估計	動詞 I
9 よりそう	寄り添う	迎合	動詞 I
10 あかじ	赤字	虧損	名詞
11 さゆうする	左右する	影響	動詞 III
12 てっていする	徹底する	徹底	動詞 III
13 ウォシュレット		免治馬桶	名詞
14 わずか	僅か	僅僅	副詞
15 じょうねつ	情熱	熱情	名詞
16 そうい	相違	不一致	名詞
17 いいつたえ	言い伝え	口耳相傳	名詞
18 きみのわるい	気味の悪い	陰森可怕	
19 はなれ	離れ	離開主建築物的獨立建築物	名詞
20 オムツ		尿布	名詞

〈 トイレ 〉

　自宅はもちろん、駅であれ飲食店であれ、トイレは清潔で美しいに限る。公衆トイレであっても、トイレというものはプライベートな空間であるからして、きれいで居心地がいいにこしたことはない。

　日本のトイレは、有料のものがなくもないが、そのほとんどが無料だ。コンビニでは、トイレのドアに「ご自由にお使いください」という紙が貼られ、慣れない土地にいる時などは大いに助けられる。着替え台が付いているところも珍しくなくなった。また、デパートの女子トイレでは、併設してホテルの一室と見間違うようなパウダールームがあったりして、優雅な空間で落ち着いて過ごせる。

　では、どうしてこのようにサービスがいいかというと、やはり下心があるからだ。今やトイレは商売道具と言うにたえるものとなっている。コンビニといわずデパートといわず、トイレを使用するついでに商品を見ていってもらおうということだ。トイレを借りたからには、何か小さな物でも買わないではおかないお客さんがいると見込んでのことだろう。また、デパートは、土日ならいざしらず平日は客を呼びにくい。けれど、おしり拭きウェットティッシュまで付いたオムツ交換台があったり、幼児用の便座があれば、それを目当てにママ達が連れ立ってやってくる。

　客になるかどうかわからない人に先に寄り添うのは、赤字になりかねないのではないかと心配ではある。しかし、ここ日本においては、トイレの質いかんによって店の評判が左右されると言っても過言ではないのだ。デパートだけでなく、居酒屋であってもトイレが汚いともう二度とその店には行きたくなくなる。人気の店は、どこも徹底して掃除されている。それほど、トイレは日本人にとって大事な場所なのだ。

　ウォシュレットを発明したのが日本人だというのだから、その証明になるだろうか。便座に座る僅か数分をいかに快適にするか、その情熱なくしては生まれなかったものに相違ない。また、昔からトイレは排泄物を自然に返す入り口とされてきたため、神聖な場所と見なされてきた。そういうわけで、日本ではトイレに神様がいると信じられている。「便所をきれいにすると美しい子が生まれる」という言い伝えまであり、今でも日本人の妊婦はトイレ掃除を懸命にする。

　一方で、日本にはトイレにまつわる怪談も多数ある。小学校のトイレに現れるという「トイレの花子さん」は有名な話で、各都道府県によって少しずつ現れ方や設定が違うそうだ。何にせよ、全国的にトイレは子どもたちにとって気味の悪い所とも認識されていたのだろう。私も子どもの頃は、うちは一昔前では一般的だった離れにあるトイレじゃないだけましだったが、怖くて夜中に一人では行けなかった。姉をその度に起こし、嫌な顔をされたものだ。

　今、私にとっては世界一かわいい笑顔で、2歳の息子は「出たー!」と言いながら便座に座っている。トイレトレーニング中なのだ。もう間もなく、オムツを脱ぎ捨てるようになるだろう。こうして人は、成長の過程でなくてはならない場所を増やしていくのだ。と同時に、怖がりの息子のことだ、かつての姉のように、私も夜中に起こされる日も近いんじゃないかと思う。

文 型

1. A であれ B であれ（不管是 A 還是 B）
   ・パソコンであれケータイであれ、使い方が簡単なものが一番だ。
   （不管是電腦還是手機，操作容易的東西是最好的。）
   ・会社員であれ公務員であれ、みんな誰かのために働いていることに変わりはない。
   （上班族也好公務員也好，大家都是為了某人工作的這個事實並無不同。）

2. 〜に限る（＝〜が一番）（〜是最好的）
   ・寒い日は鍋に限る。
   （寒冷的日子火鍋是最棒的。）
   ・何事も焦らず落ち着いてするに限る。
   （不管是什麼事情都不要焦慮，沉著應對是最好的。）

3. 〜なくもない（也不是不〜／有一些〜）
   ・この会社を辞めることになって残念だという気持ちがなくもない。
   （離開這間公司，遺憾的心情多少還是有的。）
   ・この新しい機械が使えなくもないが、操作を全部覚えるには時間がかかりそうだ。
   （這個新機器也不是不會使用，但是要把操作方式全部記起來好像很花時間的樣子。）

4. 〜にたえる（有〜的價值／可以〜）
   ・この絵本は幼い子ども向けではあるが、大人でも読むにたえると思う。
   （這個繪本雖然是專為小朋友創作的，但我覺得大人也值得一讀。）
   ・あの評論家の話は時々訳が分からなくて、聞くにたえない。
   （那個評論家講的話有時候莫名其妙，因此不值得一聽。）

5. A といわず B といわず（不管是 A 還是 B 整體都〜）
   ・上着といわずズボンといわず、幼稚園から帰った子どもはいつも泥だらけだ。
   （不管是上衣還是褲子，從幼稚園回來的小孩子總是全身都是泥巴。）
   ・平日といわず休日といわず、この店はお腹を空かせた学生でいつも賑わっている。
   （不管是平日還是休假日，這家店都因飢腸轆轆的學生們來到而熱鬧不已。）

6. 〜ないではおかない（必然〜／一定〜／不〜會過意不去）
   ・ダイエットにこれほど効果があると言えば、女性は買わないではおかないだろう。
   （對減肥如此有效果的話，女生肯定會買的吧。）
   ・この辺りはあまりにも景色が美しくて、心を動かされないではおかない。
   （這附近景色十分漂亮，不禁讓人心馳神往。）

7. 〜ならいざしらず（〜的話還情有可原／如果〜，還另當別論…）
   ・元旦ならいざしらず、1 月 20 日になった今でもこの神社は初詣に来た人でごった返している。
   （元旦的話還能夠理解，可是已經是 1 月 20 號的現在，這個神社還是充滿來新年參拜的人。）
   ・1 週間待ってもらえるならいざしらず、2 日で修理を完成させるなんて無理な話だ。
   （客人如果願意給我一個禮拜的時間的話還有可能，但是兩天內要我們修理完是不可能的。）

8. ～かねない（有可能造成某種負面的情況）(有可能～)
  ・あの会社は今のままでは倒産しかねない。
    （那間公司照現在這樣下去的話，有可能會破產。）
  ・彼女は毎日家に引きこもっている。このままでは自殺しかねないと思う。
    （她每天把自己關在家裡面。再這樣下去的話，我認為有可能會自殺。）

9. A いかんによって（依據、根據 A）
  ・同じ説明でも、あなたの話し方いかんによって、お客様の受ける印象は大きく変わるでしょう。
    （即使是一樣的說明，但依據你的說話方式，客人接收到的印象也會產生很大的變化。）
  ・あなたの働き方いかんによって、今後の待遇を検討するつもりです。
    （我們打算根據你的工作方式來討論你之後的待遇。）

10. A なくしては B（不 A 就不能 B）
  ・地域住民の理解なくしては、新しいマンションは建設できない。
    （地方的居民他們不理解的話，新的公寓就沒有辦法建設。）
  ・愛なくして何の結婚だろうか。
    （沒有愛情的話，結什麼婚啊。）

11. ～に相違ない（肯定是～）
  ・彼女の話は事実に相違ないだろうが、念のためもう一度調べたほうがいいだろう。
    （她說的話應該是事實，但是以防萬一再調查一次比較好吧。）
  ・この器は江戸時代に作られたものに相違ありません。
    （這個器具肯定是在江戶時代被製作出來的。）

12. ～一方で（在 A 方面～在 B 方面…）
  ・あの先生は普段は優しい一方で、子どもを叱る時は鬼のように怖い。
    （那個老師平常是很溫柔的，但在罵小孩子的時候像魔鬼一樣恐怖。）
  ・人口が増え続ける都市がある一方で、過疎化に悩まされる地域も多い。
    （有些城市人口不斷增加，但另一方面，很多地方卻煩惱人口減少的問題。）

13. ～にせよ（＝にしても）(不管～)
  ・計画通り作業を進めるかどうか今検討中ですが、どちらにせよ今週中に結果をお伝えします。
    （作業能不能按照計畫進行，現在還在討論中，不管可以還是不可以，這星期內會跟你通知結果。）
  ・旅の目的は様々だが、どこへ行くにせよまずは飛行機のチケットを予約しなければならない。
    （旅行的目的各式各樣，但不管你是要去什麼地方，首先，你必須要訂機票。）

14. ～だけまし（還好是～ / 起碼～ / 至少～）
  ・昨日の晩、雨は強かったが、台風が直撃しなかっただけましだった。
    （昨天晚上雨雖然下得很大，但至少颱風沒有登陸。）
  ・中のお金は盗られてしまったが、落とした財布が返ってきただけましだ。
    （雖然裡面的錢被偷了，但還好掉的錢包有找回來。）

15. 〜ものだ（回想過去）

・子どもの頃、いたずらをしては母に叱られたものだ。
（小時候經常惡作劇，被媽媽罵。）

・高校の部活動では、いつも仲間が苦手な練習に付き合ってくれていたものだ。
（高中的社團活動，社團夥伴總是會陪我做一些我不擅長的練習。）

1. 深夜（　　　　　）早朝（　　　　　）、近所の騒音に悩まされている。
   ① とはいえ　　② といったら　　③ といわず

2. 情勢の（　　　　　）、海外進出のプランを練り直す必要がある。
   ① どうなら　　② どうか次第で　　③ いかんによって

3. 誰に投票する（　　　　　）、事前にしっかりと考えなければいけない。
   ① なり　　　② にせよ　　　③ であれ

4. 日本語の新聞を読め（　　　　　）、読み方がわからない漢字が多い。
   ① なくもないが　　　② ないから　　　③ ないながらも

5. 健康（　　　　　）、充実した老後は送れない。
   ① でなくとも　　　② なくしては　　　③ であるからこそ

6. 彼女の言い訳は支離滅裂で聞くに（　　　　　）。
   ① かねる　　　② たえない　　　③ たまらない

7. 地震で家は半壊したが、家族が全員無事だった（　　　　　）。
   ① だけましだ　　　② ばかりだ　　　③ に限る

8. 小学生（　　　　　）、大学生になってもこの程度の常識がわからないのは問題
   だ。
   ① ならいざしらず　　　② にもかかわらず　　　③ といえども

9. 犬（　　　　　）猫（　　　　　）、どちらもペットとして人気が高い。
   ① たり　　　② なり　　　③ であれ

10. この映画は私たちに平和の大切さを考えさせ（　　　　　）。
    ① ないことだ　　　② てたまらない　　　③ ないではおかない

聴解問題

まず質問を聞いてください。そのあと、問題用紙の選択肢を読んでください。読む時間があります。それから話を聞いて、問題用紙の1から4の中から、最もよいものを一つ選んでください。

  1)（   ）

      ① 規律性が問われるので難しそうだ

      ② 好きな時に働けるのはいいことだ

      ③ 期日を守って仕事がはかどりそうだ

      ④ 時間管理は自分にもできそうだ

  2)（   ）

      ① 年会費が安いから

      ② 小銭を数える面倒がなくなるから

      ③ お金を使いすぎないから

      ④ ポイントを貯めてお得に買い物ができるから

＊聴解問題音檔 QR Code 請參閱 P.12

一緒に頑張りましょう！

12 お祝い
第十二課

〈 たんご 単語 〉

單字	漢字	中譯	詞性
1 せきはん	赤飯	紅豆飯	名詞
2 たい	鯛	鯛魚	名詞
3 ささげる	捧げる	獻奉	動詞 II
4 ぼうとく	冒涜	褻瀆	名詞
5 ごまかす		隱瞞	動詞 I
6 さきだつ	先立つ	事先～、首要	動詞 I
7 かんこんそうさい	冠婚葬祭	婚喪喜慶	名詞
8 いかに		多麼	副詞
9 えんぎ	縁起	吉凶	名詞
10 かんれき	還暦	花甲、60 歲	名詞
11 こき	古希	古稀、70 歲	名詞
12 しぼうこう	志望校	第一志願學校	名詞
13 かなう	叶う	實現	動詞 I
14 でんぽう	電報	電報	名詞
15 ひっくるめる		包括在內	動詞 II
16 きまりもんく	決まり文句	慣用句	名詞
17 ものともせずに		不畏	
18 のりこえる	乗り越える	克服	動詞 II
19 どうあげする	胴上げする	為了祝賀把人往上拋	動詞 III
20 てれくさい	照れ臭い	害羞	い形容詞

　「お祝い」は、するのもされるのも嬉しいものだ。国や地域によって、お祝いの席で食べるものは違うだろうが、多くの日本人はお赤飯や鯛を食べる。お赤飯は、元々インディカ種の赤米という、名前の通り赤っぽい米を神様に捧げたものからきているそうだ。しかし、江戸時代から品種改良などで白い米が食べられるようになり、お赤飯を食べる習慣だけが残った。ちなみにゴマをかけるのは、私は神様への冒涜には当たらないと思うが、白いご飯を赤くしたことをゴマかすためとのこと。

　そして鯛は、お祝いの席に先立つ大切なものである。高級魚として日本ではなじみ深い魚であり、神道の冠婚葬祭等では欠かせない。ことわざ「腐っても鯛」をご存知だろうか。優れたものは、多少悪くなっても価値を失わないという意味だ。この語源は、お祝いのお飾り用に準備しなければならない場合は少々古くても出すこともあることから来ており、いかに鯛が重要なものかが窺える。それにしても、赤飯といい鯛といい、赤い色は縁起がいいものとされているようだ。

　さて、これらは具体的にいつ食べるのか。まずは、お正月や、還暦や古希などの年齢の節目をお祝いする時だろう。うちでは、昨年私が志望校に合格が決まった時に母と姉が用意してくれた。赤飯と鯛ばかりか私の大好きなチーズケーキまで焼いてくれて、感動したものだ。

　志望校合格は、人生の一大イベントである。張り出された合格発表に自分の受験番号を確認するや、すぐに電話で家族に伝えた。それが叶わない時代は電報であっただろう。電報は、字数制限があるので長くは送れない。合格者にすれば、嬉しい気持ちやこれまで支えてくれた感謝の気持ちを綴りたいところをぐっと我慢しなければならな

かったかもしれない。けれど、全ての気持ちをひっくるめて代弁してくれ、なおかつ短文の決まり文句が日本にはある。それが、「サクラサク」である。例え短い文字だけでも、冬の寒さをものともせずに乗り越えて咲いた桜を想像させ、電報をもらった人も喜びに溢れるに違いない。私も是非、今ではちょっと古風なやり方ではあるが、いつか何かの折に使ってみたい。

　合格発表会場では、何年か前に合格者を落として大怪我や死亡事故が起こったことからか、胴上げされている人なんかは見かけず、かわりに「万歳」という声が何度も聞こえてきた。私がされているわけではないけれど、自分も合格者なものだから少し照れ臭かったのを覚えている。

「おめでとう。がんばったね。」

　合格を報告した後、帰るなり、4つ上の姉はそう言って私を抱きしめた。こんなに喜んでくれるとは思っていなかったので、正直びっくりした。

　うちへ入ると、いい匂いがすると思ったらお祝いの準備をしているところだった。母いわく、姉は私からの電話が終わるが早いか赤飯の仕込みを始めたとのこと。白い米を赤く炊くには、大量の小豆の煮汁が必要なので、とても手間がかかるのだ。「将来にかかわることだから」と、進路を選ぶ際には親身になってくれたのを思い出し、目が熱くなった。改めて、私はすてきな家族のもとで育ったんだなぁと、嬉しく思った。

文　型

1. ～には当たらない（用不著～、無需～、不需要～）
   ・男性に年齢を尋ねるのは失礼には当たらないと思う。
   （我覺得問男生年齡不算失禮。）
   ・新人なんだから、少し失敗したって叱るには当たらないだろう。
   （因為是新人，所以即使有一些失誤，也沒有必要去斥責他吧。）

2. ～に先立つ（事先～ / ～之前…）
   ・留学に先立つ書類の準備は本当に面倒だ。
   （在留學之前準備文件是真的很麻煩。）
   ・映画の公開に先立って、原作の小説をもう一度読もうと思う。
   （電影上映之前，想把它的小說再重讀一次。）

3. A といい B といい（A 也好 B 也好）
   ・その服、デザインといい色といい、あなたにピッタリだね。
   （那一件衣服，不管是設計也好，顏色也好，都很適合你。）
   ・あの店の料理は味といい量といい、学生には申し分ない。
   （那家店的菜，不管是味道，或者是份量，對學生來講都無可挑剔。）

4. A ばかりか B（不只 A 還 B）
   ・彼は最近、作詞ばかりか作曲まで自分でできるようになったそうだ。
   （聽說他最近，不光是作詞，連作曲都可以自己來了。）
   ・婚活サイトで知り合ったその人は、結婚していたばかりか子どもまでいた。
   （在相親網站認識的那個人，不只結了婚，還有小孩子。）

5. A や B（一 A 馬上 B）
   ・その芸能人は舞台に上るや、深々と頭を下げた。
   （那個藝人一站上舞台，就馬上深深地一鞠躬。）
   ・先生は教室に入るや否や、学級会を開くと言った。
   （老師一進入教室就說要舉辦班級大會。）

6. ～にすれば（站在～的立場上）
   ・大金持ちの彼らにすれば、1000 万円なんて取るに足らない金額だろう。
   （對於大富翁的他而言，一千萬日圓根本是微不足道的金額吧。）
   ・親にすればかわいい子どもを海外へ留学させるのは勇気がいることだ。
   （站在爸爸媽媽的立場上，讓自己可愛的小孩子去海外留學是需要勇氣的。）

7. A ところを B（雖然 A 但是 B）
   ・普段電車で通勤するところを、今日は 1 時間かけて歩いて会社へ向かった。
   （雖然平常都搭電車去上班，但今天卻花了一小時走路去公司。）
   ・いつもなら笑って許せるところを、今回は後輩の態度に腹が立ってきつく叱ってしまった。
   （平常都是笑笑帶過，但這次是因為對晚輩的態度感到生氣，所以就很嚴厲地斥責了他。）

8. ～をものともせずに (絲毫不怕 / 一點也不在意 / 不理睬、不顧)
　・娘は我々の反対をものともせずに、東京で一人暮らしを始めた。
　　(女兒不顧我們的反對，在東京開始一個人生活。)
　・その選手は完治したばかりの怪我をものともせずに、今日の大会で見事優勝した。
　　(那個選手絲毫不受剛復原的傷口影響，在今天的大會上順利獲勝。)

9. ～折に (藉～的機會)
　・今度お目にかかった折に、もう一度お話しいたします。
　　(下次再見到你的時候，我想再跟你好好說一下話。)
　・先週京都を訪れた折に、同窓会に出席しました。
　　(上星期拜訪京都的時候，出席了同學會。)

10. A ものだから B (因為 A 所以 B)
　・あまりに安かったものだから、つい要らないものまで買ってしまった。
　　(東西實在太便宜了，就不知不覺連不需要的東西也買了。)
　・あまりに悲しかったものだから、大きい声を出して泣いてしまった。
　　(因為太過於悲傷，所以放聲大哭了。)

11. A なり B (一 A 馬上 B)
　・母は父の話を聞き終わるなり、父の顔に水をかけた。
　　(媽媽一聽完爸爸的話，馬上往爸爸的臉上潑水。)
　・主人公は紅茶を少し口にするなり、苦しみだした。
　　(主角稍微喝了一點點紅茶之後，馬上痛苦了起來。)

12. A が早いか B (一 A 馬上 B)
　・家族旅行の帰り、母は電車に乗るが早いか駅弁を食べ始めた。
　　(家族旅行的回程，媽媽一坐上電車就開始吃火車便當。)
　・彼は会社に着くが早いか、すぐに作業に取り掛かった。
　　(他一到公司，就馬上開始作業。)

13. ～にかかわる (跟～有關)
　・人の名誉にかかわる発言は控えるべきだ。
　　(與他人名譽有關的發言應該拿捏分寸。)
　・命にかかわる病気ではないので、安心してください。
　　(因為不是致命的疾病，所以請安心。)

14. ～もとで (在～影響下)
　・優秀なキャプテンのもとで一致団結して優勝を勝ち取ることができた。
　　(在優秀隊長的領導之下，大家團結一致，因而能夠取得優勝。)
　・この町に移住したのは、大自然のもとで子育てをしたいと思ったからです。
　　(會搬到這個城鎮的原因是因為想要在大自然的環境下，養育小孩。)

まとめ問題

1. あの植物は過酷な環境を（　　　　　）生きている。
　　① いざしらず　　　② かかわらず　　　③ ものともせずに

2. 今回の事件は会社の威信（　　　　　）ので軽視できない。
　　① はいざしらず　　　② にもかからわず　　　③ にかかわる

3. 発音（　　　　）話し方（　　　　　　）、彼女の日本語はネイティブみたいだ。
　　① といえば　　　② といい　　　③ いっても

4. 彼はチャイムが鳴るが（　　　　　）、教室から出ていった。
　　① 早いか　　　② 否や　　　③ とたん

5. いつもなら早く寝る（　　　　　）、今日はテレビを見るために夜更かしした。
　　① ことを　　　② ところを　　　③ ときを

6. 両親は口を開（　　　　　）、勉強や学校の成績の話をした。
　　① くなり　　　② いたり　　　③ くやら

7. 有名な先生（　　　　　）修業した彼の技術は本物だ。
　　① によって　　　② のもとで　　　③ につれて

8. 彼は仲間を裏切って成功したのだから、賞賛（　　　　　）。
　　① にすぎない　　　② には当たらない　　　③ せずにはいられない

9. 近くにいらした（　　　　　）には、ぜひお立ち寄りください。
　　① 折　　　② 上　　　③ ところ

10. 彼は自分の名前を呼ばれる（　　　　　）、勢いよく立ち上がった。
　　① や　　　② に　　　③ も

聴解問題

まず質問を聞いてください。そのあと、問題用紙の選択肢を読んでください。読む時間があります。それから話を聞いて、問題用紙の1から4の中から、最もよいものを一つ選んでください。

1) (　　　　)
　　① 食事を抜く
　　② 決まったものだけ食べる
　　③ 体を動かす
　　④ 何も食べない
2) (　　　　)
　　① 友達と約束があったから
　　② 上司に気を使うから
　　③ 後輩におごってあげられないから
　　④ 早く家に帰りたかったから

＊聴解問題音檔 QR Code 請参閲 P.12

コーラの豆知識

看了心裡會涼快的「鹿威し」！

　　有日本人說過在天氣燥熱、心煩意亂的時候，看看日本的庭園，心就會自然地靜下來，這讓我想到「鹿<ruby>威<rt>おど</rt></ruby>し」，這是日本庭園裡常見的裝置之一，藉由水的重量讓竹子上下擺動，當竹子擺回原處時，會碰上石頭發出聲響，這個聲音在夏天聽起來特別清脆舒服。

　　據說這裝置最初是用來嚇走鹿或猴子的，但現在已經變成日式園庭中不可缺少的一種夏日浪漫。另外，「鹿<ruby>威<rt>ししおど</rt></ruby>し」也有人將它稱為「<ruby>添水<rt>そうず</rt></ruby>」。

1. 《　　　》の中から最もよいものを選んでください。
　必要な場合は、適当な形に変えてから書いてください。

1）自然環境への影響を考慮して、（　　　　　）生産をやめよう。
2）インターネットの台頭で、テレビは（　　　　　）としての影響力を失いつつある。
3）ただの出張なので、（　　　　　）な旅行のようには楽しめない。
4）（　　　　　）ことは嘘をつくことと同じだと思う。
5）今回の交渉は両社が納得できる妥協点を（　　　　　）のが目的だ。
6）将来の転職を（　　　　　）で資格取得のため勉強している。
7）こんなに遠くまで歩いて来たのだから、（　　　　　）疲れただろう。
8）留学したばかりの頃は、本当に（　　　　　）た。
9）受験は人生において大きなイベントだが、それだけでその後の人生が（　　　　　）わ
　　けではない。
10）（　　　　　）がいい数字、悪い数字は国によって異なる。

《　　　　　心細い　過剰　さぞ　メディア　模索する
　　　　　左右する　プライベート　見込む　ごまかす　縁起　　　　》

2. 《　　　》の中から最も適当な表現を選んでください。

1）毎日必死に働いているのに、貯金は増える（　　　　　）少しずつ減っている。
　《　ところが　／　どころか　／　ばかりで　／　ながらも　》
2）長年の努力が報われて、嬉しく（　　　　　）。
　《　てたえない　／　てならない　／　限りだ　／　至りだ　》
3）震災後は避難所で不自由な生活を余儀（　　　　　）。
　《　なくされた　／　なかった　／　なくした　／　なくなった　》
4）日本の夏はまるでサウナの中にいるかの（　　　　　）暑さだ。
　《　みたいな　／　ぽい　／　ような　／　らしい　》
5）健康を犠牲に（　　　　　）働く意味はないと思う。
　《　してまで　／　してこそ　／　しようとも　／　したければ　》

6）態度が偉そうな人に（　　　　　　）、実は臆病な人が多い。

　《　　さておき　／　　いざしらず　／　　ともかく　／　　限って　》

7）彼の協力（　　　　　　）、このプロジェクトは成功しない。

　《　なくしては　／　なくなら　／　なくもないが　／　なくなったが　》

8）私が小学生だった頃は、放課後よく友達と外で遊んだ（　　　　　）。

　《　ことだ　／　ところだ　／　ものだ　／　わけだ　》

9）店頭販売に（　　　　　　）、オンラインショップで先行販売を実施します。

　《　即して　／　皮切りに　／　先立って　／　関して　》

10）彼は長時間車を運転して疲れていたのか、宿に着く（　　　　）寝てしまった。

　《　ところ　／　ばかり　／　否や　／　なり　》

3. 最もよい文になるように、文の後半部分を A から J の中から一つ選んでください。

1）実験と失敗の繰り返しの末に、（　　　　　）。

2）専門的な訓練を受けたといえども、（　　　　　）。

3）お酒を飲み過ぎて、歩くことはおろか、（　　　　　）。

4）筋肉が普段出せる力は、（　　　　　）。

5）国内であれ海外であれ、（　　　　　）。

6）子ども向けの絵本だと思っていたら、（　　　　　）。

7）著名な学者の本に書いてあったにせよ、（　　　　　）。

8）使い勝手といい耐久性といい、（　　　　　）。

9）他人からの批判をものともせず、（　　　　　）。

10）人命にかかわる状況なので、（　　　　　）。

A：ルールは守らなければならない　　　　B：時間が経ちすぎて忘れかけている

C：全て鵜呑みにしてはいけない　　　　　D：自分が信じたやり方を貫いている

E：ついに仮説を実証することができた　　F：大人の鑑賞にもたえる作品だった

G：本来の 20 〜 30% にすぎない　　　　　H：迅速に対応しなければならない

I：まさに理想的な製品だ　　　　　　　　J：1 人で立つこともできない

4. 次の文章を読んで、文章全体の内容を考えて、 1 から 4 の中に入る最もよい
ものを、①から④から一つ選んでください。

　　ペットと言えば、やはり犬や猫を思い浮かべる人が多いだろう。実際、日本で
飼われているペットはほとんどが犬か猫だと言っても過言ではない。私たちに
とって非常に身近な動物である犬や猫だが、彼らが人類と共生を始めたのはい
つからだろうか。犬は約1万5千年前、猫は約1万年前と言われている。もとも
とは愛玩動物としてではなく、目的をもって野生動物を家畜化したそうだ。その
後、人間は自分の好みの外見や性格、能力を求めて交配を繰り返し、犬や猫の
種類を増やしてきた。

　　最近の統計では、犬より猫の飼育数が多い 1 だ。猫は一世帯で何匹も一
緒に飼っていることも多く、それが飼育数を押し上げているとみられる。ちなみ
に、犬も猫も平均年齢は 14 〜 15 歳であるが、飼育にかかる費用の平均は、犬
は約 120 万円なのに 2 、猫は約 70 万円と、コスト面では明らかに猫に軍
配が上がる。それだけでなく、猫は犬のように毎日散歩させる必要がなく手間
がかからない。さらに、猫はきれい好きで体も小さいため狭い住宅でも飼いやす
く、マイペースな性格で飼い主が不在の時間が長くても問題ないため、共働き
でも飼うことができる。このように猫の特性が現代の日本人の生活スタイルに
マッチしている 3 、ペットに猫を選ぶ人が増えているのだろう。

　　ペットとの生活は手間も費用もかかり厄介なこともあるが、それ以上に癒し
や喜びを与えてくれる。また何よりも、犬 4 猫 4 、一度飼うと決めた以上
は、最後まで責任を持ち、よき飼い主でありたいものだ。

1	① という	② とのこと	③ とか	④ というわけ
2	① 対して	② 関して	③ とって	④ よって
3	① からすれば	② からこそ	③ ことなく	④ よって
4	① であれ	② だの	③ やら	④ とか

5. 《聴解問題》まず質問を聞いてください。そのあと、選択肢を読んでください。それから話を聞いて、1 から 4 の中から最もよいものを一つ選んでください。

1) (　　　　　)
2) (　　　　　)
3) (　　　　　)
4) (　　　　　)

＊聴解問題音檔 QR Code 請參閱 P.12

一緒に頑張りましょう！

第十三課

13 だいじゅうさんか

- ▪ 〜んばかりに
- ▪ 〜に即して
- ▪ 〜ようと〜まいと
- ▪ 〜ともなく
- ▪ 〜といった
- ▪ 〜べからず
- ▪ A を抜きにしては B
- ▪ 〜つつも
- ▪ 〜手前
- ▪ 〜ともあろう

13 日本の夏の過ごし方
第十三課

〈 たんご 単語 〉

單字	漢字	中譯	詞性
1 かおく	家屋	房屋	名詞
2 ふすま		紙門	名詞
3 すだれ		竹簾	名詞
4 りにかなう	理にかなう	合理	
5 つる		藤蔓	名詞
6 すいぶん	水分	水分	名詞
7 ねいろ	音色	音色	名詞
8 イライラする		心煩氣躁	動詞 III
9 やわらげる	和らげる	舒緩	動詞 II
10 ひしゃく	柄杓	長柄勺	名詞
11 まぎらわせる	紛らわせる	糊弄過去、排解	動詞 II
12 すずむし	鈴虫	鈴蟲	名詞
13 せいそくする	生息する	棲息	動詞 III
14 めいちゅうする	命中する	打中	動詞 III
15 すくう		撈起來	動詞 I
16 てがる	手軽	方便	な形容詞
17 きもだめし	肝試し	試膽大會	名詞
18 しょうする	称する	稱之為	動詞 III
19 てまえ	手前	在〜面前	名詞
20 プライド		自尊心	名詞

　日本の夏は暑い。暑さには慣れているはずの南国から来た外国人も、日本の夏にげんなりする人が多い。夏だと叫ばんばかりに照り付ける強い日差しに加え、湿度も高いからだろう。特に梅雨に入ったばかりの頃は、まだ初夏とはいえいたるところがベトベトしてならない。

　さて、そんな過ごしにくい日本の夏だが、日本人は様々な方法で涼をとっている。大きく分けて3つあるので、今回はそれを紹介しよう。

　1つ目は、住環境を整えることだ。季節に応じた家にすることが何より大切である。日本家屋であれば、まずはふすまを取り払い、そこにすだれをかける。空気は広い所から狭い所を抜ける際、温度が下がる性質があるので、これは理にかなった方法である。自然の摂理に即して考えられたものでは、他には緑のカーテンが挙げられる。これは、緑色のカーテンをかけるわけではなく、つる性の植物を窓辺を覆うように育てたものを指す。植物の葉から水分が蒸散されると周囲の温度を下げるので、それを利用しているのだ。

　軒先に風鈴を下げ、涼やかな音色を楽しむのも風情があっていい。風鈴が鳴ろうと鳴るまいと暑さには関係ないと思われるかもしれないが、暑くてイライラした気持ちを和らげてくれる効果があるので試してほしい。どこからともなく吹く風を耳で感じるのは、思いのほか心地良い。また、夏の風物詩とも言える打ち水もおすすめだ。これは、風呂の残り湯や雨水といった、不要になった水を庭や家の前に柄杓でまき、通り抜ける風を冷やす。

　2つ目は、暑さを紛らわせるための遊びだ。初夏の夜なら、何より鈴虫を見に行くのがいい。私が小さい頃は鈴虫を捕って家でもその鳴き声を楽しんだものだが、最近は生息する川に「捕るべからず」と書かれた看板をよく見る。昼なら、スイカわりを抜きにしては夏の遊びは語れない。目隠しして周りの人の指示に従いながらスイカを探し、棒をスイカに命中させる。最後はみんなで種を飛ばしながら食べるのも楽しい。また、流しそうめんもいい。竹を縦に割ったものに冷水とそうめんを流し、それをすくって食べる。流しそうめんキットというものも販売されているので、手軽にすることもできる。

　3つ目は、心理的に暑さを忘れられる怪談や肝試しだ。怖い話を聞いて背筋がゾクッとすれば、熱帯夜も乗り切れる。私は田舎の祖母のうちへ遊びに行った時、親戚のお兄さんが苦手なのを知りつつも夜の散歩と称した肝試しに連れていってもらったことがある。小さな子どもだった私の手前、お兄さんは無理に平気な顔をつくって手を握ってくれたが、その手は僅かだが震えていた。何においても優秀なお兄さんともあろう人が、ここまで怖がるなんて思いもしなかったので、驚いた。それを謝ったらプライドを傷付けてしまうような気がして、その時は謝れなかったが、今は私達の笑い話となり、お兄さんにとってもいい思い出になっているようだ。

　日本の夏は、これからも暑いだろう。しかし、それを嫌だと決めつけるか、暑さを楽しむか、それは心の持ちよう、工夫のしようだと思う。外国人のみなさんにも、日本の夏を楽しんでほしいものだ。

文　型

1. 〜んばかりに（一副、簡直、幾乎就要〜）
　・先輩のもとを訪ねると、帰れと言わんばかりの態度をとられて驚いた。
　　（去拜訪前輩時，他一副要我滾蛋的態度，讓我嚇了一跳。）
　・演奏が終わってしばらくしても、割れんばかりの拍手はやまなかった。
　　（演奏結束已過了一段時間，如雷貫耳的掌聲依舊沒有停止。）

2. A に応じた（依據 A 而〜 / 與 A 相呼應）
　・会社は社員の能力に応じた給料を支払うべきだ。
　　（公司應該依據員工的能力支付相對的薪水。）
　・お客様の予算に応じてリフォームプランをご提案します。
　　（根據客人的預算，來提出裝修翻新的方案。）

3. 〜に即して（按照〜）
　・このセンターでは各家庭の実情に即して支援を行っている。
　　（這個中心，按照各個家庭的實際情況來進行支援。）
　・発達の階段に即して、児童への指導方法を考えなければならない。
　　（必須依據成長的階段思考兒童的指導方法。）

4. 〜ようと〜まいと（做或不做）
　・家族に反対されようとされまいと私は家を出る。
　　（不管是否被家人反對，我就是要離開這個家。）
　・彼女は友達が聞いていようと聞いていまいと、お構いなしに話し続けた。
　　（她不管朋友有沒有在聽，她都不在乎地一直講。）

5. 〜ともなく（不經意地 / 漫不經心地）
　・毎日日本語のテレビを見ていたら、いつからともなく内容がわかるようになった。
　　（每天看日本的電視，不知道從什麼時候開始能夠理解裡面的內容了。）
　・テレビを見るともなく見ていたら、友達が映っていた。
　　（不經意地看一下電視，看到我的朋友上電視了。）

6. 〜といった（A や B といった C / A や B などの C）（〜之類的…）
　・ハワイやグアムといったリゾート地は大変人気がある。
　　（夏威夷、關島等等的度假地非常受歡迎。）
　・彼は油絵やクラシック音楽といった芸術にもよく通じている。
　　（他對於油畫或是古典音樂等藝術非常地熟悉。）

7. 〜べからず（不〜 / 禁止〜）
　・エサをやるべからず。
　　（禁止給飼料。）
　・「入るべからず」という立て札が昔からこの蔵の前に立てられている。
　　（「禁止進入」的告示牌從以前就被立在這個倉庫前面。）

8. A を抜きにしては B（不 A 的話就不能 B）
　・今回の受賞は皆さんの努力を抜きにしては決して達成できなかったでしょう。
　　（這次得獎，如果沒有大家的努力的話，一定是做不到的吧。）
　・社員全員の情熱を抜きにしては会社の発展はあり得ない。
　　（如果沒有公司整體成員的熱情，公司的發展是不可能的。）

9. ～つつも（儘管～ / 雖然～）
　・いけないと思いつつも、カンニングしてしまった。
　　（明明知道不可以，卻還是作弊了。）
　・「大丈夫」と言いつつも、心の中では泣いていた。
　　（雖然嘴巴說沒關係，但心中卻在哭。）

10. ～手前（顧及、考慮到自己的立場或面子）（當著～的面）
　・部下に「1 人で大丈夫だ」と言った手前、今更手伝ってくれとは頼めない。
　　（既然都已經對部下說我一個人可以，現在沒辦法再去拜託他幫忙。）
　・約束した手前、行けなくなったとは言いだしにくい。
　　（都已經約定好了，所以實在沒有辦法開口說我去不了。）

11. ～ともあろう（身處於如此高貴的地位卻做了不該做的事）（身為～）
　・市長ともあろう人が市民の税金を使い込んでいたなんて、許せない。
　　（身為市長卻挪用市民的稅金，這個沒有辦法原諒。）
　・先生ともあろうあなたが、人を騙していたなんて信じられない。
　　（身為老師的你，卻欺騙了人，真是令人難以置信。）

12. ～てほしいものだ（真希望～）
　・いつも夜遅くまで騒いでいないで、9 時以降は静かにしてほしいものだ。
　　（晚上請勿喧鬧，九點過後麻煩保持安靜。）
　・あの山火事が早く収束してほしいものだ。
　　（希望那個森林火災趕快平息。）

まとめ問題

1. 故意で（　　　　　）、悪いことをしたら謝るべきだ。
　① あろうとあるまいと　　② あったりなかったり　　③ あるやらないやら

2. 台湾は広くはないが、山や海と（　　　　　）自然に恵まれている。
　① いった　　② いえば　　③ いえど

3. 自分から引き受けた（　　　　　）、今更できないとは言えない。
　① 手前　　② 上　　③ 下

4. お前と話すつもりはないと言わん（　　　　　）、彼は私を無視し続けている。
　① ばかりか　　② ばかりに　　③ ばかりで

5. このままではいけないと知り（　　　　　）、酒を飲まずにはいられない。
　① からには　　② つつも　　③ ながらに

6. 「働かざる者食う（　　　　　）」という慣用句がある。
　① べからざる　　② べからず　　③ べきだ

7. どこから（　　　　　）おいしそうなにおいが漂ってきた。
　① ともあれ　　② ともなく　　③ とはいえ

8. 審判（　　　　　）者が、私情で判定を変えるなんてありえない。
　① ともあろう　　② ともなると　　③ ともあれ

9. 現地の状況に（　　　　　）、計画を調整する必要がある。
　① 即して　　② 限って　　③ 通して

10. 有名な塾に通っても、本人の努力（　　　　　）成績が上がることはない。
　① はともかく　　② をおいて　　③ を抜きにして

聴解問題

この問題は、全体としてどんな内容かを聞く問題です。話の前に質問はありません。まず話を聞いてください。それから質問と選択肢を聞いて、1から4の中から、最も良いものを一つ選んでください。

    1）（   ）

    2）（   ）

＊聴解問題音檔 QR Code 請參閱 P.12

- ～余儀なくさせる
- A であろうと B であろうと
- ～踏まえた
- ～を皮切りにして
- ～いかんにかかわらず
- ～べからざる
- ～からすれば
- ～に基づいて
- ～かたがた
- ～ないものか

一緒に頑張りましょう！

14 日本人と旅行
第十四課

〈 たんご 単語 〉

單字	漢字	中譯	詞性
1 スキル		技術	名詞
2 リフレッシュする		讓身心煥然一新	動詞 III
3 あこがれ	憧れ	憧憬	名詞
4 とも	供	隨從	名詞
5 たずさえる	携える	攜帶、偕同	動詞 II
6 みがる	身軽	輕鬆	な形容詞
7 おおいに	大いに	大大地	副詞
8 さんけい	参詣	參拜	名詞
9 にんぎょうじょうるり	人形浄瑠璃	日本傳統的人偶劇	名詞
10 かく	欠く	缺少	動詞 I
11 いこうする	移行する	演進	動詞 III
12 ぎょしゃ	御者	駕駛	名詞
13 はんい	叛意	謀反之意	名詞
14 たやすい	容易い	輕易	い形容詞
15 せいさく	政策	政策	名詞
16 よこずわりする	横座りする	斜坐	動詞 III
17 せいけん	政権	政權	名詞
18 どくせんする	独占する	獨佔	動詞 III
19 きりひらく	切り開く	開創	動詞 I
20 かぶしきがいしゃ	株式会社	股份有限公司	名詞

〈 日本人と旅行 〉

　残業はもちろん休日出勤に加え、プライベートな時間が少ないわりにスキルアップは当然といった風な企業が多い日本。多くの社会人は、疲れている。特に心の疲れは現実逃避を余儀なくさせ、そんな時に求められるのが旅行だ。

　非日常の空間でリフレッシュし、最後は元の場所へ帰ること。これが、旅行の定義だが、経済や高度なＩＴ技術が発展した現代であろうと、洗濯などを井戸や川でしていたような昔であろうと、人は旅行に強い憧れをもってきた。しかし、現在と違って昔は危険ということを踏まえた上で旅に出なければならず、それには信仰などの強い動機が必要だった。平安時代、僧侶や貴族達は供を携え半ば命がけで寺社を参拝したという。

　鎌倉時代からは、一般人でも経済的に余裕がある人々が伊勢参りをし、人気を博した。しかし、庶民が旅行しやすくなったのは、江戸時代に入ってからだ。初代征夷大将軍である徳川家康が街道や宿泊施設、休息のための茶屋を整備したことを皮切りにして、身軽に旅行できるようになったのだ。何より、江戸時代になってからというもの、山賊や海賊が減り、治安がよくなったのが大きい。

　当時の裕福でない人々には、今とは違って娯楽が少ないこともあり、旅は大いに意義のあるものだっただろう。各藩は民衆が遊ぶことを良しとせず、理由のいかんにかかわらず禁止した。けれど、参詣だけは宗教行為なので旅とはみなされなかったため、農民達も参拝を名目として観光旅行に出かけた。長旅は一生に数度もできないことから、一度旅に出た限りはと、できるだけ多くの場所を見て回ろうとしたという。大阪の人形浄瑠璃は、特に人気だったとか。

〈 日本人と旅行 〉

　さて、江戸時代の旅行の一般的な交通手段は、徒歩であった。位が高い人や裕福な人は、籠や人力車に乗っての移動だった。欧米などでは馬が欠くべからざる存在だったようだが、江戸時代は馬車の使用が禁止されていたのだ。西洋人からすれば、馬をほとんど交通手段にせずに自動車社会に移行した日本文化は異質かもしれない。けれど、それは治世を守るためには必要不可欠だった。馬車を使えば、御者が1人いるだけで人や物資を一度に、そして高速に運ぶことができる。幕府に叛意がある者によって、武器等が容易く輸送されるのを避けるのにはうってつけだったのだ。また、身分制度に厳しい朱子学に基づいての政策がなされていたので、武士と庶民が同じように馬を使うことは禁止されていた。一般庶民が乗馬する際は、必ず横座りし、馬を引いてもらっての移動だったとのこと。一方、武士は馬も政権も手綱を独占した。

　日本で馬車が解禁されたのは明治時代に入ってからで、この時代を切り開いた重要人物に、坂本龍馬がいる。彼は日本初の株式会社を立ち上げたことと、日本初のハネムーンをしたことでも有名である。幕末の動乱によって手負いとなった龍馬は、療養かたがた最愛の妻と現在の鹿児島県の温泉や登山をゆっくりと楽しんだそうだ。

　今も昔も、旅行は平和でないと成り立たない。世界中どこにでも、誰もが旅行できるような世の中が早く来ないものか。

文　型

1.〜余儀なくさせる（只能〜 / 不得不〜）
- ・台風や大雨といった災害が続き、農作物の高騰を余儀なくさせた。
（因為颱風、大雨等災害不斷持續，農作物的價格不得不提升。）
- ・人手不足を原因に閉店を余儀なくされた店舗がいくつかある。
（因為人手不足，有些店家不得已只好關店。）

2.AであろうとBであろうと（A 也好 B 也好都〜）
- ・外国人であろうと日本人であろうと、日本では日本の法律を守らなければならない。
（不管是外國人還是日本人，在日本都必須遵守日本的法律。）
- ・あの学生は雨であろうと雪であろうと、毎日のトレーニングを決して欠かさない。
（那個學生不管是下雨還是下雪，每天都會堅持練習。）

3.〜踏まえた（以〜為前提 / 考慮到〜）
- ・新年度に向けて、去年の反省を踏まえた計画を立てた。
（為了迎向新年度，統整了去年的反省點，建立了一個計畫。）
- ・使用者の要望を踏まえた新しい外国語学習アプリが発売された。
（考慮到使用者需求的全新語言學習 App 上市了。）

4.〜上で（〜時候 or 過程中＋關鍵、必要事項）
- ・大学に進学する上でこれほどお金がかかるとは思ってもみなかった。
（在升上大學時，沒有想到會花這麼多錢。）
- ・団体旅行に参加する上で、いくつかの注意点を守らなければなりません。
（在參加團體旅行當中，幾點注意事項必須要遵守。）

5.〜を皮切りにして（以〜為開端）
- ・彼女はある番組に出演したのを皮切りにして、様々な番組に出演するようになった。
（她自從上了那個節目之後，接二連三地上了各種節目。）
- ・あの政治家を皮切りにして、総理の意見に反対する人が相次いで現れた。
（以那個政治家為開端，反對總理意見的人也陸陸續續地出現。）

6.〜いかんにかかわらず（無關、不論）
- ・理由のいかんにかかわらず、遅刻した場合は試験を受けることができません。
（不管理由如何，遲到的話是不能考試的。）
- ・経験や国籍のいかんにかかわらず、魅力のある人材を求めています。
（不論經驗跟國籍，我們尋找有魅力的人才。）

7.A限りはB（既然 A 就要 B）
- ・僕は約束した限り、必ず守るよ。
（我既然約定好了，就會遵守。）
- ・一度引き受けた限りは、最後まで責任をもってやり遂げます。
（既然都接受了，就會負責到最後，把事情完成。）

8. ～とか (不確定的內容)
　・明日は大雨だとか。大変だなあ。
　　(聽說明天會下大雨。真是糟糕。)
　・オリンピックの経済効果は相当なものだとか。
　　(聽說奧運的經濟效果很龐大。)

9. ～べからざる (禁止)
　・弱い者をいじめるのは許すべからざる行いだ。
　　(欺負弱小是不允許的行為。)
　・言うべからざることを言ってしまったと後悔している。
　　(我很後悔說了不該說的事情。)

10. ～からすれば (從～來看 / 來判斷＋推測意見)
　・私からすれば、日本のカレーはカレーではない。
　　(就我的觀點來看，日本的咖哩不是咖哩。)
　・あなたの実力からすれば、今年は試験に合格できるに違いありません。
　　(就你的實力來看，今年的考試一定會合格的。)

11. ～に基づいて (根據～ / 依據～)
　・フィクションより事実に基づいて書かれた小説のほうが好きだ。
　　(比起虛構我比較喜歡依據事實寫出來的小說。)
　・これらの資料に基づいて論文を仕上げるつもりだ。
　　(我打算依據這些資料，把論文完成。)

12. ～かたがた (順便～)
　・結婚の報告かたがた、近々伺います。
　　(最近要宣布結婚喜訊，會順道前往拜訪您。)
　・散歩かたがた久々にお邪魔したく思っております。
　　(我想散步時順道去拜訪好久不見的你。)

13. ～ないものか (不能～嗎？)
　・あの人は楽しくお金を稼ぐ方法がないものかといつも考えている。
　　(那個人總是想著難道沒有快樂賺錢的方法嗎？)
　・服は脱いだら脱ぎっぱなし。どうにかならないものだろうか。
　　(衣服脫掉之後就一直放著。難道不能收拾一下嗎？)

まとめ問題

1. 新製品の発表を（　　　　　）、あの会社はシェアを着実に伸ばしている。
　① もって　　② 皮切りにして　　③ 限りに

2. 何とかして夏までに痩せられない（　　　　　）。
　① わけだ　　② ものか　　③ ところだ

3. これは史実に（　　　　　）書かれた歴史小説だ。
　① 基づいて　　② 踏まえて　　③ いざしらず

4. 平日（　　　　）休日（　　　　）働かなければならない。
　① だったり　　② であろうと　　③ でなくとも

5. 上半期の業績（　　　　　）、年度目標は確実に達成できるだろう。
　① までして　　② にすると　　③ からすれば

6. 出張（　　　　　）、観光地を見て回る。
　① かたがた　　② ながら　　③ つつ

7. これまでの問題点を（　　　　　）新しい試作機がつくられた。
　① 皮切りに　　② 問わず　　③ 踏まえた

8. 年齢、性別のいかんに（　　　　　）、誰でも参加できます。
　① かかわらず　　② よるため　　③ 即して

9. 地震で家が倒壊し、避難生活を余儀（　　　　　）。
　① なくした　　② なくされた　　③ なくなった

10. 現在では、スマホは日常生活において欠く（　　　　　）ものだ。
　① べからざる　　② べくして　　③ べきだ

聴解問題

この問題は、全体としてどんな内容かを聞く問題です。話の前に質問はありません。まず話を聞いてください。それから質問と選択肢を聞いて、1から4の中から、最も良いものを一つ選んでください。

1) (　　　　　)
2) (　　　　　)

＊聴解問題音檔 QR Code 請參閲 P.12

「礼拝」唸「れいはい」還是「らいはい」呢？

　在日文中有個字叫「礼拝」，這個字非常有趣，它可以唸成「れいはい」，也可以唸「らいはい」，只是它什麼時候唸「れいはい」？什麼時候唸「らいはい」呢？

　原來，在天主教中，讚美神明、感謝其恩惠時是「礼拝<ruby>れいはい</ruby>」；在佛教中，合掌低頭參拜神明菩薩，這就叫「礼拝<ruby>らいはい</ruby>」。換句話說，「礼拝」是個根據信仰不同，讀音就不同的單字，非常有趣。

一緒に頑張りましょう！

第十五課

15 だいじゅうごか

- 〜をもって
- 〜に至っては
- 〜極まる
- 〜までして
- 〜というところだ
- 〜んばかりだ
- ＡはいざしらずＢ
- 〜までだ
- 〜たら最後
- 〜に足る

15 浮世絵
第十五課

〈 たんご 単語 〉

單字	漢字	中譯	詞性
1 ～をもって		以～（方法、基準、期限）	
2 もくはんが	木版画	木版畫	名詞
3 アマ		業餘	名詞
4 ざんしん	斬新	全新	な形容詞
5 とらえる	捉える	捕捉	動詞Ⅱ
6 うならせる		令人讚嘆	動詞Ⅱ
7 ゴッホ		梵谷	名詞
8 あぶらえ	油絵	油畫	名詞
9 きわまる	極まる	極為	動詞Ⅰ
10 あざやか	鮮やか	鮮豔	な形容詞
11 たいしゅう	大衆	大眾	名詞
12 みぶん	身分	身分	名詞
13 およぶ	及ぶ	涉及	動詞Ⅰ
14 いりょく	威力	威力	名詞
15 とりもどす	取り戻す	拿回來	動詞Ⅰ
16 ひとめ	一目	看一眼	名詞
17 おしよせる	押し寄せる	蜂擁而至	動詞Ⅱ
18 ぐんしゅう	群衆	人群	名詞
19 めあて	目当て	目的	名詞
20 かいしめる	買い占める	蒐購一空	動詞Ⅱ

〈 浮世絵 〉

　江戸時代、「鎖国」政策が行われた1639年をもって、日本はほとんどの外国との交流を断ったため、異国の文化が入ってくることはなくなった。そういうわけで、鎖国開始は日本独自の文化が生まれる元年とも言えるのではないだろうか。

　日本美術は、建築に陶芸に庭園に彫刻にと様々であるが、浮世絵ほど庶民にも親しまれたポップカルチャーはない。浮世絵とは、江戸時代に成立した木版画のことで、人々の日常や生活の風物を描いたものである。絵画はプロ・アマ問わず制作されたが、葛飾北斎や歌川広重をはじめとする当時から人気の浮世絵師の作品は、現在の私達をも魅了し続ける。

　これは、日本人に限らない。明治時代以降、浮世絵は海外でも評価され、印象派の洋画家にも多大な影響を与えた。斬新な色使いに加え、当時の西洋画では類を見ないアシメントリー性や、動きの一瞬を捉えたかのような構図は、数々の巨匠達をもうならせた。ゴッホに至っては200点もの浮世絵を所有するほどの大ファンで、浮世絵を油絵で模写し、技法を自らの作品に取り入れている。ゴッホと言えば死後に作品の価値を認められたものの、生前は貧乏極まる暮らしだった。節約までしてこんなにも浮世絵を収集するとは驚きだが、弟への手紙では「僕の仕事は皆多少日本の絵が基礎となっている」と述べるほど愛していたようだ。

　また、浮世絵が海外で評価された理由は他にもある。それは、色鮮やかで細やかな彫りがなされた版画にもかかわらず、大衆に広まっていたことだ。高品質な芸術作品が身分の高い人のものだけにならなかったのは、世界でも例を見ないらしい。庶民でも購入できる「そば一杯」というところだったことにも驚かれたそうだ。

〈 浮世絵 〉

　浮世絵の影響は、クラシック音楽にまで及んだ。浮世絵の威力が音楽にまで浸透しているとは、当時の浮世絵師達も知るまい。「月の光」で有名な印象主義音楽の作曲家ドビュッシーは、北斎の浮世絵に触発され、交響詩「海」を作曲したと言われている。1905年の初演ではあまり評判が良くなかったそうだが、後に印象派を代表する音楽とまで称されるようになったのは、さすがドビュッシーと言わんばかりだ。

　しかし、現在の有名な浮世絵の多くは、海外の美術館や個人が所有している。浮世絵に対する海外からの評価を知らなかった庶民はいざしらず商人なら知っていたはずなのに、何とも残念な話だ。商売のためにしたまでだろうが、売ってしまったら最後、海外に流出した浮世絵はもう取り戻せない。日本人は自国の美術を観賞するために渡航しなければならず、たまに日本で行われる浮世絵展には、一目見ようと何十万という浮世絵ファンが美術館に押し寄せる。

　先日、大阪で開催された「北斎展」に行ってきたが、前売り券を購入するだけで2時間待たなければならなかった。会場に入っても群衆を見ているほうが時間が長かった。しかし、お目当ての「富嶽三十六景」を見た時、「これは何時間待ってでも見るに足る作品だ」と感動した。もし、江戸時代に行けるものならゴッホのように私も浮世絵を買い占めたいものだ。

文型

1. ～をもって（以～為方法、基準、期限）
   ・2020年をもって活動を休止することとなりました。
   （在2020年的時候決定中止活動。）
   ・これをもちまして本日の会を終了させていただきます。
   （今天的集會就到這邊為止吧。）

2. ～をはじめとする（以～為開端、代表、首）
   ・清水寺をはじめとする京都の世界遺産は17もある。
   （以清水寺為首，在京都的世界遺產就有十七個。）
   ・社長をはじめとする皆様に、大変お世話になりました。
   （一直以來受到社長還有各位的照顧了。）

3. ～に至っては（極端狀況）（甚至～）
   ・最近の空気汚染はかなりひどい。この地域に至っては病人まで出ている。
   （最近的空氣污染很嚴重，連這個地區都出現了病人。）
   ・私の友人はみんなアルバイトをしている。彼女に至っては2つもアルバイトがある。
   （我的朋友們每一位都在打工，她甚至有兩份工作要做。）

4. ～極まる（非常～ / 極其～）
   ・父は彼の失礼極まる態度に、居ても立ってもいられなかったようだ。
   （爸爸似乎對於他失禮的態度感到坐立難安。）
   ・飲酒運転は危険極まりない行為だ。
   （酒駕是非常危險的行為。）

5. ～までして（甚至不惜～ / 硬是～）
   ・体を壊すようなことまでして、お金を稼ごうとは思わない。
   （不想為了賺錢不惜把自己的身體弄壞。）
   ・彼は親の反対を押し切って留学した。そこまでして留学したかったのはどうしてだろう。
   （他不顧父母親的反對堅持去留學了，究竟是為什麼如此堅決想去留學呢？）

6. ～というところだ（大概～ / 頂多～）
   ・駅から会場まではタクシーで10分というところだ。
   （從車站到會場搭計程車頂多十分鐘左右而已。）
   ・この成績では、滑り止めのところにぎりぎり合格というところだろう。
   （這個成績，在被我當作備胎的學校中，也只是勉勉強強合格的程度吧。）

7. ～まい（＝～ないだろう（強烈否定））（不會、不用～吧）
   ・もうすぐ4月だ。この辺りも、もう雪は降るまい。
   （馬上就要四月了，這一帶應該不會再下雪了吧！）
   ・薬を飲んでしっかり休んだのだから、もう心配するまい。
   （因為已經吃藥也好好休息了，所以應該不用擔心了吧。）

8. 〜んばかりだ (幾乎〜 / 眼看簡直就要〜)
　・泣き出さんばかりの顔をした学生が教室に入ってきた。
　　(學生帶著一副快哭的樣子進入教室。)
　・酔った客が店長に殴りかからんばかりに暴れている。
　　(酒醉的客人到處胡鬧，一副要毆打店長的樣子。)

9. A はいざしらず B (A 就算了但 B 〜)
　・未経験者はいざしらず、経験者の君がこんなことも知らないなんて。
　　(如果是沒有經驗的人還說得過去，但是有經驗的你卻連這種事情都不知道。)
　・学生はいざしらず、社会人になっても敬語がうまく使えないのは恥ずかしい。
　　(學生的話就算了，但都已經出社會了，竟然還不會使用敬語，這是很丟臉的。)

10. 〜までだ (大不了〜 / 只能〜)
　・来年も給料が上がらないなら、この会社を辞めるまでだ。
　　(如果薪水明年也沒有調升的話，我只好把這個工作辭掉。)
　・上司に聞かれたからそう答えたまでだ。
　　(被上司這樣問，我也只能這樣回答。)

11. 〜たら最後 (一旦〜了就再也無法回復原狀 / 一旦〜就完了)
　・この本は一度読み始めたら最後、最後まで読まずにはいられなくなるでしょう。
　　(這本書一旦開始讀，就會忍不住想讀到最後。)
　・契約書にサインをしたら最後、二度とお金は戻ってきません。
　　(一旦在簽約書上簽了名，錢就再也不會回來了。)

12. 〜に足る (值得〜 / 滿足要〜的條件)
　・それは国会で議論するに足る問題ではない。
　　(那不是個值得在議會討論的問題。)
　・家を建てるに足るお金がようやく準備できた。
　　(建房子所需的錢終於準備好了。)

13. 〜ものなら (要是能〜 / 可以〜就…)
　・帰れるものなら1秒でも早く家へ帰りたい。
　　(要是能夠回去的話就算早一秒鐘也想早點回家。)
　・あの時のことは、忘れられるなら全部忘れてしまいたい。
　　(當時的事情要是能夠忘記的話，我真想全部忘掉。)

1. ボーナスを全て使って（　　　　　　）、買う必要はあったのだろうか。
　　① までして　　　② からすれば　　　③ からして

2. 最近、息子の成績が落ちてきた。数学に（　　　　　　）赤点ぎりぎりだった。
　　① 応じては　　　② 至っては　　　③ 対しては

3. 野良犬が今にも通行人に襲いかからん（　　　　　　）吠えている。
　　① ように　　　② がために　　　③ ばかりに

4. ドラッグに手を（　　　　　　）最後、日常生活を取り戻すのは難しい。
　　① 出しても　　　② 出したら　　　③ 出そうと

5. 目上の人にあんな言葉づかいで頼み事をするなんて、無礼（　　　　　　）。
　　① 極めない　　　② 極まる　　　③ 極める

6. 一般人（　　　　　　）、専門家があのような発言をするとは驚きだ。
　　① はいざしらず　　　② にかかわらず　　　③ を問わず

7. 家から会社まで歩いて20分といった（　　　　　　）だ。
　　① わけ　　　② ところ　　　③ もの

8. 私はただ上司の指示に従った（　　　　　　）。
　　① までだ　　　② ものだ　　　③ ことだ

9. 日頃の言動からして、彼は信用に（　　　　　　）人とは思えない。
　　① 先立つ　　　② かかわる　　　③ 足る

10. 今月（　　　　　　）、営業を終了いたします。
　　① を皮切りに　　　② に限らず　　　③ をもちまして

聴解問題

この問題は、全体としてどんな内容かを聞く問題です。話の前に質問はありません。まず話を聞いてください。それから質問と選択肢を聞いて、1から4の中から、最も良いものを一つ選んでください。

1)(　　　　)

2)(　　　　)

＊聴解問題音檔 QR Code 請参閲 P.12

コーラの豆知識

日本人的米飯觀！

　　日文中有句話是「ご飯をこぼすと目がつぶれる」，其中的「こぼす」是「把〜溢出」，而「つぶれる」則是「〜失去作用」的意思，也就是「把飯溢出的話，眼睛會看不見」，這句話用來表示「米飯的珍貴」。

　　據說以前的日本人認為「米」裡寄宿著神明，必須珍惜並尊敬祂。日文中甚至還有「米は天照大神の目」、「米には三柱の神が宿っている」等說法，這指的是「浪費米飯的話，會受到神明的譴責」，強調「米」的可貴。

一緒に頑張りましょう！

16 だいじゅうろっか

- ～えない
- ～ようが～まいが
- ～ようと（も）
- ～までのことだ
- ～いかんだ
- ～が最後
- ～いかんでは
- ～に至る
- ～を限りに
- ～くせして

16 日本人と掃除
第十六課

〈 たんご 単語 〉

	單字	漢字	中譯	詞性
1	きよめる	清める	打理乾淨	動詞 II
2	てっきょする	撤去する	撤去	動詞 III
3	げたばこ	下駄箱	鞋櫃	名詞
4	はく		掃地	動詞 I
5	しぼる	絞る	擰	動詞 I
6	こっぴどい		嚴厲	い形容詞
7	ベソをかく		差點哭出來	
8	なしとげる	成し遂げる	完成	動詞 II
9	きんじょづきあい	近所付き合い	跟鄰居交流	名詞
10	きょくたん	極端	極端	な形容詞
11	いっけんや	一軒家	獨棟房屋	名詞
12	おもいやり	思いやり	體貼	名詞
13	うわさばなし	噂話	謠言	名詞
14	みなす		認定為	動詞 I
15	じんざい	人材	人才	名詞
16	すすんで	進んで	主動	副詞
17	さいよう	採用	雇用	名詞
18	ば	場	場所	名詞
19	ざっか	雑貨	雜貨	名詞
20	グッズ		用具	名詞

〈 日本人と掃除 〉

　日本人はきれい好きだ。多くが毎日風呂に入る習慣があり、自分の体同様、家を清めておくのは習慣であり、マナーでもある。外国人の友人は、日本に初めて来た時、「道路がありえないほどきれいで驚いた」と言っていた。日本人は、外出先で出たゴミはゴミ箱があるならそこに捨て、なければ自宅へ持ち帰るからだ。1995年の神経ガスを使用した無差別テロ「地下鉄サリン事件」以降、電車や地下鉄の駅のゴミ箱は一時撤去されたが、最近は増えつつある。けれど、中にはゴミ箱があろうがあるまいが自分の出したゴミは自分で処理しようとかばんに入れる人もいる。

　さて、掃除を抜きにして、日本人の誰もが認めるような立派な社会人になるのは難しいだろう。なぜなら、掃除は日本人の生活、そして理想とする精神に深く結び付いているからだ。

　まず、日本人は小学校から、早い人では幼稚園の時から掃除を学ぶ。公立の小学校では掃除の時間が毎日数十分あり、教室はもちろん、廊下やら下駄箱やら、班ごとに決められた場所を掃除するのだ。1年生は、箒の持ち方やはき方から始まり、雑巾の絞り方などの細かなことまで先生に習う。私は低学年のうちはまじめにしていたのだが、高学年になってからは友達とおしゃべりをしながら掃除していた。早く掃除が終わろうとも、掃除の時間に流れる音楽が鳴り終わるまでは他の場所へ手伝いに行かなければばならないからだ。「先生に見つかっても謝るまでのことだ」と軽く考えていたら、一度こっぴどく叱られてしまって半ベソをかいたのは今でも苦い思い出だ。こうして、日本人は子どもの頃から掃除を通して完璧に成し遂げる精神と助け合いの心を養う。

　また、近所付き合いにおいても重要な役割をもつ。近所付き合いも、極端に言えば掃除いかんだ。一軒家にせよマンションにせよ、家の前を掃除する時に大事なのは、隣の家の辺りまでしておいたほうがいいということだ。自分の家の前だけ掃除したが最後、「思いやりがない」と、ご近所の奥様方の噂話の種になるのは目に見えている。近所付き合いいかんでは住み慣れた家を離れざるを得なくなるまでに至るというのだから恐ろしい話だ。

　日本社会において、みんなができて当たり前という掃除。そのくせして、「掃除ができる人は仕事もできる」とみなし気味なのは、どうにも矛盾しているような気もするが、企業がそのような人材を求めているのは事実だ。汚れたものでも自ら進んできれいにし、隅までしっかり磨くことができるという精神が仕事で応用されるとすれば、向かうところ敵なしだろう。部下に示すためにはまず自分からと、社長自ら毎日掃除する会社もあり、新人採用面接では清掃員として廊下から候補者を見ているとか。

　掃除は、ただきれいにすればいいというものではない。日々の生活を快適に過ごすためであるので、いくらその場を美しくできる技術があっても時間がかかりすぎてはならないのだ。最近は雑貨店や薬局におもしろくて便利な掃除グッズがあるという。今日を限りに私も掃除嫌いを卒業し、まずはいろいろと試してみようか。

文 型

1. 〜えない（＝可能性がない）（沒有〜的可能性 / 不可能〜）
   ・あの事件について、彼は犯人しか知りえないことを知っていた。
   （關於那個事件，他知道只有犯人才知道的事情。）
   ・このような事故は誰にでも起こりうることだ。
   （像這樣的事故，不管在誰身上都有可能發生。）

2. 〜ようが〜まいが（是〜也好，不是〜也好）
   ・この試合は勝とうが勝つまいが、参加することに意義がある。
   （這個比賽不管是勝利還是失敗，都有參加的意義。）
   ・子どもが1人増えようが増えまいが、家が狭いことに変わりはない。
   （不管小孩是否增加，家裡還是一樣狹小。）

3. 〜抜きにして（去掉本來裡面有的東西）（去除掉〜）
   ・堅苦しい挨拶は抜きにして、今日は飲みましょう。
   （我們略過冰冷的客套話，今天就盡情喝吧。）
   ・アジアの発展を抜きにして、世界経済を語ることはできない。
   （如果撤除亞洲的發展，就沒辦法談論世界經濟。）

4. A やら B やら（舉例）
   ・娘が結婚するのはうれしいやら寂しいやら、なんだか複雑だ。
   （女兒要結婚了感到很開心也很寂寞，心情很複雜。）
   ・子どもは頭が痛いやらお腹がすいたやら言って、いつも騒いでいる。
   （小孩子一下子說他頭痛，一下子說他肚子餓，一直吵吵鬧鬧。）

5. 〜ようと（も）（＝ても）（即使〜 / 就算〜）
   ・たとえクラス全員が賛成しようとも、私は絶対に反対だ。
   （即使班上的大家都贊成，我也堅決反對。）
   ・他の人が何と言おうとも、私はこの子のことを信用しています。
   （不管其他人怎麼說，我相信這個小孩子。）

6. 〜までのことだ（只好〜 / 只能〜 / 大不了〜）
   ・やれと言われたからやったまでのことだ。
   （別人命令我做，我也只好做了。）
   ・もし誰も手伝ってくれなかったら、1人でやるまでのことだ。
   （要是沒有人願意幫我忙的話，大不了一個人做。）

7. 〜いかんだ（視〜 / 依〜而定）
   ・もう一度手術が必要かどうかは、精密検査の結果いかんです。
   （有沒有必要再做一次手術，要根據詳細檢查的結果來決定。）
   ・今回の事件の扱いについては校長のご判断いかんです。
   （關於這次事件的處理方式，依據校長的判斷來決定。）

8. A にせよ B にせよ（A 情況也好 B 情況也好）
・海にせよ山にせよ、ここから遠くて気軽には行けない。
（不管是海邊還是山上都離這裡很遠，無法輕易到達。）
・嘘にせよ本当にせよ、この目で見てみないとわからない。
（不管是真是假，沒有親眼所見，我就不會知道。）

9. 〜が最後（一旦〜就完了 / 一旦發生〜就慘了）
・あの部屋は入ったが最後、二度と出てこられない。
（一旦進入那個房間，就再也沒有辦法出來了。）
・見つかったが最後、高い罰金が科せられてしまいます。
（一旦你被發現，就會收到高額罰單。）

10. 〜いかんでは（依據、根據〜而…）
・卒論の出来いかんでは、卒業が取り消されることもありうる。
（依據畢業論文的完成度而定，也有可能畢業資格會被取消。）
・今のところ予定通りお祭りを行うつもりだが、朝の天気いかんでは延期になるかもしれない。
（目前打算依照預定舉辦祭典，但還是會依據當天早上天氣狀況來決定是否延期。）

11. 〜に至る（最終演變成〜情況、階段）
・そのニュースではストライキに至るまでの経緯を事細かに説明していた。
（這個新聞詳細說明了罷工的來龍去脈。）
・願書には仕事をやめて留学するに至った動機を書いた。
（申請書裡面寫到選擇把工作辭掉去留學的動機。）

12. 〜くせして（對人表示不滿、指責、開玩笑）（明明〜卻…）
・彼は自分は何もしないくせして、いちいちうるさい。
（他明明自己什麼都不做，卻對每件事囉囉嗦嗦的。）
・待ち合わせは 1 時って言ったくせに、2 時まで待たせるなんて。
（他約定好說集合時間是一點，卻讓我等到兩點。）

13. 〜気味（有點〜的傾向）
・今年は予想より桜の開花が遅れ気味だ。
（今年櫻花的開花時間似乎比預期來的慢。）
・最近忙しすぎて、疲れ気味だ。
（最近忙過頭了，好像有點過勞。）

14. 〜というものではない（並非〜 / 並不是〜）
・ただ練習すればいいというものではない。どう練習するかが大切だ。
（不是只要有練習就好，該怎麼練習才是最重要的。）
・何かあったら辞めれば済むというものではない。きちんと責任を取ってもらわないと。
（並不是說發生什麼事情把工作辭掉就好，你必須要好好地負責任。）

15. 〜を限りに（以〜為最後）

・彼女と別れた。今日を限りに彼女のことは全部忘れよう。
（跟女朋友分手了。從今天起我要把她的事情全部忘記。）

・パワハラが問題になって、課長は昨日を限りに会社へ来なくなった。
（公司的權力霸凌問題曝光了，課長從昨天起就沒有來公司了。）

16

だいじゅうろっか　第十六課

まとめ問題

1. だめだとわかれば、潔く諦める（　　　　　）。
   ① ところだ　　② ばかりだ　　③ までのことだ

2. あの人は、自分も上手にできない（　　　　　）、他人のミスを厳しく批判する。
   ① かかわらず　　② くせして　　③ ともかく

3. この秘密を知ったが（　　　　　）、二度と普通の日常には戻れない。
   ① 最後　　② 皮切りに　　③ 以上

4. 反対する者がいよう（　　　　　）いまい（　　　　　）、社長は意見を変えない。
   ① も　　② に　　③ が

5. 映画は私たちに現実ではあり（　　　　　）世界を体験させてくれる。
   ① うる　　② える　　③ えない

6. このプロジェクトをこのまま進めていくかどうかは、今季の業績（　　　　　）だ。
   ① による　　② どうか　　③ いかん

7. 会場の状態（　　　　　）では、イベントの中止もありえる。
   ① いかん　　② どうか　　③ どんな

8. あの選手は先日の試合（　　　　　）引退した。
   ① に限って　　② を皮切りに　　③ を限りに

9. この先、どんな困難が待ち受けてい（　　　　　）、私は負けない。
   ① ようとも　　② ようにしても　　③ まいと

10. 事態がここまで悪化する（　　　　　）経緯を整理して説明する。
    ① に即した　　② までして　　③ に至った

聴解問題

この問題は、全体としてどんな内容かを聞く問題です。話の前に質問はありません。まず話を聞いてください。それから質問と選択肢を聞いて、1から4の中から、最も良いものを一つ選んでください。

    1) (   )
    2) (   )

＊聴解問題音檔 QR Code 請參閱 P.12

1. 《　　　》の中から最もよいものを選んでください。
　　必要な場合は、適当な形に変えてから書いてください。

1）この機械は操作が簡単なので、誰でも（　　　　　）扱えます。

2）かつては権力者が知識を（　　　　　）ていた。

3）ハリウッドスターへの（　　　　　）から英語を勉強し始めました。

4）この絵は（　　　　　）技法で描かれている。

5）（　　　　　）言い方ばかりしていたら、話し合いになりません。

6）彼の絵は（　　　　　）色彩が最大の魅力だ。

7）若い頃の体力を（　　　　　）たくて、ジムでトレーニングを始めた。

8）（　　　　　）を信じて無駄な買い物をしてしまった。

9）風邪薬は症状を（　　　　　）だけで、風邪そのものを治しているわけではない。

10）退屈を（　　　　　）ために、見るともなしにテレビを見ている。

《
手軽　和らげる　紛らわせる　憧れ　独占する
鮮やか　斬新　取り戻す　極端　噂話
》

2. 《　　　》の中から最も適当なものを選んでください。

1）同じような症状でも、個人の体質に（　　　　　）治療法を変える。

　　《　応じて　/　かかわらず　/　限って　/　よると　》

2）価格を抑え（　　　　　）、販売数を伸ばすことで利益を確保している。

　　《　ながらに　/　つつも　/　なくとも　/　たとたん　》

3）1人で全て決めずに、私たちの意見も聞いて（　　　　　）。

　　《　くれることだ　/　あげるものだ　/　ほしいことだ　/　ほしいものだ　》

4）理由のいかんに（　　　　　）、契約書に従わなければならない。

　　《　おいては　/　伴い　/　限って　/　かかわらず　》

5) 自分から言い出した（　　　　　）、最後まで責任を持たなければならない。

《　限りは　／　ばかりに　／　ところで　／　からといって　》

6) アンケートの結果に（　　　　　）、製品を改良する。

《　よると　／　至るまで　／　基づいて　／　かまわず　》

7) ほしいものはあるが、借金（　　　　　）買おうとは思わない。

《　までして　／　からして　／　してこそ　／　せずとも　》

8) 誰に何と言われ（　　　　　）、自分のやり方を貫く。

《　ないなら　／　んがため　／　ようとも　／　るなら　》

9) 何も知らない（　　　　　）、何でも知っているような態度だ。

《　とあって　／　くせして　／　ばかりに　／　からこそ　》

10) 今月を（　　　　　）、こちらの製品の生産を終了します。

《　限りに　／　限らず　／　限って　／　限り　》

3. **《　　　　　》の中の表現を並べ替えて、正しい文にしてください。**

1) 机上の空論ではなく物事を《　なければ　／　考え　／　即して　／　現実に　》。

→机上の空論ではなく物事を＿＿＿＿＿＿＿＿＿＿＿＿＿＿＿＿＿＿＿＿＿。

2) 彼のスピーチが終わると《　なく　／　から　／　とも　／　誰　》拍手が起きた。

→彼のスピーチが終わると＿＿＿＿＿＿＿＿＿＿＿＿＿＿＿＿＿拍手が起きた。

3)《　手前　／　しまった　／　できると　／　1人でも　／　言って　》今さら他の

人を頼れない。

→＿＿＿＿＿＿＿＿＿＿＿＿＿＿＿＿＿＿＿＿＿今さら他の人を頼れない。

4)《　皮切り　／　を　／　して　／　と　／　日本　》アジア各国でこの製品を販

売していく計画だ。

→＿＿＿＿＿＿＿＿＿＿＿＿＿＿＿＿＿アジア各国でこの製品を販売していく計画だ。

5) どうにかして少子高齢化を《　か　／　方法は　／　もの　／　解決する　／

ない　》。

→どうにかして少子高齢化を＿＿＿＿＿＿＿＿＿＿＿＿＿＿＿＿＿＿＿＿＿。

6）せっかくの食べ放題だからと《　張り裂けん　／　ばかりに　／　食べた　／　腹が　》。

　　→せっかくの食べ放題だからと＿＿＿＿＿＿＿＿＿＿＿＿＿＿＿＿＿＿＿＿＿。

7）今の仕事は、残りの人生の大半を《　足る　／　に　／　だろうか　／　費やす　／　もの　》。

　　→今の仕事は、残りの人生の大半を＿＿＿＿＿＿＿＿＿＿＿＿＿＿＿＿＿。

8）実力を実績で証明できれば《　いまいが　／　資格を　／　いようが　／　関係ない　／　持って　》。

　　→実力を実績で証明できれば＿＿＿＿＿＿＿＿＿＿＿＿＿＿＿＿＿＿＿＿。

9）就職先が見つからなければ、《　までの　／　仕事を　／　継ぐ　／　ことだ　／　実家の　》。

　　→就職先が見つからなければ＿＿＿＿＿＿＿＿＿＿＿＿＿＿＿＿＿＿＿＿。

10）《　が　／　その洞窟　／　最後　／　は　／　入った　》二度と出てこられないと言われている。

　　→＿＿＿＿＿＿＿＿＿＿＿＿＿＿＿＿＿＿＿二度と出てこられないと言われている。

4. 次の文章を読んで、文章全体の内容を考えて、 1 から 4 の中に入る最もよいものを、①から④から一つ選んでください。

　　サイボーグというのは、特殊な環境に適応すべく身体の一部を機械に置き換えた改造人間のことをいう。SF 作品にはよく登場しているが、テクノロジーの進歩に 1 、フィクションの中だけの存在ではなくなり 2 ある。代表的なのは義肢の進化だ。義肢とは、失った手足の代わりに装着する人工の手足のことだ。義肢には、本物に似た外観を追求したものと、失った機能を補うためのものがある。後者には能動義手やスポーツ用の義足などがある。

　　能動義手はその名の通り着用者が操作して動かすことができる。背中などの筋肉を動かしてハーネスに付いたワイヤーを引っ張ることで、フックの開閉や肘の曲げ伸ばしを行う。また、近年は筋電義手というものも普及し始めた。これは人が筋肉を動か 3 際の電気信号を読み取って動く。筋電義手も能動義手と同様に操作に慣れるために訓練する必要があるが、電気信号を読み取り、処理する技術が成熟すれば、訓練の負担も減るだろう。

　　次に、スポーツ用の義足だが、パラリンピックの中継などで目にしたことはないだろうか。日常生活を送るためのものではなく、特定のスポーツのための機能を重視しているため独特の外観をしているものが多い。以前、義足のアスリートが健常者を超える記録を出したことで、スポーツと義肢の進化について話題になったことがある。人体の能力を向上させたという面においては、考えようによってはサイボーグに通じると言え 4 だろう。今後も義肢はより扱いやすく、高機能に進化し続けていくだろう。

1	① よって	② ともに	③ かかわらず	④ 対して
2	① のみ	② つつ	③ ながら	④ ばかり
3	① したい	② さんばかりの	③ すことになる	④ そうとする
4	① てもよい	② ざるをえない	③ ないでもない	④ かねない

5.《聴解問題》**この問題は全体としてどんな内容かを聞く問題です。話の前に質問はありません。まず話を聞いてください。それから質問と選択肢を聞いて、1から4の中から最もよいものを一つ選んでください。**

　　1)（　　　　　）
　　2)（　　　　　）
　　3)（　　　　　）

＊聴解問題音檔 QR Code 請參閱 P.12

日本人在冬至會泡柚子湯

　　由於柚子含有獨特的香氣和精油等成份，具有多種效果，在冷冷的夜裡，如果能泡上熱騰騰的「柚子湯（ゆず）」，不但可以促進血液流通，也可以緩和女性的「手腳冰冷（冷え性（ひ・しょう））」症狀。

　　至於為什麼要泡「柚子湯（ゆずゆ）」並不清楚，但「冬至（とうじ）」＝「湯治（とうじ）」，也就是「泡熱水澡做治療」的說法最受採用，據說在冬至這一天，若能泡上「柚子湯（ゆずゆ）」可以讓日本人一整年都不會感冒，非常神奇。

一緒に頑張りましょう！

17 出産のあれこれ
第十七課

〈 たんご 単語 〉

單字	漢字	中譯	詞性
1 パートナー		配偶、夥伴	名詞
2 きこん	既婚	已婚	名詞
3 ぎりのおや	義理の親	公婆	名詞
4 くちうるさい	口うるさい	嘴碎	い形容詞
5 ぬかよろこびする	ぬか喜びする	空歡喜	動詞 III
6 き	機	轉機	名詞
7 めいわくがかかる	迷惑がかかる	添麻煩	
8 ぎょうむ	業務	工作	名詞
9 はいりょする	配慮する	留意	動詞 III
10 はっかく	発覚	得知	名詞
11 こよみ	暦	曆法	名詞
12 はらおび	腹帯	腰帶	名詞
13 ひえ	冷え	著涼	名詞
14 きんべん	勤勉	勤勉	な形容詞
15 プラスアルファ		額外增加	名詞
16 じこう	事項	事項	名詞
17 じっか	実家	娘家	名詞
18 すみやか	速やか	迅速	な形容詞
19 あまえる	甘える	撒嬌、利用	動詞 II
20 いまどき	今時	現代	名詞

　日本に限ったことではないだろうが、子どもが生まれるということは実にめでたいことである。現代でも妊娠初期の流産は 6 〜 7 人に1人の確率で経験していると言われており、つわりを乗り越えて臨月を迎えても、出産間際になって死産となることもないことはない。命の誕生は奇跡なのだ。

　妊娠を知った女性は、まず誰に知らせるだろう。多くはパートナーだろうか。それから、実の親へ報告するかもしれない。しかし、多くの既婚女性は、妊娠初期のうちは義理の親には伝えない。親にしたら孫が生まれるわけだから、きっと大喜びするだろうが、知らせたら知らせたでいろいろと口うるさく言われるのがやっかいだ。それに、妊娠 12 週を過ぎるまでは流産の可能性が高いので、ぬか喜びさせたくないからというのもある。また、妊娠を機に仕事を辞める人は少ない今日、職場への報告は早いほうがいいだろう。一般的に妊娠初期はつわりが特にきついので、職場に迷惑がかかることのないようにするのはもちろん、妊婦には辛い業務なら配慮してもらうためだ。

　さて、妊娠発覚から出産までの一番大きな行事は、日本では「戌の日の安産祈願」だ。十二支を使った暦に基づいた平安時代からの風習で、安定期と呼ばれる 5 か月目の「戌の日」に、神社で安産祈願をしてもらったり、腹帯を巻いたりして腰痛や冷えに備える。犬が安産で子をたくさん産むことにちなんで、「戌の日」が好まれているそうだ。

　帝王切開をはじめ、欧米では人気だという水中出産、アメリカでは常識だという無痛分娩など、出産の方法は数あるが、日本では自然分娩が 8 割を占める。勤勉で努力に努力を重ね、我慢することが美徳と古くから考えてきた日本人の気質がここに現れているのだろう。近年は高齢出産が増えたため、8 割と言ってもこれでも減ったのだ。

無痛分娩も、できる病院が少ない上にお金もプラスアルファでかかってくることもあってか、選ぶ妊婦はごく少数だ。私から言わせれば、方法はどうあれ、出産は母子共に健康に終えることが最優先事項のはずだ。痛い思いをしなければいい母親になれないだの、痛みを乗り越えたから育児を頑張れるだの周りがとやかく言うのはもう時代遅れだろう。

　妊婦の実家が現住所から離れている場合は、故郷の病院で出産をする人もいる。この「里帰り出産」となると、パートナーがお産に間に合わないかもしれないというリスクはあるが、出産後の母子や上の子達のお世話を速やかにしてもらえるので、実家に甘える人は多い。

　出産後、母子は問題がなくとも 5 日ほど入院する。この間に、これから始まる育児に先立って、授乳や沐浴などの仕方を習ったり、体をゆっくり休めたりするのだ。子どもの名前は 2 週間以内に決めなければならないが、寺社にお願いして名前を決めてもらうのも人気だ。最近は今時の名前も候補に入るそうなので、決めかねる時にはお願いしてもいいかもしれない。

　子育ては、苦労こそあれ幸せな時間を過ごせるという意味では、人生を豊かにしてくれることの一つと言える。そして、どの国にとっても、子どもは未来であり希望であるのは間違いないだろう。

1. A に限ったことではない（不只是 A 在其他情況下也～）
   ・彼が遅刻するのは授業の時に限ったことではない。
   　（他不只有在上課的時候會遲到。）
   ・待機児童の問題は首都圏に限ったことではない。
   　（待機兒童的問題不只在首都圈才有。）

2. ～ないことはない（也不是不～）
   ・この車、100 万円なら買えないことはない。
   　（如果有一百萬日圓的話，這台車也不是買不起的。）
   ・ピアノ、弾けないことはないと思うけど、何年も弾いてないからかなり練習しなきゃ。
   　（我也不是不會彈鋼琴，但是已經好幾年沒彈了，得努力練習一下才行。）

3. ～にしたら（就～的立場來看）
   ・娘のパーマは、私にしたらおしゃれというよりおばさんみたいだ。
   　（女兒燙的髮型說是時尚，在我看來倒像歐巴桑。）
   ・嫌なことは嫌って言ったほうがいいよ。彼にしたらはっきり言われたほうがいいでしょ。
   　（不喜歡的事情直接說清楚比較好，就他的立場來看，也希望你能把話說清楚。）

4. ～たら～で（～的話）
   ・あの学校に合格したのは立派だが、入ったら入ったで授業についていくのは大変だろう。
   　（能考上那間學校是很了不起，但入學後要跟上課業可能會很辛苦。）
   ・あの雑誌、捨てたら捨てたでいいんだけど、まだあるならもう一度見せて。
   　（那本雜誌如果已經丟掉的話就算了，如果還在的話，請讓我再看一次。）

5. ～を機に（以～為轉機）
   ・子どもが小学生になるのを機に、もう一度働くことにした。
   　（小孩子即將要上學了，以此為契機，我決定要再去工作。）
   ・あのデパートは 20 周年を機に大幅な改装を行うことにした。
   　（那間百貨公司趁著 20 周年慶進行大幅度的整修。）

6. V ることのないように～（為了避免～）
   ・旅先で慌てることのないように、グーグルマップでいろいろ調べておこう。
   　（為了旅行時能從容不迫，我們先用 google 地圖調查資訊吧。）
   ・失敗することのないように、日々練習に励んでいます。
   　（為了避免失敗，每天努力練習。）

7. ～に基づいた（以～為根據、根本）
   ・今までの経験に基づいた対策を考えましょう。
   　（我們根據至今為止的經驗來思考對策吧。）
   ・栄養学に基づいた健康的な食生活を心がけています。
   　（平時都按照營養學標準的健康飲食習慣來生活。）

17

だいじゅうななか　第十七課

8. A に A を重ねて（反覆～ / 經歷～ / 屢次～）
　・失敗することのないように、日々練習に練習を重ねています。
　　（為了避免失敗，每天都反覆地練習。）
　・検討に検討を重ねて、慎重に結論を導き出すつもりです。
　　（不斷地討論是希望能慎重地引導出結論。）

9. ～から言わせれば（就～意見、立場來看）
　・私から言わせれば日本から台湾なんて近いものだ。
　　（就我來看，日本跟台灣也不過那點距離。）
　・社長から言わせれば、こんな小さい失敗は失敗ではない。
　　（就社長立場來看，這樣小小的失敗，根本稱不上失敗。）

10. ～はどうあれ（不管～是如何）
　・結果はどうあれ、君が努力したことは変わらない。
　　（不管結果如何，你努力過這件事是不會變的。）
　・事情はどうあれ、約束したからには期限通りに完成させなくてはいけない。
　　（不管情形如何，約定好的事情就必須讓它在期限內完成。）

11. A だの B だの（A 啦 B 啦）
　・社長はいつも経費削減だの省エネだの言ってくる。
　　（社長總是對我們說要削減經費啦，要節省能源啦。）
　・主人はハンバーガーだのコーラだの、体に良くないものばかり好んで食べる。
　　（我先生總是喜歡吃漢堡啦，可樂等等對身體不好的東西。）

12. ～となると（變成～情況的話）
　・外国で家を買うとなると、いろいろな手続きがあって面倒だ。
　　（要在國外買房子的話，有各式各樣的手續，很麻煩。）
　・結婚するのは嬉しいが、実家を離れるとなると、少し寂しい。
　　（結婚是很開心，但是要離開故鄉的話，會有點寂寞。）

13. ～に先立って（在～之前）
　・就職活動に先立って、10 年後の自分についてもう一度考えてみた。
　　（在就職活動之前，重新思考了一下十年後的自己。）
　・子どもの小学校入学に先立って、健康診断を受けさせた。
　　（在小孩子小學入學之前，讓他接受健康檢查。）

14. ～かねる（不能～ / 無法～）
　・申し訳ありませんが、今回の提案には賛成しかねます。
　　（非常不好意思，這次的提案我無法賛成。）
　・私 1 人では決めかねますので、後ほど折り返しお電話させていただきます。
　　（因為我一個人無法決定，我稍後再盡快回電給您。）

文　型

15. ～こそあれ（雖然～但是…）
　　・あの子は数学という苦手教科こそあれ、それ以外の成績は飛びぬけている。
　　　（雖然數學是那個孩子不擅長的科目，但他其他科目成績都非常優秀。）
　　・父は仕事の能力こそあれ、人としては全く尊敬できない。
　　　（爸爸雖然工作能力好，但他的為人讓人完全無法尊敬。）

だいじゅうななか　第十七課

まとめ問題

1. 厳選（　　　　　）厳選（　　　　　）重ねた最高級の食材を使った料理。
   ① と〜と　　② に〜を　　③ から〜まで

2. 一人暮らしを始めたのを（　　　　　）に、自炊を始めた。
   ① 皮切り　　② 限り　　③ 機

3. 一人暮らしを始める（　　　　　）、買わなければいけないものが多い。
   ① になれば　　② からすれば　　③ となると

4. アイデアを忘れる（　　　　　）、思いついたらすぐメモするようにしている。
   ① ことのないように　　② ともなく　　③ そばから

5. 親（　　　　　）、子どもの成功は自分のことのように嬉しいものだ。
   ① なのに　　② に対して　　③ にしたら

6. 師匠（　　　　　）、我々の技術はまだまだ未熟なのだそうだ。
   ① に言えば　　② からして　　③ から言わせれば

7. 彼は才能（　　　　　）、飽きっぽいから何をやっても中途半端になる。
   ① ことから　　② こととて　　③ こそあれ

8. 彼は疲れている（　　　　　）、忙しくて時間がない（　　　　　）言って、全然家事を手伝わない。
   ① かと　　② だの　　③ とも

9. 風邪をひくのは、寒い季節に（　　　　　）ことではない。
   ① かかわる　　② よった　　③ 限った

10. 嘘をつくわけにはいかないが、正直に話（　　　　　）話したで、どうせ叱られる。
    ① しても　　② したら　　③ そうにも

聴解問題

まず話を聞いてください。それから質問と選択肢を聞いて、1から4の中から、最も良いものを一つ選んでください。

1)（　　　　　）

2)（　　　　　）

＊聴解問題音檔 QR Code 請參閲 P.12

だいじゅうななか　第十七課

一緒に頑張りましょう！

18 だいじゅうはちか

- 〜を経て
- 〜ても差し支えない
- 〜でなくてなんだろう
- 〜なりとも
- 〜のごとき
- 〜の極み
- 〜ものとして
- 〜んがために
- 〜としてあるまじき
- 〜ゆえに

18 Kawaii 文化
第十八課

〈 たんご 単語 〉

	單字	漢字	中譯	詞性
1	ベース		基礎	名詞
2	とぎすます	研ぎ澄ます	淬煉	動詞 I
3	さしつかえ	差し支え	影響、問題	名詞
4	よせあつめる	寄せ集める	收集、拼湊	動詞 II
5	たしょう	多少	多少	副詞
6	あすかじだい	飛鳥時代	飛鳥時代	名詞
7	まさる	勝る	勝過	動詞 I
8	いっしん	一心	一心	名詞
9	もちまえ	持ち前	與生俱來	名詞
10	きようさ	器用さ	靈活度	名詞
11	はっきする	発揮する	發揮	動詞 III
12	ほんのう	本能	本能	名詞
13	きんせい	均整	勻整	名詞
14	はかなさ	儚さ	脆弱	名詞
15	つくす	尽くす	奉獻	動詞 I
16	つぎこむ	つぎ込む	投入大量資金、花掉大筆錢	動詞 I
17	だしおしみする	出し惜しみする	捨不得拿出來	動詞 III
18	むすうに	無数に	多不勝數	副詞
19	インパクト		衝擊感	名詞
20	きょだく	許諾	許可	名詞

〈 Kawaii 文化 〉

　茶道や華道、造園など、日本の文化のほとんどは大陸から伝わってきたものがベースと言える。しかし、長い年月を経てこれらは日本人により研ぎ澄まされ、現代では「日本独自」と言っても差し支えないものとなった。

　では、ゼロから生み出された日本文化はないのだろうか。答えは、ある。今や世界中を魅了している「Kawaii 文化」がその一つだろう。ハローキティやドラえもんなどのキャラクターをはじめ、コスプレやメイド喫茶、日本の若者のファッションなどが挙げられる。かわいらしいものを寄せ集めただけではないのかと思われるかもしれないが、ここは文化でなくてなんだろうと声を大にして言いたい。

　「Kawaii 文化」は、どのようにして生まれたのか。そのきっかけは、多少なりとも子どもが関係している。飛鳥時代の歌人、山上憶良が「子は金や銀よりも勝る宝のごときもの」といった歌を詠んだことからもわかるが、今日と違って娯楽も少ない当時の日本人にとって、最上の「かわいい」は子どもだった。おもちゃやゲーム、漫画やアニメなどが日本でこんなにも発達したのも、子どもを喜ばせたい一心で持ち前の想像力と器用さを発揮したからではないかと私は見ている。または、いつまでも子どもの頃の夢を忘れない人達の遊び心の極みとも言えよう。

　アメリカの週刊誌「ニューズウィーク」では、「かわいいものに夢中になるのは人類共通の本能だとしても、それを文化にしたのは日本だけだ」と紹介している。しかし、「Kawaii 文化」はそれだけではない。ギリシアなどの「完全と対称と均整による美意識」とは対照的に、「未成熟の儚さや可能性」を美しいものとして扱う日本人のこの文化は、楽しむ人の共感を得るのが必要不可欠であり、また相互作用があるのだ。

　例えば日本のアイドルは、この文化の象徴とも言える存在だ。かわいいもののこととなると何もかも尽くしてしまう人々のパワーはすさまじい。ファン達は、好きなアイドルを応援せんがために、給料をつぎ込む。アイドルは応援されることでより成長することを知っている彼らにとって、出し惜しみすることはファンとしてあるまじきことなのだ。そしてアイドルは、最後には「卒業」という形で辞めていく。これは「かわいい」からの卒業とも言えるだろう。

　また、「ゆるキャラ」も「Kawaii 文化」のもう一つの象徴だ。地方自治体や民間企業などが競うように制作してきたばかりに、現在は無数に存在する。それゆえに、インパクトが薄れているといった批判もあるが、2016 年 4 月の熊本地震では特に大きな力を見せた。震災後、熊本県のマスコットキャラクター、そしてゆるキャラグランプリで王者にも輝いた「くまモン」のイラストが、被災者を応援する目的であれば許諾なしでも利用できるようになったのだ。くまモンの存在が、被災者の強い味方になったのは想像に難くない。

　おそらく、これからも「Kawaii 文化」は多種多様な変化や広がりを見せてくれるだろう。日本は、もうこの文化なしには語れなくなってしまったのだから。

文型

1. 〜を経て（歷經〜）
   - 多くの失敗や挫折を経て、彼は立派な大人になりました。
     （歷經許多失敗跟挫折，他已經成為一個了不起的大人了。）
   - 新入社員は3か月の全体研修を経て、それぞれの部署に配属されました。
     （新進員工經過三個月的全員研修後，被分配到各自的工作崗位。）

2. 〜ても差し支えない（〜也沒關係）
   - 間に合わないなら、途中参加でも差し支えない。
     （如果來不及的話，中途參加也沒關係。）
   - 次の検査で問題がなければ、退院しても差し支えありませんよ。
     （如果下一次的檢查沒有問題的話，要出院也沒關係。）

3. 〜でなくてなんだろう（不是〜是什麼？）
   - 彼はどんな曲でも一度聞いただけですぐ弾ける。音楽の天才でなくてなんだろう。
     （不管是什麼樣的曲目，他只要聽一次就會彈。這不是音樂天才那是什麼呢？）
   - 大規模な火災が起きたがけが人が1人もでなかったのは、奇跡でなくてなんだろう。
     （發生了大規模的火災但沒有出現傷患，這不是奇蹟是什麼呢？）

4. 〜なりとも（哪怕是〜也…）
   - 忙しいなら、帰ってこいとは言わないが、電話でなりとも声を聞かせてほしい。
     （如果真的很忙的話，也沒叫你一定要回來，但至少希望你打個電話讓我聽聽你的聲音。）
   - 猫カフェは、仕事のストレスを一時なりとも忘れさせてくれる。
     （儘管短暫，貓咪咖啡廳確實能讓我暫時忘卻工作壓力。）

5. 〜のごとき（像〜一樣的…）
   - 隣の部屋から夫婦喧嘩のごとき声が聞こえる。
     （從隔壁房間那邊可以聽見像是夫妻吵架的聲音。）
   - 今回のごとき悲惨な事件が再び起こらないことを祈っている。
     （我祈禱著像這次的悲慘事件不要再發生。）

6. 〜の極み（最〜）
   - 交通事故で多くの人が亡くなり、痛恨の極みです。
     （看到交通事故很多人死亡，感到非常地痛心悔恨。）
   - あの旅館では贅沢の極みを尽くした料理が楽しめる。
     （在那間旅館可以享受到最奢侈的料理。）

7. 〜ものとして（視作為〜／當作〜）
   - 会長は日本酒をもっと身近なものとして楽しんでほしいと考えている。
     （會長希望日本酒能成為大家心目中最熟悉的味道。）
   - 私はいないものとして、会議を進めてください。
     （請不要顧慮我，繼續進行會議吧。）

8. ～のこととなると（一提到～就…）
　・彼はゲームのこととなると、急に熱く語り出す。
　　（他一講到遊戲的事情，就會突然開始很熱切地討論。）
　・彼女はおとなしい性格だが、好きなアイドルのこととなると興奮する。
　　（她的性格很溫吞，但一談到她喜歡的偶像，整個人就會很激動。）

9. ～んがために（為了～目的而…）
　・大金を得んがために、犯罪に手を染めた。
　　（為了要得到大筆的金錢而犯罪。）
　・溺れそうな子を助けんがために、その若者は川へ飛び込んだ。
　　（為了救快溺水的孩子，那個年輕人跳到河川裡面去了。）

10. ～としてあるまじき（身為～是不合格 / 不該有的～）
　・わいろを渡すのは政治家としてあるまじき行為だ。
　　（賄賂是身為政治家不該有的行為。）
　・ミスしたのに謝ろうとしないなんて、人としてあるまじき態度だ。
　　（犯了錯卻不賠罪，是做人不該有的態度。）

11. A ばかりに B（正因為 A 所以 B）
　・英語の期末試験は、解答用紙に名前を書き忘れたばかりに、0 点をつけられてしまった。
　　（英文的期末考試，因為忘記在答案紙上寫名字，因此被打了零分。）
　・友達を信用したばかりに、借金を背負うことになった。
　　（因為太相信朋友，結果自己背了一屁股債。）

12. ～ゆえに（＝～から / ～ために）（因為～）
　・江戸時代は政権が安定していたがゆえに、様々な文化が生まれた。
　　（因為江戶時代政權穩定，所以發展出各式各樣的文化。）
　・悪天候ゆえに、今回の試合は延期せざるをえなくなった。
　　（因為天候不佳，所以這禮拜的比賽不得不延期。）

13. ～に難くない（不難～）
　・子を亡くした親の気持ちは察するに難くない。
　　（父母失去小孩的心情不難想像。）
　・あと一歩のところでどうしても負けてしまう彼女の悔しさは同情に難くない。
　　（在她眼見就要成功時卻還是落敗了，那種悔恨的心情令人感到惋惜不已。）

14. A なしには B（沒有 A 就不能 B）
　・学生全員の参加なしには文化祭は成功しない。
　　（如果沒有全體學生的參加，文化祭就不會成功。）
　・いれたてのコーヒーなしには、父の一日は始まらない。
　　（父親每天早上都要來一杯熱騰騰的咖啡，否則無法開啟新的一天。）

1. こんなところで再会するなんて、運命で（　　　　　）なんだろう。
　 ① あって　　② あれば　　③ なくて

2. 貧困に苦しむ村を救わ（　　　　　）、寄付を募った。
　 ① ないために　　② ないがゆえに　　③ んがために

3. 留学生活を（　　　　　）、言語以外にも様々なことを学んだ。
　 ① 限りに　　② 皮切りに　　③ 経て

4. このような場にお招きいただき、感激の（　　　　　）です。
　 ① 極め　　② 極み　　③ 極まりない

5. 経験不足（　　　　　）臨機応変な対応ができない。
　 ① ために　　② ゆえに　　③ せいで

6. 海外で暮らす恋人に一目（　　　　　）会いたい。
　 ① たるもの　　② たりとて　　③ なりとも

7. 子どもの前で信号無視をするなんて、親として（　　　　　）行為だ。
　 ① あるまじき　　② あるべき　　③ なくてはならない

8. 空気抵抗はない（　　　　　）として計算してください。
　 ① わけ　　② ところ　　③ もの

9. 十分な貯金があるから、今すぐ仕事を辞めても（　　　　　）。
　 ① よりほかない　　② さしつかえない　　③ ないことはない

10. 彼女は鬼（　　　　　）表情で怒っている。
　　① らしい　　② みたい　　③ のごとき

聴解問題

まず話を聞いてください。それから質問と選択肢を聞いて、1から4の中から、最も良いものを一つ選んでください。

1)（　　　　）

2)（　　　　）

＊聴解問題音檔 QR Code 請參閱 P.12

コーラの豆知識

招財貓要舉哪隻手？

「招き猫」是非常受歡迎的貓形擺飾，由於它象徵能帶來好運，因此受到餐廳和店家喜愛，在櫃檯或入口處旁，一定會擺上一隻表示吉利。

招財貓通常會舉起一隻手，做出招攬（招き）的手勢。一般而言，舉左手會招來貴人或福氣，適合擺放於夜晚營業的店；舉右手會招來財運，適合擺放於白天營業的店。

一緒に頑張りましょう！

第十九課

19 だいじゅうきゅうか

- ～ずとも
- ～ときては
- ～に言わせれば
- ～ようによっては
- ～ことやら
- ＡてこそＢ
- ～ばきりがない
- ～びる
- ～たことにする
- ～ぐるみ

19 日本人とパン
第十九課

〈 たんご 単語 〉

單字	漢字	中譯	詞性
1 しゅしょく	主食	主食	名詞
2 かけい	家計	家庭收支	名詞
3 ふっこう	復興	重建	名詞
4 きどう	軌道	軌道	名詞
5 きょうきゅうする	供給する	提供	動詞 III
6 まかなう	賄う	供應	動詞 I
7 ざいこ	在庫	庫存	名詞
8 たける	長ける	擅長	動詞 II
9 せっぱつまる	切羽詰まる	逼不得已走投無路	動詞 I
10 しや	視野	考量	名詞
11 かけつする	可決する	通過	動詞 III
12 むしょう	無償	無償	名詞
13 とびつく	飛びつく	撲過去	動詞 I
14 〜は	〜派	〜派	名詞
15 いんぼう	陰謀	陰謀	名詞
16 みこす	見越す	預料	動詞 I
17 きりがない		沒完沒了	
18 そうざい	総菜	副食、熟菜	名詞
19 かくかぞく	核家族	小家庭	名詞
20 こしょく	孤食	一個人吃	名詞

〈 日本人とパン 〉

　日本人の主食は、米だ。そう言われつつ、米だけとは言えなくなってきているのは気のせいではないだろう。2012 年の総務省の調べによると、家計の支出でパンが米を上回ったという。

　日本人がパンを日常的に食べるようになったのは、第二次世界大戦後からだ。各国の復興が軌道に乗るまで、アメリカは食糧不足の国々へ小麦を供給していた。しかし、欧州諸国などが輸入に頼らずとも自国で賄えるようになると、アメリカは多量の在庫を抱えることになった。麦は米より保存性に長けていなかったので、切羽詰まったアメリカは、「小麦を援助する替わりに軍事力を強化しなさい」というロシアとの冷戦を視野に入れた法案を日本に迫り、可決させた。小麦の代金は後払いでもよく、さらに学校給食に関しては無償で提供してくれるときては、食糧難だった当時の日本政府は飛びつかずにはいられなかった。

　しかし、この「学校給食」が日本の食文化を大きく変えることとなった。子どもの頃からパンを食べて育った子は、大人になってからも習慣としてパンを食べ、そして自分の子どもにも食べさせる。こうして世代を超えてパン食が全国に広まっていった。パンより米派の私に言わせれば、これはアメリカの陰謀だ。このような連鎖も、最初から見越していたんじゃないだろうか。しかし、考えようによっては救世主でもあるのだ。もしアメリカが小麦を供給してくれなければ、戦後の栄養失調の子ども達はどうなっていたことやら。独自の食文化は大切だが、やはり生きていてこそだということも忘れてはならない。

〈 日本人とパン 〉

　とは言っても、ここまでパンが好まれるようになるとは、アメリカ人も想像しなかっただろう。挙げればきりがないが、パンの再加工品とされる焼きそばパンやカレーパンなどの総菜パン、あんパンやクリームパン、チョココロネなどの菓子パンは日本人が発明したとされている。こうしてみると、新たな日本の食文化が生まれたのだから、「日本の食文化は米だ」という古びた考えは捨てなければならないかもしれない。

　また、日本でこんなにもパン食が進んだのにはもう一つ理由がある。一昔前までは、食事は大家族全員でするものだったが、近年は違う。核家族が増え、共働きが主流になってきた今日、家で食事を1人でする子どもも多数いる。パンだと、栄養は偏るが総菜パンを1つ買ってくるだけで食事をしたことにできる。しかし、米だとおにぎりにでもしない限りお味噌汁やおかずが必要だ。準備に手間も時間もかかるのは言うまでもない。火を使っての調理を避けるために、親がパンを用意するのもうなずける。生活スタイルが、米ではなくパンを必要としたのだ。

　最近は家族ぐるみで近所付き合いをすることも減り、互いのうちでご飯を食べることはなかなかない。パンは様々な種類があって安価なわりにおいしいが、日本にここまで浸透した理由が孤食からきているとすると、なんとも悲しいものだ。これからの日本の食文化がどう変化していくにせよ、その周りには食べる人の笑顔が多くあってほしい。

文　型

1. A つつ B（一邊 A 一邊 B／雖然 A 但是 B）
   ・体に良くないと知りつつ、たばこだけはどうしてもやめられない。
   　（雖然知道對身體不好，但是菸無論如何都戒不掉。）
   ・悪いと思いつつも、道で拾ったお金を自分のものにしてしまった。
   　（雖然知道不好，但還是把路上撿到的錢占為己有。）

2. 〜ずとも（即使不〜也…）
   ・親友なら、言葉にせずとも互いの気持ちを察することができるはずだ。
   　（如果是很好的朋友，就算不用開口，應該也能察覺彼此的心情。）
   ・母に言われずとも今日は掃除するつもりだったんだ。いちいちうるさい。
   　（就算不用媽媽說，我今天也會打掃。真是非常地嘮叨。）

3. 〜に関して（關於〜）
   ・今日はこの地域の防災対策に関してお話しようと思っております。
   　（今天想跟大家說一下關於這個區域的防災政策。）
   ・今日の研修では個人情報の保護に関して説明を受けました。
   　（今天研習時聽了一些關於個資法的說明。）

4. 〜ときては
   ①といえば＋非難、不滿、批評（說到〜）
   ・最近の新入社員ときては、挨拶もまともにできない人が多くて、とても困る。
   　（說到最近的新進員工，很多連打招呼都不會，真是頭痛。）
   ②說到〜，〜是最適合的
   ・タピオカミルクティーときたら、やっぱりチキンカツが合う。
   　（說到珍珠奶茶，就一定要配雞排。）

5. 〜に言わせれば（就〜意見來看）
   ・数学は私には難しすぎるが、彼に言わせればゲームのようなものだそうだ。
   　（數學對我而言非常難，但對他來說就像玩遊戲一樣簡單。）
   ・私に言わせれば、彼女はちょっと変わっている。
   　（我個人覺得她有點奇怪。）

6. 〜ようによっては（要看〜／取決於〜／依據〜的方式）
   ・空港からホテルまで、道の混みようによっては2時間もかかることがある。
   　（從機場到飯店的路程視交通擁擠狀況而定，有可能會花兩個小時。）
   ・この古新聞も、使いようによっては、何かの役に立つのではないかと思いますが。
   　（我想這個舊報紙，在不同的用途中也許會派上用場。）

7. 〜ことやら（不確定、疑問）（〜呢？）
   ・今日の説明会、一体何時に終わることやら。
   　（今天的說明會究竟幾點會結束呢？）
   ・ごみ問題、大気汚染、温暖化…。私たちの地球はこれから一体どうなることやら。
   　（垃圾問題、空污、溫室效應…我們的地球今後究竟會變得怎麼樣呢？）

19

だいじゅうきゅうか　第十九課

8. A てこそ B（A 之後才 B）
　・本音を言い合ってこそ、本当の友達になれるのだ。
　　（說出彼此的真心話之後，才有辦法成為真正的朋友。）
　・短い旅行ではなく、そこで生活してこそその国の文化が理解できる。
　　（短暫的旅行是沒用的，要在當地生活過，才能理解那個國家的文化。）

9. ～ばきりがない（～的話沒完沒了）
　・彼女は浮気してるんじゃないかと疑い始めればきりがない。考えるのをやめよう。
　　（一旦開始懷疑她出軌的話就會沒完沒了，還是不要再亂想了。）
　・欲を出せばきりがないが、よく考えれば平凡な毎日が一番だ。
　　（人一旦貪得無厭的話就會沒完沒了，仔細想想平凡的生活才是最好的。）

10. ～びる（帶有～性質 / 樣子）
　・隣の子は高校を卒業してから、急に大人びてきた。
　　（隔壁的小孩自從高中畢業之後，突然變得成熟了不少。）
　・あの店は田舎びた店構えだが、なぜか若い人に人気がある。
　　（那家店的鄉村風裝潢，不知道為什麼很受年輕人歡迎。）

11. ～たことにする（就當作～）
　・ネットで見つけた読書感想文を自分で書いたことにして、先生に提出した。
　　（把在網路上找到的閱讀心得充當自己的作品交給老師。）
　・今の話、悪いけど聞かなかったことにしてくれないかな？
　　（不好意思，剛才我講的話你可不可以當作沒聽到？）

12. ～ぐるみ（全～ / 整個～）
　・あの事件は組織ぐるみで行われていたそうだ。
　　（聽說那個事件是組織集體犯罪。）
　・このお祭りは 5 年に 1 回、町ぐるみで行われます。
　　（這個祭典每五年一次，由全體村民一同舉辦。）

13. ～にせよ（即使～ / 就算～）
　・医学がどれほど進歩したにせよ、治せない病はあるだろう。
　　（就算醫學如此地進步，還是有無法醫治的疾病。）
　・どんな会社の試験を受けるにせよ、面接の時間には何があっても遅れてはいけない。
　　（無論是參加哪間公司的面試，都要遵守面試時間，不管有什麼事都不能遲到。）

1. 親父と（　　　　　）、医者の忠告を聞かずにまた酒を飲んだらしい。
　　① 行ったら　　② きたら　　③ くるなら

2. ここは古（　　　　　）街並みが美しく、観光地として有名になった。
　　① びた　　② がちな　　③ らしい

3. 李さんとは、家族（　　　　　）で付き合っている。
　　① まみれ　　② ぐるみ　　③ だらけ

4. このまま少子高齢化が進むと、日本の未来はどうなること（　　　　　）。
　　① など　　② やら　　③ とか

5. 親に（　　　　　）、子どもはいくつになっても子どもだ。
　　① ついては　　② よっては　　③ 言わせれば

6. 自分の心にゆとりがあって（　　　　　）、他人に優しくできるものだ。
　　① こそ　　② から　　③ だけ

7. できることなら、あの時の失敗をなかった（　　　　　）にしたい。
　　① こと　　② ところ　　③ わけ

8. あの政治家の失言は、例を挙げれば（　　　　　）。
　　① とどまらない　　② ばかりだ　　③ きりがない

9. 最近は家を出（　　　　　）買い物ができる時代になった。
　　① なければ　　② ながら　　③ ずとも

10. ピンチな状況も、考えよう（　　　　　）チャンスになるかもしれない。
　　① とも　　② によっては　　③ としても

聴解問題

まず話を聞いてください。それから、二つの質問を聞いて、それぞれ1から4の中から、最も良いものを一つ選んでください。

1）質問1（　　　　）　質問2（　　　　　）

2）質問1（　　　　）　質問2（　　　　　）

＊聴解問題音檔 QR Code 請参閲 P.12

コーラの豆知識

日本人講「〇〇黃了，醫生的臉就綠了」？

　柿子是秋季產期的水果之一，日本人也很喜歡吃，由於柿子中含有「ビタミンＣ」等各種營養成份，因此多吃柿子是可以預防感冒的。日語中說的「柿が色づくと医者が青くなる」指的就是「柿子黃了，醫生的臉就綠了」的意思。

　對了，聽說柿子的「蒂」若是張開的，而且皮很緊實，那就代表這是一顆新鮮的柿子，大家可以參考一下。

一緒に頑張りましょう！

第二十課

20 にじゅっか

- AがゆえにB
- ～つ～つ
- AこそBがC
- ・～めく
- ～ぶる
- Aたる～
- AともBとも
- ～ないではいられない
- ～も何でもない
- ～といったら

20 日本人と春
第二十課

〈 たんご 単語 〉

單字	漢字	中譯	詞性
1 かごん	過言	說得過分	名詞
2 さいなむ	苛む	折磨	動詞Ⅰ
3 ゆきどけ	雪解け	融雪	名詞
4 さんかんしおん	三寒四温	表示冬天天氣變化的成語	
5 はるいちばん	春一番	春天第一道暖風	名詞
6 ひえこむ	冷え込む	寒冷	動詞Ⅰ
7 ぶあつい	分厚い	厚重	い形容詞
8 かれん	可憐	可愛	な形容詞
9 ～ぶる		裝成～的樣子	接尾語
10 シロツメクサ		白花苜蓿	名詞
11 やそう	野草	野草	名詞
12 コンクリート		水泥	名詞
13 ぶしょ	部署	部門	名詞
14 とりおこなう	執り行う	舉行	動詞Ⅰ
15 せつなさ	切なさ	惆悵	名詞
16 かんがいぶかい	感慨深い	充滿感慨	い形容詞
17 くりひろげる	繰り広げる	上演	動詞Ⅱ
18 ほうぼう	方々	到處	名詞
19 ほがらか	朗らか	開朗	な形容詞
20 ホッとする		放鬆	動詞Ⅲ

〈 日本人と春 〉

　日本人は春が好きだ。愛していると言っても過言ではない。近年は花粉症に苛まれる人が多いがゆえに、少し人気は落ちているような気もするが、それでも春を愛する人は後を絶たない。

　さて、人は春を何で感じるか。雪解けだろうか。それとも日の長さだろうか。寒くなったり暖かくなったりと、季節が行きつ戻りつすることを三寒四温と言うが、日本人の多くは気温の変化だけでは春を感じない。やはり「花」ではないだろうか。

　まずは、梅だ。春一番こそ吹いたが、まだ冷え込む頃に梅は咲く。人々は分厚いコートを着て梅園に赴き、可憐な花や香りを楽しみ、春めいてきたことを喜ぶ。寒いので、桜の花見のように木の下で宴会を開くことはあまりない。次は、桃だ。桃も梅同様だが、3月3日の「桃の節句」と呼ばれる雛祭には、桃の花を飾る風習がある。それから、日本の春の代名詞とも言える桜だ。天気予報では桜前線が報道され、花見をする人はまだ肌寒いのを平気ぶってスプリングコートで出かけたりする。オシャレたるもの、少々の寒さは我慢しなければならない、と言ったところか。

　春の花はこの3種だけでなく、スミレやタンポポ、シロツメクサなどの野草も忘れてはならない。春風が吹くとともにコンクリートの割れ目から顔を出す様は、春の力強さを感じずにはいられない。

　また、春は「出会いと別れの季節」でもある。日本では入学や入社、部署移動などの多くは春だ。3月には卒業式があり4月には入学式や入社式、歓送迎会が執り行われる。というわけで、日本人にとって春は、嬉しいとも寂しいとも言える季節なのだ。なぜ

この季節を年度始まりにしたのか。それは、満開の桜を愛でる喜びと、散る様の切なさを人々の出会いと別れに重ね合わせないではいられない日本人らしい考え方によるものかもしれない。

　日本人の春好きは、千年以上昔から「和歌」として度々テーマに取り上げられてきたことからも窺える。和歌は、暮らしは大きく変わっても、春を想う人の心は何一つ変わらないことを教えてくれる。何とも感慨深いというものだ。

　きれいな花々を背景とした、様々な人間ドラマが繰り広げられる季節。これぞ、日本の春である。しかしながら、不思議なことに日本人は、2月末〜4月以外の季節的には春でも何でもない時期にも春を感じる。それは、恋をした時だ。しばしば、好きな人ができたり、両想いになったりすると、「春が来た」と言い表す。春は、花が咲くと同時に、新しく芽吹く季節でもあるからだ。要は、「人生の春」というわけだ。

　先日、外国人の友人に、日本へ行くならいつが一番いいか聞かれたので、私は迷わず「春」と答えた。理由はやはり、花が方々に咲き乱れ、美しいからというのもあるが、何より春の日本人は他の季節よりも朗らかなのだ。特に桜の頃の日本人といったら、誰しもがホッとしているような、それでいてフワフワした雰囲気でおもしろい。日本人にとって春は、冬を忍んだご褒美のような、日常でも日常でない特別な季節であることは間違いない。

1. A がゆえに B（因為 A 所以 B）
　・私がミスを犯したがゆえに、会社全体に迷惑をかけてしまった。
　　（因為我的過失，給整個公司添麻煩了。）
　・彼女には美人であるがゆえに、様々な悩みがあるそうだ。
　　（聽說她有許多身為美女的煩惱。）

2. ～つ～つ（＝～たり～たり）（A 跟 B 的關係是對立、交替進行的）
　・昨日の大会では、トップの 2 人が最後まで追いつ追われつの接戦を繰り広げた。
　　（在昨天比賽中領先的兩人到最後展開了你追我趕的局面。）
　・あの夫婦は家のことはいつも協力して、持ちつ持たれつやっている。
　　（那對夫婦對於家裡的事情總是相互協助、相互扶持。）

3. A こそ B が C（就 A 來說是 B 但是 C）
　・あのレストランは雰囲気こそいいが、味は何とも言えない。
　　（那一家餐廳的氣氛雖然不錯，但味道不予置評。）
　・新しい先生は教え方こそまだまだだが、なぜか子どもたちに人気がある。
　　（新老師的教法雖然還不太行，但不知為何他很受小孩子歡迎。）

4. ～めく（實在是像～／帶有～的性質、樣子）
　・この小説の主人公は本当に謎めいている。
　　（這個小說的主角真的充滿謎團。）
　・言ってることは間違ってないけど、そんな皮肉めいた言い方をしなくても…
　　（你說的話雖然沒有錯，但也不用話中帶刺…）

5. ～ぶる（裝成～的樣子）
　・先生の前ではいい子ぶってたけど、実はクラスメイトをいじめたことがある。
　　（在老師的面前裝出好孩子的樣子，但實際上曾經欺負過同學。）
　・金持ちぶって高いバッグを持ってみた。
　　（裝作有錢人的樣子拿拿看昂貴的包包。）

6. A たる～（做為 A 該有符合其身分地位的做法）
　・学生たる者、勉学に励むのは当然だ。
　　（身為一個學生，努力念書是理所當然的。）
　・医者たる者、患者の命を何より一番に考えるべきだ。
　　（做為一個醫生，就應該要優先考量病患的生命。）

7. ～とともに（A 伴隨著 B ～／ AB 同時～）
　・記者会見をして注目度が高まるとともに、批判を受けることも増えてきた。
　　（舉辦記者會後知名度提高，但批評的聲浪也跟著增加了。）
　・インターネットの普及とともに、この世界は大きく変化した。
　　（隨著網路的普及，這個世界產生了巨大的變化。）

8. A とも B とも（說不上 A 還是 B）
  ・友達の書いた小説を読ませてもらったが、いいとも悪いとも言えなかった。
   （我讀了朋友寫的小說，但是說不上是好還是壞。）
  ・私の大学には男とも女ともつかない、とても整った顔立ちの学生がいる。
   （我們大學裡有一個學生，我分不出是男是女，但是長相非常端正。）

9. ～ないではいられない（無論如何也要～ / 自然而然地～）
  ・この映画、何度見ても泣かないではいられない。
   （這部電影不管看了幾次，都會忍不住哭出來。）
  ・社長の手前、笑ってはいけないと思いながら、笑わないではいられない。
   （明知道不能當著社長的面笑，還是忍不住笑出來。）

10. ～というものだ（的確就是～ / 真的就是這樣）
  ・1 週間でマニュアルを全部覚えるなんて、無理というものだ。
   （要在一個星期之內把操作手冊全部記起來，絕對不可能。）
  ・こんな時間にピアノの練習を始めるなんて、近所迷惑というものだ。
   （在這時間練習鋼琴，根本是造成鄰居的困擾。）

11. ～ことに（令人感到～的是）
  ・ありがたいことに、奨学金の申請が通った。
   （令人感到慶幸的事情是獎學金的申請通過了。）
  ・残念なことに、明日は雨が降るそうだ。運動会は延期になるだろう。
   （令人感到遺憾的事情是，明天聽說會下雨。運動會應該會延期吧。）

12. ～も何でもない（一點也不～ / 根本沒～）
  ・息子は熱でも何でもないのに、今朝はずっと学校へ行きたくないと言っている。
   （兒子沒發燒也沒怎麼樣，今天早上卻一直說不想去學校。）
  ・あんなことを言うやつ、もう友達でも何でもない！
   （會說那種話的人，根本不是朋友了。）

13. ～といったら（極～ / 非常～）
  ・あの橋の高さといったら、思い出しただけで足がすくむほどだ。
   （那座橋很高，光想到兩腿就發軟。）
  ・私の担任の厳しさといったら…。鬼になったみたいだ。
   （我的班導師非常地嚴格…。簡直像魔鬼一樣。）

1. 彼の絵はセンス（　　　　）いいが、技術がまだ未熟なようだ。
　　① しか　　　② ばかり　　　③ こそ

2. 深夜（　　　　）早朝（　　　　）言えない時間に目が覚めた。
　　① とか　　　② とも　　　③ やら

3. このような根拠も検証もない文章は、論文でも（　　　　）。
　　① なんでもない　　　② なんともない　　　③ なんかとない

4. 彼は悪（　　　　）いるが、本当は気が小さい。
　　① がちで　　　② ぶって　　　③ めいて

5. 彼の無責任さと（　　　　）、考えただけでもいらいらする。
　　① いったら　　　② いうなら　　　③ いわば

6. 女性である（　　　　）真っ当に評価されないのは悔しい。
　　① のために　　　② なりに　　　③ がゆえに

7. 沈黙は苦手なので、とにかく何かしゃべら（　　　　）いられない。
　　① ないでは　　　② ないでも　　　③ なくとも

8. 最近は寒さも少し和らいで、春（　　　　）きた。
　　① らしく　　　② ぶって　　　③ めいて

9. 押し（　　　　）押さ（　　　　）の通勤ラッシュとは無縁の生活がしたい。
　　① つ～れつ　　　② たり～たり　　　③ つ～せつ

10. 社会人（　　　　）者、常識やマナーは身につけておかねばならない。
　　① たる　　　② する　　　③ いる

聴解問題

まず話を聞いてください。それから、二つの質問を聞いて、それぞれ1から4の中から、最も良いものを一つ選んでください。

1）質問1（　　　　）　質問2（　　　　）

2）質問1（　　　　）　質問2（　　　　）

＊聴解問題音檔 QR Code 請參閱 P.12

1. 《　　　》の中から最もよいものを選んでください。
必要な場合は、適当な形に変えてから書いてください。

1) 彼は私にとって命の恩人だと言っても（　　　　　）ではない。
2) よくないニュースを見ると、すぐに政府の（　　　　　）だという人がいる。
3) 彼女は（　　　　　）の明るさで、周りの人たちをも元気にしている。
4) 毎晩、不安に（　　　　）て、よく眠れない。
5) 小さな情報を（　　　　）て事件の全体像を想像する。
6) 日本人に対して（　　　　）イメージを持っている外国人は多い。
7) 警報を聞いたら、指示に従って（　　　　）避難してください。
8) 今はパソコンやスマートフォンがあるから、（　　　　）紙の辞書をわざわざ買う必要はない。
9) 震災後、（　　　　）のための努力が今も続けられている。
10) 和菓子の製法を（　　　　）としたスイーツの開発を検討している。

《　　　勤勉　速やか　持ち前　寄せ集める　ベース
陰謀　復興　苛む　分厚い　過言　　　》

2. 《　　　》の中から最も適当な表現を選んでください。

1) お年寄りに（　　　　　）、若い人の考え方は理解できないこともある。
《　したら　／　してから　／　するや　／　するので　》
2) 寝過ごすことが（　　　　　）、目覚まし時計を買いました。
《　なくしては　／　ないからこそ　／　なければ　／　ないように　》
3) 計画はすばらしいのだが、実行する（　　　　　）様々な困難がある。
《　ともなく　／　ことなく　／　となると　／　ところに　》
4) 試行錯誤（　　　　　）、ようやく製品化が可能となった。
《　を経て　／　を限りに　／　において　／　につれて　》
5) メールの返信がない場合、参加の意思がない（　　　　　）扱います。
《　こととて　／　ところに　／　ものとして　／　わけなので　》

6) これ以上は食べてはいけないと思い（　　　　　）、なかなかやめられない。

《　ても　／　ではあるが　／　けれど　／　つつ　》

7) アドバイスのつもりでも、言い（　　　　）によっては批判していると思われる。

《　よう　／　こと　／　もの　／　気味　》

8) どこへ旅行に行く（　　　　）、事前に少しは調べておいたほうがいい。

《　とすると　／　となったら　／　にせよ　／　ならば　》

9) 彼女が作ったお菓子は見た目（　　　　）いいが、味はいまいちだ。

《　さえ　／　こそ　／　すら　／　しか　》

10) 隣の部屋から、泣き声（　　　　）笑い声（　　　　）つかない声が聞こえる。

《　とも　／　やら　／　だの　／　とか　》

3. 最もよい文になるように、文の後半部分を A から J の中から一つ選んでください。

1) あの上司は相談しないと怒るくせに、（　　　　）。

2) 出張で日本へ行ったことを機に、（　　　　）。

3) 企画が失敗しないように、（　　　　）。

4) プロジェクトの進捗は予定より早いので、（　　　　）。

5) 上司の後輩に対する横暴な態度は、（　　　　）。

6) 将来、AI に様々な仕事を奪われるというから、（　　　　）。

7) 腹を割って話し合ってこそ、（　　　　）。

8) 些細な不満を言い出せばきりがないから、（　　　　）。

9) 夜風が涼しく心地良くて、（　　　　）。

10) 俺の嘘を信じ切ったあいつの顔といったら、（　　　　）。

A：したらしたで面倒くさそうな顔をする　　　B：相手の意見を正しく理解できる

C：共同生活には多少の我慢が必要だ　　　　　D：検討に検討を重ねて準備している

E：日本語の勉強を始めた　　　　　　　　　　F：今週有給を使っても差し支えない

G：パワハラでなくてなんだろう　　　　　　　H：思い出しただけで笑える

I：秋めいてきたと感じる　　　　　　　　　　J：我々の業界もどうなることやら

4. 次の文章を読んで、文章全体の内容を考えて、 1 から 4 の中に入る最もよい
ものを、①から④から一つ選んでください。

　　現在の日本には様々な年中行事や季節のイベントがある。中国から伝わった
文化をもとに日本で独自に発展したものや、クリスマスやバレンタインのように
近代になってから日本に入り、企業の販売戦略によって日本の社会に根付いた
ものもある。根付いた 1 、実際には元の形式とは変わっていることも多い。
例えば、バレンタインは日本ではチョコレートを贈る日となっているが、これは
お菓子メーカーの戦略によるものだ。また、クリスマスにフライドチキンやケー
キを食べるのも、企業のマーケティング戦略やコマーシャルの影響を受けての
ことだと言われている。また、最近は若者を中心にハロウィンを楽しむ人も増え
つつある。

　　日本人はキリスト教に関するイベントを受け入れつつも、信仰しているわけ
ではない。これは仏教や神道にも同じことが言える。仏壇や神棚が家にあると
いう人が少なくない 2 、実際に信仰している人は少ない。

　　また、年中行事のみならず、日本人は冠婚葬祭や人生の節目のイベント
 3 複数の宗教を行ったり来たりする。例えば、お宮参りや七五三では神社へ
行き、結婚式はキリスト教式、葬儀や法事は仏教式で行う人が多い。

　　外国人にすれば、日本の宗教観は特殊で不思議であろう。このような現象は
もしかしたら、日本人があらゆる宗教を受け入れているからというより、日本人
の宗教に対する無関心さ 4 なのかもしれない。

1	① と言わず	② と言ったら	③ と言っても	④ と言うなら

2	① にもかかわらず	② に限らず
	③ はさておき	④ を問わず

3	① の上に	② でのみ	③ においても	④ に限って

4	① よって	② おかげ	③ ため	④ ゆえ

5. 《聴解問題》まず話を聞いてください。それから質問と選択肢を聞いて、1から4の中
　　から最もよいものを一つ選んでください。

　　1）（　　　　　）

　　2）問題1（　　　　）　問題2（　　　　　）

　　＊聴解問題音檔 QR Code 請参閲 P.12

一緒に頑張りましょう！

翻譯索引 & 解答

ちゅうごくごやく

第一課　送禮文化

收到禮物是件高興的事。打開禮物時的興奮之情是無可比擬的。

在日本，有許多時候需要送禮。除了一些定期的禮數，像過年的紅包、拜年伴手禮，夏季的中元禮品，冬季的歲暮禮品之外，還包括聖誕節、情人節、生日、結婚紀念日等特定日子，可說一年到頭都有機會送禮，所以應該有人經常在煩惱要送什麼禮吧。不僅如此，要是周遭親友生了小孩，從誕生賀禮一直到七五三、第一次上學、畢業典禮、成人式，甚至結婚、新居落成等，都必須盡到禮數才行。

日本送禮不但頻率高，規定也很嚴格，還有一些不成文的規定，蠻辛苦的。需要注意的基本要點有五點：

第一點是預算。預算會隨著受贈者與自己的關係親疏而有所改變。送太昂貴的禮品也不恰當，因為在日本送禮時，對方必須禮尚往來。拿結婚禮金為例，即使各地區情況略有不同，通常是以價值為禮金一半金額的物品作為回禮。這稱為「內祝」。相對地，先不論自己荷包深淺，萬一周遭親友一口氣寄來好幾張紅色炸彈，要笑容不變得僵硬都難。但即使如此，我們還是會盡量不要表現得太小氣。

第二點是送禮內容。依照時間和場合不同，有時會出現不同的禁忌，挑選前最好先調查清楚。如果確定出席婚禮，以紅包送現金是無所謂，但如果不克出席，還是以送物品為佳。為了對兩人的新生活有所幫助，有人會想送感覺最實用的生活用品。不過在這種場合時，儘量別送容易讓人聯想到「斬斷緣份」的剪刀或刀子。

再來第三點是包裝方式。日本人連對禮物的包裝也很講究。在結婚、生產等人生大事，或是中元、歲暮等季節性送禮時，必須在熨斗紙寫上送禮名目和贈送者姓名，並放在禮品上。這其中的規定也很細，如果覺得煩惱，可以在百貨公司購買時順便問店員，他們會用適合的方式包裝得很

漂亮。另外，在婚禮等場合上包現金時，也要準備豪華的紅包袋放入後才能送。

第四點是必須考慮送禮的時機。基本上是越早越好，不過也有不少人挑在六曜是「大安」（註）的日子送。

最後第五點是親手送禮時的禮節。這其中規定也不少，最重要的是記得禮物一定要從包巾或紙袋中取出後再送。

前些日子，有個已經來日本好幾年的外國朋友說：「日本人很喜歡禮物呢。」這與其說是日本人的天性，倒更像是一種文化。這種「成人都得遵守這種習慣」的觀念已根深蒂固，想改也改不掉，可說是一大難點。

不過既然要送禮，當然希望對方能收得開心。就算無法完全投其所好，至少也要傳達這份心意。方法有很多種，像我每次送禮都會附手寫卡片，上面除了「恭喜」外，也不忘把平時對受禮者的感謝之意一併寫上。無論對象是誰，我希望送出每一樣禮物時，都是出於個人意志，而非只是習慣使然。想必日本的送禮文化，當初一定也是從跟我有相同想法的人開始的。

註：六曜是日本日曆上的註記，包括「先勝」、「友引」、「先負」、「佛滅」、「大安」、「赤口」，作用跟我國的農民曆類似。「大安」有「諸事皆宜」之意。

第二課　日本人與飯糰

我的早晨都是從做便當開始的，雙手沾著鹽巴奮力做飯糰。為了儘量縮短時間，小孩的份我會用在百圓商店買的工具做好，為了避免被壓爛，我會放進飯糰專用的盒子。至於丈夫的份，我會做得比一般尺寸大一點，個數也都會減少。在運動會等特別的日子會做成圓筒狀，平時則做成三角形。因為我們住在關西，所以我們家的飯糰外不是包原味海苔，而是調味海苔。

根據保鮮膜公司 KUREHA 的問卷調查，受訪者有八成以上表示「喜歡」飯糰，回答「討厭」的只佔 0.8%。另外，每週做飯糰的次數有一次以上的人，佔全體的 43.8%。日本人本來就喜愛白米，會常吃飯糰也在預期之中，只是沒想到所

佔比率竟然這麼高。

在發薪日前，依自身荷包的狀況，有時也會拿飯糰當假日的午餐。每次做完沒多久就被一掃而空，可見我們家人也很愛吃飯糰。雖然內餡大都包酸梅，但我偶爾也會應丈夫要求，從烤鮭魚片開始做起。聽說在最受喜愛的飯糰內餡排行榜上，鮭魚也榮登全國第一名，不過在年輕人心中，美乃滋拌鮪魚似乎比較受歡迎。

飯糰的起源能追溯至彌生時代（註1）後期。在石川縣的杉谷 CHANOBATAKE 遺跡裡，有碳化的米粒塊出土，被視為最古老的飯糰。出土當天是 6 月 18 日，後來被訂為「飯糰日」。日本人還真的一有機會就很喜歡訂紀念日。

像現在這樣用海苔包飯糰的做法，據說是從江戶時代中期才開始。當時正值平民也流行伊勢參拜（註2）的時期，飯糰容易攜帶，很適合旅行食用。至於飯糰的包材，現在一般都用保鮮膜或鋁箔紙，以前則是用筍皮。這在童話「老鼠與飯糰」中也有介紹。筍皮不但有殺菌效果，透氣性又高，可說集優點於一身。

1995 年被稱為志工元年，是日本人難忘的一年。在 1 月 17 日，發生了阪神大地震，很多人不是失去性命，就是無家可歸。在這之前，志工給人的印象都是只有特定少數人才會去當。不過從這一年起，有許多平時不當志工的人也開始加入。從各地聚集而來的志工會包愛心飯糰，免費發送給受災民眾。當時我年紀還小，在電視上看到那幅景象，眼淚都快奪眶而出。有跟我年齡相仿卻失去父母的孩子邊哭邊吃，還直說「好好吃」。

1 月 17 日為「御結之日」，是以飯糰的別稱而命名，象徵這些從許多志工手中遞出的飯糰，將每個人的心意「結」合在一起。表面上這不過是一種用手捏成的食物，但對日本人而言，這不僅是國民美食，也是日本人的精神支柱。在飯糰之中，包含著人們滿滿的心意。

我早上總是忙得不可開交，連要說聲「路上小心」都很勉強。不過對我來說，做飯糰是對家人愛的表現，因為每次做飯糰時，我都會用如同拍著家人的背給他們鼓勵般的力道去捏。好，今天我也要來努力做飯糰了！

註1：彌生時代，西元前 10 世紀～西元 3 世紀中期。

註2：伊勢參拜，去伊勢神宮參拜。

第三課　在日本搬家

想要生活過得更好，除了要有穩定的工作和良好的人際關係，住家也是不可或缺的條件。這一點連在國外生活時也一樣。不，或許正因人在國外，相較於在本國時，能讓自己放鬆身心的空間變得更重要了。

留學生剛來日本時，很多人都住在日語學校的宿舍。但到了暑假，有人會找到室友一起租屋，也有人會因為就讀大學或專門學校而順勢搬家。

大部分人在找新的租屋處時，通常會注意格局裝潢，距離車站超市近不近、方不方便，以及租金高低等三點。不過除此之外可別忘了，屋齡其實也是重點之一。

大家都知道日本是地震大國。近年來除了東日本大地震外，還有熊本地震等大型地震侵襲日本。雖然屋齡高的房屋往往租金較低，但考量到耐震性，新建房屋還是最佳的選擇。

2018 年 1 月，官方的地震調查委員會以南海海溝大型地震為主題，針對從關東到九州一帶之廣大區域所進行的災害預測中，將 30 年內的發生機率從「約 70%」提升至「70%~80%」。1995 年阪神大地震時，明明預測機率僅 0.4~8%，但地震卻出乎意料地發生了，因此實際結果會如何仍不得而知。話雖如此，還是先擬好對策比較要緊。

說到這裡，也並非所有舊屋在地震時就一定有危險。1981 年建築基準法修訂，改採用新的耐震基準。也就是說，只要房屋是依照新法興建，就有一定的耐震度。2011 年東日本大地震時也一樣，符合新耐震基準的建物幾乎沒出現全毀的情況。

因此，租屋時比較推薦 1984 年後興建的房屋，畢竟這時已採用普及的新耐震基準了。雖然最近全面西化的房間增加，但在 2010 年代日式房間還是有較多的傾向。日式房間或許會給人使用不便的印象，不過這是日本獨有的形式，還是希望留學生能至少住一次看看。日式房間大多附帶大型壁櫥，可以收納棉被，讓房間使用上感覺更寬廣，而且榻榻米還具備調節濕度的功能。

不過，由於耐震基準是逐年調升的，要住當然還是以新房子為主。只是搬家很花錢，因為在日本有個習慣，就是入住時必須付「押金」和「禮

中文翻譯　ちゅうごくごやく

金」。押金相當於保證金，預收押金的用意是當房間遭受居住者汙損的狀況下可以獲得賠償。如果退租時房間保持整潔，押金有時也會歸還，但禮金視同「謝禮」，是不會歸還的。押金固定是兩個月房租，禮金依行情通常是一到兩個月房租。當然也有房子免押金和禮金，但你喜歡的房子不一定如此。

此外也要注意搬家的時期。日本人也常因升學或就業而搬家，所以三月是搬家的高峰期。如果動作太慢，可能找不到理想的租屋處，搬家公司的費用也可能提高。

雖然俗話說「隨遇而安」，不管住到哪裡，習慣了都是好地方，但要找住的地方仍舊大不易。不過，無論住到什麼地方，都不能一味地等到習慣，而是要好好享受生活，讓房間不只是回家睡覺用的地方。

第四課　日本的拉麵

最近遇到一件讓我驚訝的事。我問外國好友喜歡什麼日本料理時，原以為他們會回答壽司或天婦羅，沒想到答案竟然是「拉麵」。而且不只那位朋友，也試著問了後來認識的幾個外國人，他們也都異口同聲地如此答道。

我會驚訝並不是因為我問到的人意見都相同，而是他們把拉麵視為日本料理。先不說拉麵是寫成片假名「ラーメン」，我從小也認為拉麵是來自中國大陸，萬萬沒想到它會被當成日本料理。

我也非常愛吃拉麵，每個月都要吃上幾次。經過一番調查後，證實拉麵的起源正如我所想的，是在日本進入明治時代解除鎖國後，出現在橫濱和神戶的中華街上。到了 1958 年，世界第一碗速食拉麵（泡麵）在日本誕生後，讓「拉麵」一詞廣為流傳。不過在這之前，拉麵就以「中華蕎麥麵」、「支那蕎麥麵」等眾多名稱而深受喜愛。據說和歌山縣直到現在，民眾依舊把當地的豚骨醬油拉麵稱為中華蕎麥麵。

那麼，拉麵又為何能如此蓬勃發展到被外國人誤認成日本料理呢？我認為這是因為不僅在中華街，連日本各地也吹起一股拉麵旋風。大排長龍的名店慢慢增加，拉麵有多受歡迎自然不在話

下，不過日本人熱衷於研究改進的個性，也是掀起這股風潮的原因之一吧。近年來各地紛紛利用當地特產來推廣「地方復興」，而日本拉麵也搭上地方復興的順風車，逐漸展現出多元的樣貌。

「日本三大拉麵」包括北海道的札幌拉麵、福岡縣的博多拉麵、福島縣的喜多方拉麵，可說是最具代表性的拉麵。正因為投入大量時間和精力研究，這三種拉麵無論在麵條或湯頭上，都別具一格的美味。這些拉麵在地方特色拉麵中人氣居高不下，有人甚至為了吃上一碗不遠千里而來。此外，市面上也有販售各地拉麵口味的泡麵。

由於拉麵能藉由開發新口味展現出獨創性，近年來想靠拉麵一舉成名的人也變多了。然而若是沒有相當的時間、設備及財力，要創造出個人品牌的拉麵並不容易。只靠急就章做出的自創拉麵，不可能滿足客人挑剔的味蕾，下場自然就是關門大吉。針對這些老闆的需求，最近出現了所謂的「拉麵學校」，能讓人在開店前先接受訓練。這間學校運用淺顯易懂的教學，從做拉麵的基礎到經營店面的方式全都一手包辦。因為也有短期課程，據說從國外持觀光簽證來日本的學生也不少。

我試著重新思考何謂日本料理，發現日本料理的定義雖然不只一個，不過拉麵也是從日本的風土與社會中發展出來的，所以也算得上日本料裡——這就是我得出的結論。比什麼都重要的是，拉麵目前也在持續演進中，可以說是跟日本人喜歡鑽研單一事物的「御宅」精神最能相應的日式料理。如果拉麵今後也能在眾人的切磋琢磨下，繼續以美味與多樣性令外國人為之驚豔，那將是我最樂見的結果。

第五課　江戶時代

進入 21 世紀後，世界各國的資訊皆能互相流通。不過根據我前些日子不知打哪聽來的情報，在對日本所知不多的國家裡，居然有人以為日本人現在仍留著「武士頭」，腰上插著刀。各位都知道，在日本會綁髮髻的，大概只剩相撲力士而已。話雖如此，當日本人自己描繪日本人古時的形象時，腦中浮現武士的應該也不在少數吧。

最後有武士的時代是江戶時代。1603 年，在各家競相爭逐統一日本的戰國時代，德川家康贏得最終勝利，開啟了江戶時代。由於施行「鎖國」政策，避免與外國交流，浮世繪和歌舞伎等日本文化蓬勃發展。不只在當時，即使到了現代，這兩者依舊受到廣大歡迎。

江戶時代有三件足以誇耀世界的事。

第一是治安與人口。江戶時代持續 250 年，期間沒有戰爭，犯罪率也因此下降，治安良好。日本史上最出色的俳句作家之一松尾芭蕉，曾進行全程 2400 公里，為期 150 天的旅行，一路上完全沒遇過山賊襲擊。這是個連出外沒有保鑣的平民也能安心旅行的時代。

此外，現為東京的江戶當時人口據說達一百萬。就連正值工業革命時期的英國倫敦和法國巴黎，人口也不過四十萬，可見這數字有多驚人。這代表當時江戶已建立起完善的體制，有足夠的飲水和食物能供給如此龐大的人口。

第二是識字率。據說當時倫敦是 20%，巴黎 10% 以下，而江戶卻超過 70%。如果範圍僅限於武士階級，識字率幾乎可達 100%，這在當時可是領先全球。人們會去名為「寺子屋」的學校上學。不只武士，一般市民不分男女也都會「讀寫」。正因為這時代的人們擁有深厚的潛力，才能造就日本往後的發展。由此可推論日本成長的基礎，或許就是在江戶時代奠定的。

第三是衛生。日本人喜歡洗澡和打掃，不但身體健康，環境也十分優美。在結束鎖國後，外國人來日本看到街道如此整潔，無不瞠目結舌。不只家畜，就連人類的糞尿也被農家當成肥料，用來經營農業，因此自然沒有垃圾問題。也就是說，在這時代已經有回收再利用的觀念。反觀這時的歐洲，由於人們會把排泄物從窗子傾倒在街道上，高貴的女性會戴大帽子、穿高跟鞋，以免沾到髒汙。至於紳士則會用手杖撥開女士腳邊的穢物。就算穿著豪華的服飾，應該也沒有閒情逸致優雅地散步吧。

在漫長的時代中，甚至出現過像「生類憐憫令」這種禁殺生物（尤其是狗）的法規。總之，江戶時代是個很有意思的時代。小時候在課堂上聽得漫不經心，只為了考試而背誦的歷史人物，等長大見過世面後，也覺得變有趣了。應該有人是「學生時代後就不再碰歷史」的吧，希望這些人能透過漫畫、電影等自己喜歡的方式，重新享

受讀歷史的樂趣。

第六課　一個人文化

近年來，一個人行動的人，特別在女性中增加不少。從前我不曾看過女性單獨走進牛肉蓋飯連鎖店或拉麵店，但現在雖然仍屬少數，卻沒以前那麼罕見了。不只吃飯，單獨看電影或旅行的人也變多了。像這樣的「一個人」文化正逐漸滲透整個社會，比如一個人唱卡拉ＯＫ就叫「一人Ｋ歌」。另外像「一人火鍋」、「一人年菜」等主打「一個人」獨享的商品，也陸續在市面上出現。

我曾向實際有過「一個人」體驗的人問過感想。

「一開始的契機，是原本要一起旅行的朋友突然無法同行。當時我第一次一個人旅行，內心非常不安。但因為能隨時去想去的地方，反而玩得比平常更開心。」

體會到一個人的時光有多輕鬆自在後，就會被這股魅力深深吸引，無法自拔。盡情沉浸在自己的興趣中，不受任何人打擾的感覺，的確非常舒暢。我問是否會覺得寂寞，對方就回答：「說一點都不寂寞是騙人的。不過，也只有一個人旅行的時候，才能完全照自己的想法來走。」仔細想想，也不是跟朋友們一起度過就一定會開心。

1946 年，美國人類學家露絲‧潘乃德在著作「菊花與劍」中，把日本文化定義為「恥感文化」，意思是「以恥感為主軸的文化」。比起事物的善惡，日本人更重視「社會常規」，以此作為行動的準則。也就是說，日本人基本上都是團體行動，如果無視他人眼光一個人行動，就會被視為怪胎。順帶一提，西洋文化是依循神所認定的善惡來行動，被定位為「罪惡感文化」。「罪惡感」能透過向神告解而減輕，但「恥感」是完全來自於他人的看法，因此無法這麼做。那麼，為何現在又會流行起「一個人」文化呢？

現代的日本人普遍感到疲乏。從電腦和手機問世後，人們必須經常跟別人聯絡。加上新幹線和飛機普及，出差當天來回的情形也增加了。正因為工作上必須時時留意別人的感受，才希望至少

ちゅうごくじやく　中文翻譯

私人時間能盡情做喜歡的事，所以會這麼想一點也不奇怪。如果這樣想的話，「一個人」文化甚至可以說是充滿日本人風格的文化，像「御宅族」就是一個很好的例子。

此外，普遍晚婚和未婚率攀升也可能是原因之一。五十歲前沒結過婚的人口比例，是以「生涯未婚率」表示。在 2015 年，男性占 23%，女性占 14%。這數值似乎正在逐年上升。另外，也有其他統計數字顯示，目前每三對夫妻就有一對離婚。

至於我，雖然結了婚有小孩，還是喜歡「一個人」。畢竟我也是日本人，每次必須跟別人相處時，總是無法把自己擺在第一位，容易感覺疲勞。不過，一個人獨處的時光就能幫我消除疲勞。總之，無論原因為何，以後選擇「一個人」的人還是會持續增加吧。因為這就是日本人的新作風。

第七課　外文

我第一次接觸日本的第一外語英文，是升上國中的時候。起初我對新事物充滿好奇，想像自己說著一口流利英文的景象，十分沉醉。滿心以為自己一定能馬上學會。根據英文成績好壞，這個樂觀的想法或許能發揮正面的作用，只可惜我是三分鐘熱度的個性，很快就失去興趣，結果每次考試都成績平平。

聽說現在從小學就要開始學英語。光是我那個年代，只要大學畢業就等於念了近十年的英語，因此現在的孩子必須更加勤奮努力。

許多日本人即使學英文很多年，依然對自己的程度沒自信，尤其是會話方面，並不是不會講，但卻因沒自信而瑟縮。不過我很幸運，後來又遇到讓我想再積極努力的契機。這是學語言時最重要的事。

升上高中一陣子後，某天我交到一個完全不會日文，只會說英文母語的朋友。這下子英語成了我們之間溝通的必要工具。在這之前，我一直覺得即使不會英語，只要不去國外就沒關係。可是我跟她相遇的地方不但在國內，而且還是應該完全看不到外國人的鄉下小鎮。我跟她進行交流

時，至少我還會打招呼程度的英文，但要是我當時沒努力主動的話，一切就無法開始了。

當初要是沒遇到她，我可能到現在都還過著遠離英文的日子吧。近年來，到日本的外國人人數一下子增加很多，不過在這之前並非如此。從前越鄉下的地方越少看到外國人，自然也用不到外文了。

除此之外，日本有許多像漫畫和動漫等獨有的娛樂方式，全都使用日文。至於外國電影，譯者也會為影片加上字幕，即使不懂外文也完全沒關係，因此日本人根本沒什麼機會對外文產生興趣。

只要感覺「有必要」，就會讓人產生很大的動力吧，後來那個朋友的日文越來越好。至於我，雖然英文程度依然普普，但想到這不是為了考試，而是為了溝通，就覺得唸書變得很開心。

不過，有人雖然像以前的我一樣不擅英文，最後卻得到登峰造極的成就。諾貝爾獎是最具權威性的獎項之一，且世界知名，當中的受獎者，物理學家益川敏英先生，照例應該在頒獎典禮上以英文演講，他卻只在開頭用英文說：「我不會說英文。」之後就全程用日文。據說他第一次出國，就是去參加在斯德哥爾摩舉行的這個典禮。我認為他說不擅英文應是自謙之詞，不過全世界還是對他不靠英文就獲得諾貝爾獎一事感到驚訝，認為這是非常不簡單的事。「正是因為益川敏英用自己的母語達到頂尖的程度，所以才能更容易深入思考。」有人認為這或許就是他得獎的原因。

後來益川先生曾表示：「能會英文是最好的。英文也是很重要的。」他本身沒有感覺到英文的必要性，但連他都這麼說，就表示如果使用得當，用外文來作為開拓未來的方法是非常值得期待的。我希望我今後對語言學習失去動力的時候，能再思考一下外文使用的場合和方式。

第八課　忍者

如果不提到「忍者」，那麼日本的次文化，尤其是漫畫就無從談起了。我雖然稱不上漫畫狂，但也收藏了數十部漫畫，其中當然也有忍者漫

畫。然而，前些日子我不經意地看了書櫃，才發現那部漫畫的最後一集不見了。對了，那是兩年前朋友來家裡玩時借走的，後來也都沒歸還。我認為有借就要有還，但不管催了多少次，對方始終老話一句：「再看一次就還。」結果不知不覺間我也把這件事給忘了。

我也了解朋友會這麼說。這是我所知的忍者漫畫中最棒的一部，最後一集稱得上是傑作。只是就這樣借了不還終究不對。明明自己買就好了，卻一直看我的。

說到忍者，由於是「秘密組織」，要明確定義並不容易，畢竟他們絕不登上檯面，是充滿謎團的存在。不過忍者一般給人的「印象」，大致都是一身黑衣，動作敏捷，會混入敵方陣地或裝扮成旅人或僧侶到處打聽，藉此蒐集情報回報主公，就像間諜一樣。如遇到敵人來襲，會以手裏劍等武器擊退對方，用天生的超人來形容也不為過。女忍者被稱為「くのいち」，這是因為「女」這個漢字可拆成「く」、「ノ」和「一」來唸。

光就我想到的範圍內，忍者漫畫就已多不勝數。以忍者為主題的作品是不是太氾濫了呢？正如我前面提過的，忍者沒有明確的定義，要歸類為奇幻也並非不可，但是很多漫畫內容卻頻頻出現用科學無法解釋的忍者特技與現象，忍者又不是魔法師。說到實際存在卻謎團重重的題材，要屬忍者最有代表性，而忍者這題材也的確有它特有的真實性和深度。

最近比起虛構的新版忍者漫畫，歷史人物的忍者假說更讓我有興趣。比如日本文學史上的大師──俳句詩人「松尾芭蕉」就是一例。他之所以有名，就是他經歷了 2400 公里，歷時 150 天的長途旅行，並完成俳句集「奧之細道」。他當時已四十六歲，竟能日行數十公里，換作是一般人應該無法辦到，也難怪會讓人起疑。另外，這跟他出身於以忍者之鄉聞名的三重縣伊賀市，也多少有關係。再說，當時跟現在不一樣，人們無法自由往來各地，需要類似護照的「通關手形」。這不是那些單純只是為了旅行的人能輕易拿到的。不過，如果他是受幕府正式認可的密探，這一點就說得通了。

忍者越是調查，謎團就越多。隨著時代推移，許多資料被陸續挖掘出來，讓專門研究忍者的學者從中衍生出各式說法。想到自己能在有生之年看著忍者之謎逐漸被解開，就覺得很開心。歷史是漫長的故事。沒有比歷史更真實、更充滿刺激的事物了，因為我們就站在這故事的最前面。

第九課　移民問題

所謂旅行，最後都會回到自己的家，但移民並非如此，要有死於異鄉的心理準備。我原以為下得了這種決心的人並不多，所以當得知日僑包含其後代竟超過三百萬人時，不免感到吃驚。

日本移民史的開端，是明治元年的夏威夷移民潮。在這之後，有許多人陸續離開日本，前往新天地。這是因為國內勞動人口過剩，日本政府才會積極居中斡旋。當時的主要移民國有巴西、美國、多明尼加共和國等地，範圍相當廣，但不管是哪國，大都跟日本相隔半個地球之遠。

雖然移民是為了工作，但因為搭船費用必須自付，所以聽說至少能準備最基本的資金，而且身體健康的人才能出國。上船前會進行健康檢查。起初那些人並不打算移民，只是抱著「如果失敗，大不了回國」的念頭到外賺錢。然而當地的環境大多十分惡劣，不但沒農場能做工，還得在連棲身之所都沒有的荒地上從頭開墾，結果湊不出回家的船票錢，只好留在當地。不過，據說也有人後來擺脫窮困，累積起大筆財富。另外。日本人不管到哪裡，對工作都一板一眼，這種個性也導致他們跟當地勞工發生衝突。

日僑第一代幾乎都是單身漢。當時他們只願意跟日本女性結婚，所以手頭較寬裕的人都會先回日本結婚，然後帶妻子再次出國。但由於有很多人無法這樣做，於是就衍生出「相片結婚」。他們委請故鄉的家人親戚居中牽線，藉著交換相片進行相親。也就是說，男女雙方連一次面也沒見過就結婚了。女方成為妻子後，會以「依親」（註1）的方式搭船前往丈夫所在的異國。在那個網路與電話都不普及的年代，年輕女子要獨自搭船時，想必內心會非常不安吧，畢竟自己將要跟一個連聲音都沒聽過，單純只是名義上的丈夫在遙遠的異國生活啊。

第二次世界大戰時，在美日僑遭到強制拘留。身為日裔第二代的畫家杉本亨利，當時手頭沒有

ちゅうごくじゃく　中文翻譯

像樣的畫具，又陷入自由也受限的困境，仍不忘在床單上畫下當時的景象。不管是拘留營內的景色，還是人們的憤怒、悲傷與迷惘之情，他都如實記錄下來。這些畫後來成為寶貴的證據，讓雷根總統坦承「第二次世界大戰時拘留日裔美國人的政策是錯誤的」，並在要支付賠償金給遭拘留者的法案上簽名。

那麼，說到現在，雖然還是有日本人移民海外，不過都是小規模的。現在日本面對的課題是如何接納來自外國的移民。在台灣，時常會在照護現場看到外勞工作的身影。他們似乎已融入台灣的社會。雖然一般家庭也能承擔看護的工作，但隨著社會逐漸走向高齡化，需要看護的人口也不停增加，目前日本正面臨「連貓手都想借用」（註2）的現狀。就這一點來看，日本也應該接納移民才對。然而，日本人真能像台灣人一樣，選擇接受跟外國人共存嗎？既然日本在江戶末期採取門戶開放政策，或許今後每個日本人也不得不敞開心胸吧。

註1：原文的「呼び寄せ」意思是「叫……過來」，但在這裡若如此直譯會感覺很怪，因此套用中文裡常見的「依親」。

註2：原文的「猫の手も借りたい」譯為「連貓手都想借用」。這句日本諺語意指「人手嚴重不足」，所以不管誰都好，只要是有手的，就算是貓咪也好，希望牠能幫一下忙。

第十課　年輕人不○○

近年來，大人常用來批評年輕人的成句「年輕人不○○」，被媒體廣泛使用，例如年輕人「不開車」、「不買名牌」、「不看書」等等。然而，現在許多年輕人因為高工時低薪資，對前途充滿不安，被逼得不得不存錢，所以也難怪他們不想花高額維修保養費來養車，也不會有名牌取向了。至於書也一樣，只要買多了還是很花錢的。

也有人在討論「年輕人不閱讀」的現象，但這是否真的屬實呢？現今日本的年輕人是出生於網路發展成熟的時代，對他們而言，電腦和智慧型手機是生活必需品，也是人生的一部分。現在別說小說了，有的年輕人連漫畫也不看，但是大家幾乎都會使用社群網站。根據內閣府的調查，１５～２９歲的年輕人有六成認為「網路才是自己的棲身之所」。由此可知，縱使網路文章的句子很簡短，有時還會出現不堪入目的文章，但這些年輕人每天應該都還是有在閱讀的。

前幾天，我去速食店吃飯兼休息時，看到有個高中生才剛坐定位，就開始邊吃漢堡邊用手機。我試著偷瞄一眼，發現他似乎在看小說。所謂的「年輕人不閱讀」，或許也只是大人擅自做出的結論。即使不透過書，還是能看故事的。看到他開心的表情，我開始認為或許對現在的年輕人來說，有錢沒錢其實都沒關係，因為就算沒錢，也有不用錢的娛樂。

比如「年輕人流行語」就是其中之一。起初這原本只有特定族群能理解，後來卻在不知不覺間廣為人知，呈現方式也變得多樣化。然而，這類用語到最後也必然會隨著時代而逐漸被淡忘，像「KY」，是代表不會看氣氛的意思，但最近已很少人用，或者是辣妹文字等，都逃不過被淡忘的命運。不過這其中也有例外，那就是平安時代由宮女開始使用的「平假名」。雖然平假名的原型是漢字，但要抒發心情時還是用平假名比較方便。畢竟我們常會碰到臨時想做個筆記卻忘記漢字寫法的情況，這一點從古至今都不曾改變。此外，室町時代的宮女喜歡在語尾加「もじ」的用法，也一直保留到現在，像盛飯時用的「しゃもじ（飯匙）」就是一例。

長輩們或許是看到自己曾熱衷的事物不受年輕人青睞，因此心生落寞，同時也為年輕人「竟然不了解那多有趣」而深感擔憂。然而，雖然我們說「年輕人不○○」，但實際上年輕人可能一開始就沒有概念，或是不接受大人所認為的「閱讀就要看書」之類的傳統觀念。所以以年輕人的立場來說應該很難理解這種說法吧。現在是資訊唾手可得的時代，年輕人正在用自己的方法摸索找樂子。未來的大人應該要承認事物的多樣性，「不干涉下一代」，學會在一旁靜靜地守護年輕人就好。

第十一課　廁所

　　家裡的話是無庸置疑，就連在車站和餐廳，廁所也都必須整潔美觀。廁所本身算是私人空間，所以即使是公共廁所，能保持乾淨舒適還是最好的。

　　日本雖然也有收費廁所，但幾乎絕大多數都是免費的。在便利商店的廁所門上，也有貼著「請自由使用」的字條，當你到陌生的異地時，要上廁所就很方便，而且其中有不少還附有更衣台。此外，在百貨公司的女用廁所裡，甚至附設乍看有如飯店房間般的化妝間，能讓客人在優雅的環境中安靜地度過。

　　那麼，說到為何他們服務如此周到，其實背後都是有企圖的。現在廁所可說是做生意的道具之一。無論是便利商店還是百貨公司，不外乎就是希望客人在使用廁所後能順便看看商品。有些顧客覺得既然借了廁所，不買點小東西過意不去，而商人瞄準的就是這種心態。此外，先姑且不論週末如何，百貨公司在平日要吸客是很難的。不過如果廁所設有尿布台並附上擦屁股用的濕紙巾；或是設有幼兒專用馬桶的話，就會有媽媽們看準這個便利性，帶孩子上門光顧了。

　　雖然有人擔心：對方都還不一定會消費，就先配合顧客需求，會不會造成虧損？不過在日本，說廁所環境的好壞會影響商家聲譽，可是一點也不為過。不僅是百貨公司，就連居酒屋也一樣，只要廁所骯髒，客人就不想再上門了。在人氣名店裡，廁所都打掃得一塵不染。對日本人而言，廁所就是這麼重要的地方。

　　發明免治馬桶座的是日本人，由此可證明日本人有多麼重視廁所，即使坐在馬桶上只有短短幾分鐘，也要追求極致的舒適。如果沒有這份熱情，是絕對發明不出免治馬桶座的。此外，廁所從以前就被視為排泄物返回自然的入口，是很神聖的地方。在日本，人們相信廁所有神明，甚至口耳相傳「如果把廁所掃乾淨，就能生下漂亮的孩子」，所以即使到了現代，日本的孕婦還是會拚命打掃廁所。

　　另一方面，在日本也有很多鬼故事跟廁所有關。據說會在小學廁所裡出現的「廁所的花子」，就是非常有名的故事，而她出現的方式和背景設定，每個縣市都有些微差異。在全國每個小孩心中，廁所應該都是陰森可怕的地方吧。雖然我比較幸運，家裡從很早以前就不是一般跟居家分離的舊式廁所，不過當我年紀還小時，晚上依舊會怕到不敢上廁所，每次都只能把我姊挖起來，而她也總是擺臭臉給我看。

　　現在我兩歲的兒子正坐在馬桶上，帶著我覺得是世上最可愛的笑容，喊道：「我大出來——了！」他目前正接受上廁所的訓練，相信應該很快就能脫下尿布了。我們每個人的成長過程中不可缺少的場所都會不斷增加。由於兒子個性膽小，我想在不久的將來，我可能就會像以前我姊那樣，被他半夜挖起床了。

第十二課　慶祝

　　不管是對表達祝賀的人，還是接受祝賀的人而言，「慶祝」都是一件快樂的事。在不同國家和區域，在慶祝會上吃的東西也不同，而日本人大多是吃紅豆飯和鯛魚。所謂的紅豆飯，原本是用秈稻品種的紅米，那種米就如其名稱般色澤偏紅。據說這原本是給神明的供品，不過江戶時代後因稻米品種改良，大家改吃白米，只有吃紅豆飯的習俗殘留下來。順帶一提，在飯上灑芝麻是要向神明隱瞞（註）把白飯染紅的事實，不過我倒不認為把飯染紅是一種褻瀆。

　　除此之外，鯛魚也是慶祝會上必備的重要食物。在日本，鯛魚是大家熟悉的高級魚種，在神道教的婚喪喜慶上也是不可或缺的。各位有聽過「就算爛了還是鯛魚」這句諺語嗎？這句話意思是說，如果事物原本很出色，即使狀況稍微變差，仍不會失去價值。這句諺語的由來是以前遇到喜慶場合必須準備裝飾用的鯛魚時，有時即使魚沒那麼新鮮，也還是會擺出來，由此可知鯛魚有多重要。話說回來，不管是紅豆飯還是鯛魚，紅色都是象徵吉利。

　　那麼，具體來說，這些食物到底在什麼時候吃呢？最主要應該在過年或六十、七十大壽等慶祝重要年齡的時候吧。我們家在去年我考上第一志願時，我媽和我姊就有準備過。不只有紅豆飯和鯛魚，甚至還烤了我最喜歡的起司蛋糕，讓我非常感動。

考上第一志願，可是人生大事之一。等確認貼出的榜單上有自己的考生編號後，我馬上打電話通知家人。在無法打電話的年代，應該就是打電報了吧。電報有字數限制，不能打太長。那些上榜者可能很想把喜悅的心情、對於家人長久以來支持的感謝，通通打在電報裡，卻還是得忍耐下來。不過，在日本有個簡短的慣用句，能代表他們想傳達的一切，那就是「櫻花開了」。即使只有短短一句，卻能讓人在看到電報時，聯想到不畏冬寒挺立，待春暖花開之時初綻的櫻花樹，相信收到的人必定滿心喜悅。雖然是舊式的用法，但下次我也想找個機會試試這種用法。

由於幾年前曾發生上榜者摔落地面身受重傷，甚至死亡的案例，所以在公布榜單的現場已不見把人往上拋慶祝的景象，只有高呼「萬歲」的聲音此起彼落。雖然那些人恭喜的對象並不是我，但因為我也是合格者，所以跟著有點不好意思。

「恭喜妳了，妳很努力呢。」

等報告完上榜的喜訊後，我一回到家，大我四歲的姊姊就對我說了這句話，並緊緊擁抱我。老實說我嚇了一跳，因為沒想到她會這麼高興。

一進到屋裡，就聞到一股香的味道。原來她們正在準備慶祝會。媽媽說，姊姊跟我講完電話後，便立刻開始煮紅豆飯。要把白米煮成紅色，必須用到大量的紅豆湯，相當費工。我記得當時自己在思考未來的方向時，我姊曾非常關心這件事，還說：「因為這關係到妳的將來。」想到這裡，我不禁眼眶發熱。這讓我重新體認到伴我成長的家人有多好，而感到非常欣慰。

註：隱瞞跟灑芝麻音近。

第十三課　日本人如何度過夏天

日本的夏天很熱。有許多外國人明明來自南方國家，應該很習慣炎熱，但對日本的夏天卻依然難以招架。猶如宣告夏天到來的強烈日照，以及嚴重的濕氣是重要原因吧。特別是在剛進入梅雨季的時期，即使只是初夏，就已經熱到讓人渾身黏呼呼了。

不過，雖然日本的夏天如此難熬，日本人還是有各式各樣的方法來消暑。方法大致分成三種，現在就來一一介紹吧。

第一種是整頓居家環境。最重要的是讓住家能因應季節。如果是傳統的日式房屋，首先要拿掉紙門，掛上竹簾。這應用了空氣從空曠處穿過狹窄處時，溫度會下降的特性，是很實際的方法。另外，說到根據大自然的原理想出的方法，還包括「綠簾」。這不是要人掛上綠色的窗簾，而是指培育藤蔓類植物來覆蓋窗戶。由於水分從葉片蒸發時，會讓周圍的溫度下降，綠簾就利用了這個原理。

在屋簷掛上風鈴，享受清涼的音色，也別有一番風情。或許有人認為風鈴響不響跟感覺熱不熱無關，不過熱到心煩氣躁時，風鈴聲還是有舒緩情緒的效果，希望大家也試試看。用聽覺感受從何處吹來的風，可是超乎想像地舒暢。另外我也推薦很有夏季風情的灑水活動。這是拿洗澡剩下的水或雨水等廢水，用長柄勺潑灑在庭院或家門前，使氣流冷卻的方法。

第二種是讓人忘卻暑意的遊戲。如果在初夏夜晚，去看鈴蟲是首選。我小時候會抓鈴蟲回家，這樣在家裡也能享受蟲鳴，不過目前在鈴蟲棲息的河川，常會看到寫著「禁止捕抓」的告示牌。如果在白天，沒玩過敲西瓜就不算玩過夏日遊戲。矇上眼睛，照旁人指示尋找西瓜，設法用棒子打中西瓜，最後大家一起邊啃西瓜、邊吐子，也是樂趣之一。另外吃流水麵線也不錯。把竹子縱向劈成兩半，讓冷水和麵線從中流過，再撈起來食用。市面上也有販賣流水麵線套組，所以要吃很方便。

第三種方法是從心理層面消暑，那就是說鬼故事和試膽大會。聽完鬼故事覺得背脊發涼，就會覺得連燠熱的夜晚也可以熬過。以前去鄉下的奶奶家玩時，我明知親戚的大哥哥怕這個，晚上卻還是以散步的名義叫他帶我去試膽。當時我年紀還小，他在我面前雖然強裝鎮定地拉著我的手，但那隻手卻微微發抖。那位大哥哥在各方面表現都很優秀，所以我沒想到他會這麼害怕，不禁嚇了一跳。可是如果開口道歉，感覺又會傷了對方的自尊心，因此我當下沒有道歉。如今這件往事已成了我們之間的笑話，也成為他心中美好的回憶。

日本的夏天以後也會一直這麼熱吧，不過要討厭炎熱還是享受炎熱，端看個人的心態和抗暑對策。希望各位外國朋友，也都能好好享受日本的

夏天。

第十四課　日本人與旅行

在日本，有許多企業平日要加班，假日要上班，剝奪員工的私人時間不說，還理所當然地要求員工自我進修，導致許多社會人都疲憊不堪。尤其心靈上的疲憊更逼得人想逃避現實。這時人們需要的就是旅行。

旅行的定義，就是脫離日常生活的環境，讓身心煥然一新，再重返原本的崗位。不管是在經濟和資訊科技都高度發展的現代，還是連洗衣服都得在井邊或河畔的古代，人們都對旅行懷有強烈的憧憬。不過古代跟現代不同的是，當時旅行必定伴隨風險，一定要有信仰等強烈的動機才行。據說在平安時代，僧侶和貴族都是帶著隨從，賭上半條命去佛寺神社參拜的。

從鎌倉時代開始，只要經濟上許可，就連一般民眾也會去伊勢神宮參拜，旅行變得很受歡迎。不過平民階層要能輕鬆地出遊是到江戶時代後的事了，初代征夷大將軍德川家康曾著手整頓街道、住宿設施及休息用的茶屋，從此以後旅行就不用那麼費事了。而進入江戶時代後，山賊和海盜數量銳減，治安變好，更成為一大誘因。

當時跟現在不同，生活不寬裕的人娛樂很少，所以旅行對他們意義重大。雖然每個藩都不喜見人民玩樂，不問理由一律禁止，但其中唯獨參拜屬於宗教行為，不算旅行，因此農民也會以參拜名義出去觀光。長途旅行一生中去不了幾次，因此每次只要出遠門，都會盡可能多去一些地方看看。像是大阪的人形淨琉璃，據說就特別受歡迎。

再來，說到江戶時代最普遍的交通方式，就是徒步了。至於高官顯貴和富豪人家，則是坐轎子或人力車移動。馬匹在歐美曾是不可或缺的交通工具，然而在江戶時代是禁用馬車的。從西方人的眼光來看，日本在交通工具的演進過程中，幾乎是跳過馬匹而直接轉為汽車社會。這種文化或許看來古怪，不過維持良好治世是絕對必要的。如果使用馬車，只需一名駕駛就能一次載運許多人力和物資，而且速度很快，所以幕府透過這種規定，能有效防止企圖謀反的不肖份子輕易

運送武器。此外，幕府的政策都是依據階級制度嚴格的朱子學說所制定，所以禁止平民和武士一樣使用馬匹。一般平民如要騎馬，一定要斜坐在馬背上，移動時還得有人牽馬才行。而在另一方面，武士則獨佔了一切，不管是馬匹，還是政權都操之在握。

日本是到明治時代才將馬車解禁，而開創這個時代的重要人物之一，就是坂本龍馬。他創立日本第一個股份有限公司，也是日本第一個去度蜜月的人，這兩個事蹟都十分有名。在幕府末期的動亂中受傷後，龍馬曾跟愛妻前往現今的鹿兒島縣，一邊療養一邊悠閒享受泡湯及登山的樂趣。

無論是現在還是從前，和平都是旅行成立的必要條件。無論在世界何處、任何人都能安心旅行的時代，怎麼不快點到來呢？

第十五課　浮世繪

江戶時代自 1639 年施行「鎖國」政策後，日本跟外國的交流幾乎斷絕，導致異國文化無法進入日本，因此開始鎖國也可說是日本獨有文化萌芽的開始。

雖然日本美術有建築、陶藝、園藝、雕刻等各種形式，但都沒有像浮世繪那樣廣受庶民歡迎的流行文化。所謂的浮世繪，就是江戶時代出現的版畫，上面畫的都是人們日常生活的情景。製作浮世繪的人有職業有業餘，以葛飾北齋和歌川廣重為首的浮世繪畫家們，其作品不僅在當時廣受歡迎，連我們現代人也深受吸引。

浮世繪不只日本人喜愛，明治時代之後也在國外博得好評，還帶給西洋的印象派畫家巨大影響。除了獨特的用色，在當時的西洋繪畫中看不到的不對稱性，以及捕捉瞬間動作的構圖等，令無數巨匠也為之讚嘆，像梵谷就是收藏多達兩百幅浮世繪的大畫迷。他以油畫的方式模仿浮世繪，將其技法納入自己的作品中。說起梵谷這位畫家，到死後作品的價值才受到肯定，生前則過得極為貧困。我很驚訝他竟然不惜縮衣節食也要收藏浮世繪，不過看到他給弟弟的信上寫道：「我的工作或多或少都奠基在日本的繪畫上」就知道他多愛浮世繪。

此外，浮世繪之所以在國外評價很高，還有另一個原因。浮世繪雖然是顏色鮮艷，雕工細緻的版畫，卻在大眾間廣為流傳。如此高品質的藝術作品，竟沒被權貴階級獨佔，這在世界上是絕無僅有的例子。連庶民也能以「銅板價」（註）輕鬆購入，讓外國人頗感驚訝。

浮世繪的影響甚至擴及古典音樂。當時的浮世繪畫家應該完全料想不到，浮世繪的威力竟然能滲透進音樂裡。以「月光」一曲聞名的印象派作曲家德布西，據說就是受北齋的浮世繪啟發，寫出交響詩「海」。雖然 1905 年第一次公演時評價並不高，後來卻榮登印象派代表曲目，令人不禁認為「不愧是德布西」。

然而有很多知名的浮世繪，現在都屬於國外的美術館或個人所有。如果是一般民眾，對浮世繪在國外的評價還可能一無所知，但商人應該會知道才對，實在太令人惋惜了。就算只是做生意，一旦把浮世繪賣到國外，就再也拿不回來了。日本人想欣賞本國的美術品，還得親自跑一趟國外，也難怪偶爾在日本辦浮世繪展時，總會吸引高達數十萬浮世繪迷湧進美術館，想要一睹名畫的風采。

幾天前，我去了在大阪舉辦的「北齋展」，光買預售票就得等候兩小時。進入展場後，看人群的時間還比看畫來得長。不過當看到此行的目標「富嶽三十六景」時，我仍深受感動，心想：「不管等上幾小時，只要看到這個就值得了。」如果能去江戶時代，我也要像梵谷一樣把浮世繪蒐購一空。

註：銅板價，原文為「そば一杯」，直譯應為「一碗蕎麥麵的價格」，但翻成「銅板價」比較能讓台灣讀者有共鳴。

第十六課　日本人與打掃

日本人喜歡乾淨。很多日本人都有每天洗澡的習慣，就跟清潔自己的身體一樣，他們也會把家裡打理乾淨。這是習慣，也是禮貌。我的外國朋友他第一次來日本時說：「道路乾淨地難以置信，很驚訝。」日本人在外面製造出垃圾時，不是就地找垃圾桶丟，就是帶回家扔。在 1995 年

發生以神經毒氣進行的恐怖攻擊「東京地鐵沙林毒氣事件」，之後雖然火車站和地下鐵站曾有段時間撤掉垃圾桶，但最近則是逐漸增加。也有人無論有沒有垃圾桶，都會把自己製造的垃圾放進包包帶回家自行處理。

總之如果不會打掃，在日本人眼中就不是成熟的社會人士，因為打掃跟日本人的生活和理想的精神息息相關。

首先，日本人從小學，甚至更早從幼稚園時期，就開始學習打掃。公立小學每天都有幾十分鐘的打掃時間。除了教室是必掃以外，每個組還有固定要打掃的區域，像走廊、鞋櫃等等。一年級從拿掃把和掃地的方法學起，連如何擰乾抹布之類的細節，老師也都會教。我低年級時還很認真打掃，升上高年級後就會跟朋友邊聊邊掃，因為即使早點做完，只要掃地時間的音樂沒停，還是得去別處幫忙。我本來想得很輕鬆，以為「就算被老師看到，大不了道歉就好」，沒想到有次竟狠狠挨了罵，還差點哭出來。這個苦澀的回憶，至今仍記憶猶新。日本人就是像這樣藉由打掃，從小培養孩子做事要徹底的精神，以及互相幫助的美德。

此外，打掃也在敦親睦鄰中擔任重要的角色。說得極端一點，打掃甚至能決定你跟鄰居關係的好壞。不管你住的是獨棟房屋還是公寓大廈，打掃家門前時有一點很重要，就是最好連鄰居門前也順便掃一下。如果自掃門前雪，肯定會得到「不體貼」的負評，成為附近三姑六婆嚼舌根的對象。一旦跟鄰居處不好，還有可能不得不搬離自己住慣的家，後果相當可怕。

在日本社會，打掃被視為每個人都該會的事，但另一方面，社會上也同時存在一種刻板印象：「擅長打掃的人工作也很能幹」。即使看似矛盾，企業以此徵才也是不爭的事實。看到髒汙會主動清理，每個角落都打掃得一塵不染，這種精神如果運用在工作上，就能所向無敵了。有些公司為了給員工樹立好榜樣，社長會從自己做起，每天親自打掃不說，面試新員工時還會扮成清潔人員，在走廊上觀察應徵者。

打掃不光是掃乾淨就好。要讓生活過得舒適，需要一些美化環境的技巧，但也不能在這上面花太多時間。聽說最近在雜貨店和藥局，都有販賣有趣又方便的打掃用具。從今天起，我也要改掉討厭打掃的心態，首先就從各式各樣的掃地用

具開始著手吧。

第十七課　生產大小事

生小孩不僅在日本，在每個地方都是可喜可賀之事。據說在現代，每六～七名婦女中仍有一名曾在懷孕初期流產過。就算克服害喜等到足月臨盆，在小孩快要出生之際仍可能遇上胎兒死產。生命的誕生可謂為奇蹟。

女性在得知自己懷孕後，首先會通知誰呢？通常會先通知另一半吧，之後也可能向娘家的父母報告。有很多已婚婦女在懷孕初期不會告訴公婆。畢竟對公婆而言，這意味著自己即將抱孫，一定會喜不自勝，如果一開始就知道消息，可能會不斷地關心叨擾，讓孕婦疲於應付。而且在懷孕滿十二週前流產機率很高，也不想到時讓公婆空歡喜一場。另外現代很少人會趁懷孕辭職，最好也要早點向任職單位報備。一般來說懷孕初期害喜會特別嚴重，早點報備一方面是為了避免給任職單位造成麻煩，一方面則是希望上司在分配工作時，盡量避開粗重的工作。

從得知懷孕到生產之間，日本有個重要的活動叫做「戌之日順產祈福」。這是從平安時代就流傳下來的習俗，以十二地支的曆法為基礎。孕婦在進入安定期，也就是懷孕滿五個月的「戌之日」當天，要去神社祈求順產，還要纏上肚圍防止腰痛和著涼。「戌之日」讓人聯想到狗媽媽順利產下許多狗寶寶的景象，因此人們很喜歡「戌之日」的含意。（註）

除了剖腹產外，生產的方式還有很多種，像是在歐美很受歡迎的水中生產，以及在美國極為普遍的無痛分娩等等，不過在日本約有八成孕婦都採用自然分娩。從這裡反映出日本人自古以來就把勤勉不懈及忍耐視為美德。但由於近年來高齡產婦增加，雖說有八成比例但這數字已比以前大幅減少。無痛分娩不但能執行的醫院少，費用也要額外增加，所以選擇這種方法的孕婦少之又少。就我來看，無論方法為何，生產時母子均安是最優先的考量。我身邊常有人說什麼「沒有經歷過生產的痛苦就無法成為好母親」、「克服生產的痛苦才能努力育兒」，這種說法已經落伍了。

如果娘家距離現在的家很遠，也有孕婦會選擇在故鄉的醫院生產。雖然「返鄉生產」有可能會讓另一半趕不上生產時間，但產婦、新生兒及其他孩子能在生產後迅速獲得照顧。因此有很多孕婦決定回來依靠娘家。

產後即使母子均安，仍得住院觀察五天左右。在這段期間，為了替之後的育兒做好準備，除了學習如何為孩子哺乳和洗澡，還要讓身體好好靜養。孩子的名字必須在兩週內決定，有很多人會委請佛寺或神社命名，而且最近也有許多現代的名字可以做為參考選擇，當下不了決定時，這也不失為一種選擇。

雖然育兒有辛苦的地方，但也會帶來幸福的時光。就這個層面來看，育兒可說是豐富人生的方式之一。無論在哪個國家，孩子都無疑地代表著未來和希望吧。

註：日本曆法中也存在十二支的概念，與十二生肖是相對應的。「戌之日」每12天一個循環，其十二生肖的代表則是「狗」。

第十八課　「卡哇伊」文化

日本文化的發展基礎幾乎都源自於中國的事物，像茶道、插花、園藝等等。這些文化經過日本人長年淬煉後，到現代可說是已經變成「日本特有」的文化了。

那麼，難道就沒有從無到有的日本文化嗎？答案是有的。現在風靡世界的「卡哇伊文化」就是其中之一。除了 Hello Kitty、哆啦A夢等卡通人物外，角色扮演、女僕咖啡廳、日本年輕人的流行時尚等等，全都包含在內。或許有人會覺得這只是把可愛的東西匯集在一起而已，但我想大聲說：「如果這不是文化，那什麼才是！」

「卡哇伊文化」是如何產生的？這契機多少跟兒童有關。飛鳥時代的歌人山上憶良曾吟詠過「孩子猶似寶，更勝金與銀」。從這首和歌可以知道，對當時缺乏娛樂的日本人而言，最「可愛」的莫過於小孩子了。就我來看，玩具、遊戲、漫畫、卡通之所以在日本如此發達，或許是大人一心想取悅小孩，因而發揮與生俱來的匠心巧手吧。或者也可以說是無法忘懷兒時夢想的人

們將玩心發揮到極致的成果。

在美國的週刊「新聞週刊」上，曾出現以下的介紹文──「熱衷於可愛事物是人類共通的本能，將此發展成文化的卻只有日本」。不過「卡哇伊文化」可不僅如此。這種文化跟希臘「追求完整與對稱的美感」正好相反，日本人把「青澀的脆弱和可能性」也視為一種美的形式。它必須讓人樂在其中，有所共鳴，進而產生交互作用。

例如日本的偶像，就是這種文化的象徵。人們一旦覺得可愛，就會奉獻一切，這股力量十分驚人。粉絲為了聲援偶像，甘願奉獻所得。他們知道偶像受到支持就會成長。對他們而言，如不全力聲援就愧為粉絲。然而，偶像最終會以「畢業」的形式離開舞台。這也可以說是從「卡哇伊」畢業吧。

此外，「吉祥物」也是「卡哇伊文化」的另一種象徵。在地方自治組織和民間企業一股腦地爭相製作下，現在吉祥物的數量已經多不勝數。雖然有人批評這會讓吉祥物給人的印象越來越薄弱，不過在 2016 年 4 月熊本大地震當時，吉祥物還是展現出格外強大的力量。地震發生後，熊本縣的吉祥物，也就是稱霸吉祥物大賽的「熊本熊」，其圖像只要是作為聲援災民的用途上，就能不經許可自行使用，由此不難想像熊本熊對災民而言是多麼可靠的伙伴。

「卡哇伊文化」今後也會繼續展現多變的樣貌和發展性吧，畢竟日本已經與這個文化密不可分了。

第十九課　日本人和麵包

日本人的主食是米──話雖如此，不過現在已不再侷限於米食。這應該不是我的偏見。根據 2012 年總務省的調查，一般家庭在麵包上的支出超過米食支出。

日本人在第二次世界大戰後，才開始把麵包當成日常食物。當各國重建工作還沒上軌道時，美國供應小麥給糧食不足的國家。不過歐洲各國無需美國進口便可自給自足，導致美國的麵粉庫存過剩。由於小麥比稻米難保存，美國在逼不得已下，將美俄冷戰納入考量並提出一套法案，「美國以小麥援助日本，日本則需強化軍力」以此為條件，強迫日本通過。小麥的費用不僅能延付，還免費供應學校營養午餐的小麥，對當時面臨糧食危機的日本政府而言，這真是求之不得的條件。

然而這種「學校營養午餐」，後來卻大大改變日本的飲食習慣。孩子從小吃麵包長大，成年後還是習慣吃麵包，也會給自己的孩子吃。麵包就這樣跨越世代，普及全國。但對於偏好米食勝過麵包的我而言，這根本就是美國的陰謀，他們應該打一開始就預測到會有這種連鎖效應。不過換個角度想，美國也算是救星。要是美國當時不提供小麥，真不知道戰後那些營養不良的孩子會變得怎樣。保有獨特的飲食文化固然重要，但也不能忘了生存才是首要之務。

話說回來，美國人當初大概也沒料到，日本人會這麼喜歡麵包吧。以麵包再加工的食品不勝枚舉，像是炒麵麵包、咖哩麵包等鹹麵包，還有紅豆麵包、奶油麵包、巧克力螺旋麵包等甜麵包，都是日本人發明的。這樣看來，日本等於是發展出新的飲食文化，像「米食才是日本飲食文化的代表」這種舊觀念，或許也該捨棄了。

另外，麵包之所以普遍成為日本的主食，還有一個原因。以前吃飯都是以全家為單位，近年來卻改變了。由於小家庭增加，雙薪父母成為主流，導致獨自在家吃飯的孩子跟著增加。雖然麵包營養不太均衡，但只要買一個鹹麵包，就能打發一餐。換作是米飯，如果不做成飯糰就需要味增湯和配菜，準備起來自然費時費力。父母為了讓孩子不用開伙，會準備麵包也是情有可原。比起米飯，麵包更符合現代生活型態的需要。

最近家庭與家庭之間的交流變少，也鮮少到鄰居家串門子、吃吃飯。麵包固然種類繁多，價格便宜又美味，但就是因為獨自用餐變成現代人的常態，才會讓麵包如此深入日本飲食文化，感覺實在可悲。無論日本的飲食文化今後如何變化，只希望所有人都能帶著笑容吃飯。

第二十課　日本人與春天

日本人喜歡春天，說是深愛也不為過。近年來

由於許多人為花粉症所苦，春天的人氣似乎稍微下降，不過喜愛春天的人依舊大有人在。

那麼，人們究竟是透過什麼感受春天來臨呢？是融雪，還是日照時間？這個時節氣溫乍暖還寒，季節轉換分界模糊，日本人稱這個現象為「三寒四溫」。大部分日本人光靠氣溫變化，是無法感受到春天來臨的。果然還是要看「花」吧。

首先是梅花。當春天的第一道南風吹來，而天氣依舊寒冷時，梅花就會綻放。人們穿著厚重的大衣前往梅園，欣賞可愛的花朵，享受甜美的香氣，為春意到來而欣喜。但由於此時氣溫尚未回暖，無法像賞櫻一樣在樹下開宴會。接著是桃花。雖然桃花跟梅花很類似，但在三月三日的雛祭，也就是「桃花節」的時候，有用桃花裝飾的習慣。再來是可謂日本春天代表物的櫻花。天氣預報會報導櫻花在各地開花的日期，也就是櫻花前線的情報，賞花客則不畏春寒料峭，若無其事地穿著春裝的外套出門。這就是所謂的「愛美不怕流鼻水」嗎？

春天的花可不只這三種，可別忘了菫菜、蒲公英、白花苜蓿等野花。這些植物隨著春風吹拂，從水泥裂縫中探出頭來，隨處都可感受到春天旺盛的活力。

此外，春天也是「相遇和離別的季節」。在日本，無論是入學、進公司、調部門，大多在春天進行。三月舉行畢業典禮，四月舉行開學典禮、入社典禮和迎新、歡送會。因此對日本人而言，春天可說是既開心又寂寞的季節。為何要選在這個季節展開新年度呢？或許是日本人不禁將櫻花盛開的喜悅，以及櫻花凋零時的惆悵，跟人間的悲歡離合重疊在一起，所以才會有這種安排吧。

早在千年以前，春天就常被拿來當「和歌」的主題，從這一點就能一窺日本人對春天的喜愛程度。和歌告訴我們，即使生活形態有了巨大轉變，人們戀慕春天的心情仍未曾改變。想到這裡，真令人充滿感慨。

以美麗的花為背景，上演著各式各樣的人情劇場——這就是日本的春天。不可思議的是，即使在二月底～四月以外不是春天的時節，日本人依然會感受到春天。那就是戀愛的時候。喜歡上別人，或是兩情相悅，人們常會用「春天到了」來形容，因為春天不僅是百花齊放的時期，同時也是萬物萌芽的季節。一言以蔽之，戀愛正是「人生的春天」。

前些日子有外國朋友問我什麼時候來日本最好，我毫不遲疑就回答「春天」。當然百花齊放的美景是主因，不過更重要的是，比起其他季節，春天的時候日本人感覺比較開朗。尤其是櫻花綻放時，大家都顯得很放鬆，感覺飄飄然的，看起來很有趣。對日本人而言，春天就有如越冬的獎勵，是個看似平凡卻又不平凡的特殊季節。

ちゅうごくじやく　中文翻譯

たんごさくいん　單字索引

253

たんごさくいん　單字索引

ぶんけいさくいん 文法索引

答え

01 だいいっか

贈り物文化

1. ③ 因為沒有休假，所以就算想去旅行也不能去。
2. ② 根據日文能力來變更上課的內容。
3. ② 就算是觀光客，也必須遵守該國的法律。
4. ② 不顧周圍親友的擔心，選擇在海外工作。
5. ③ 不能跟家人還有朋友見面非常寂寞。
6. ③ 只要是為了很照顧我的前輩，我都很樂意幫忙。
7. ① 與其不能吃想要吃的東西，我寧可變胖一點沒關係。
8. ② 就算稱不上精通雙語，但他的日文能力相當好。
9. ③ 從基礎到應用這本書全部都有解說。
10. ① 一旦成為職業人士，來自周圍的評價會變得更嚴格。

聴解内容

1) A:中学校に入ると一気に宿題が増えるって言うでしょ?うちの子、ちゃんとこなせるか、気が気じゃなくって。
   B:① 強く言い過ぎても、逆効果になるかもしれませんよ。
   ② まだまだ子どもだから、気にならないんじゃないですか。
   ③ みんなやってるんですから、大丈夫ですよ、心配しなくても。
2) A:あの子ったら、うちの財布事情もよそに、ピアノを習いたいって言いだしたよ。
   B:① ピアノなんて、手に入らないよ。
   ② ピアノなんて、手が出ないよ。
   ③ ピアノなんて、手がかからないよ。
3) A:「本日限り」って書いてあるのを見ると、買わずにはいられないよね。
   B:① ふうん、そんなに気にするんだ。
   ② へえ、そんなにはまってるんだ。
   ③ ええ、そんなに惹かれるかなあ。

4) A:うあ、まだこんなに書かなきゃいけないの?
   B:① やると言った以上、最後まで頑張らなきゃ。
   ② さんざんだったね。
   ③ 何とか終わったね。

中国語訳

1) A：上了國中之後，聽說功課會一口氣暴增對吧？我們家的孩子不知能不能應付，真叫人擔心。
   B：① 很嚴厲地說教可能會造成反效果哦。
   ② 不過就是個孩子，他不會那麼在意啦。
   ③ 大家都是這樣所以沒問題的啦。用不著擔心。
2) A：我家孩子啊，也不管家裡的經濟問題，突然就說想去學鋼琴。
   B：① 鋼琴這種東西，沒辦法得手啦。
   ② 鋼琴這種東西，買不起啦。
   ③ 鋼琴這種東西，不需要細心照顧啦。
3) A：只要看到「本日限定」這四個字，就覺得不買對不起自己呢。
   B：① 這樣呀，原來那麼介意啊。
   ② 咦，原來你那麼沉迷呀。
   ③ 嗯～，那麼吸引人嗎？
4) A：哇，還有這麼多要寫啊？
   B：① 既然說要做，就必須堅持到最後。
   ② 真是糟透了。
   ③ 總算是結束了。

答え 1)③ 2)② 3)③ 4)①

02 だいにか

日本人とおにぎり

1. ② 有動不動就客訴的客人。
2. ① 他因為事業失敗，現在一身債務。
3. ② 明明會做卻不做就是懶散。
4. ① 解決一個問題馬上又發生另一個，永無止盡。
5. ② 他天生具備運動選手的資質。
6. ② 爸爸把啤酒倒得快要溢出來。
7. ① 原本覺得好而去做，但沒想到變成這樣的結果。
8. ① 就算擁有高性能的電腦，要是沒有充分使

用的話也沒用。

9. ② 員工的言行舉止，會影響整個公司的形象。

10. ② 又是交到女朋友，又是找到工作，最近好事連連。

聴解内容

1) A：このお祭り、あなたにもってこいじゃない？
 B：① そんなもの、持っていかないよ。
 ② 実は僕もそうだと思ってたんだ。
 ③ 持ってこなかったのはあの人だよ。

2) A：こんなにたくさんあるなら、早めに始めておけばよかった。
 B：① 言ったでしょ、くよくよするのはあなたなんだから。
 ② 言ったでしょ、早く始めないと今へとへとだよって。
 ③ 言ったでしょ、後でバタバタすることになるよって。

3) A：見る間になくなったね。
 B：① もっとコツをつかまなきゃ。
 ② うん、あやふやにするんじゃなかったよ。
 ③ もっと作っとかなきゃいけなかったみたいだね。

4) A：あの会社、とうとうつぶれちゃったんだって。
 B：① うちの会社はいまいちつぶれないね。
 ② しぶしぶあの会社に入って、よかったよ。
 ③ うちも今は業績がいいからって、うかうかしてられないね。

中国語訳

1) A：不覺得這個祭典正適合你嗎？
 B：① 我才不會帶那種東西去呢。
 ② 其實我也這麼覺得呢。
 ③ 沒帶東西來的是那個人啦。

2) A：早知道有那麼多工作要做，就早點開始了。
 B：① 不是說了嗎，一直煩惱的是你呀。
 ② 不是說了嗎，不趕快弄的話現在會累個半死。
 ③ 不是說了嗎，等會兒會手忙腳亂。

3) A：一轉眼就沒了呢。
 B：① 必須掌握訣竅才行。
 ② 嗯，早知道就不要敷衍了。

③ 看樣子一開始要再準備多一點呢。

4) A：聽說那間公司最終還是倒閉了。
 B：① 我們公司一直都沒倒。
 ② 很不情願地進了公司，真是太好了。
 ③ 雖說我們公司目前業績不錯，但也不能鬆懈呢。

答え 1）② 2）③ 3）③ 4）③

03 だいさんか

日本での引っ越し

1. ② 正因為有明確的目標，才能訂立適當的計畫。

2. ② 如果是這個工作的話，不用拜託前輩，就算只有我們也能完成。

3. ② 如果可以跟你去玩的話，哪裡都可以。

4. ② 這個動畫小孩就不用說，也很受大人的歡迎。

5. ① 如果不開發我們公司特有的商品，就無法在嚴峻的市場生存。

6. ③ 能做喜歡的工作是最好不過，但能夠生活才是最重要的。

7. ③ 他傾向把事情想得太悲觀。

8. ③ 為了開始新事業，所以招募支援。

9. ① 以退休為契機，開始學英文。

10. ② 為了正確判斷情勢，依照客觀事實來分析是必要的。

聴解内容

1) 男の人と女の人が話しています。男の人は明日からどうやって通勤しますか。
 男：あー、今日も満員電車だったよ。就職して一番大変なの、朝の電車かもしれない。
 女：私みたいに近くに引っ越したら？
 男：それも面倒だよ。
 女：早坂さんみたいに、朝早い時間の快速特急で来るのは？
 男：無理無理。僕、7時より前には起きられないからね。
 女：自転車通勤なんかはどう？時々見るでしょ？
 男：自転車通勤か。考えたことなかったよ。
 女：山根君の家って、結構遠いの？

男：電車ならそうでもないんだけどね。自転車となると結構かかるんじゃないかな。あんまり現実的じゃないよ。

女：そう。それならこういうのはどう？後半を自転車にするの。

男：それ、いいかもね。電車が特に込むのは吉岡駅からなんだ。だから僕はそこで降りて、自転車に乗って…。でもまずは、自転車、買わなきゃ。

女：持ってなかったの？

男：それに最近新しい家電をいろいろ買っちゃって、お金がないよ。

女：なら早坂さんに早起きの秘訣を教えてもらうしかないね。

男：そうするよ。

男の人は明日からどうやって通勤しますか。

① 家から会社まで自転車を使う
② 電車と自転車を使う
③ 快速特急に乗る
④ 早坂さんと一緒に通勤する

2）男の人と女の人が話しています。女の人は何をしなければなりませんか。

男：明日の忘年会のこと、聞きましたか。

女：ええ、今年はあのカラオケボックスでするって。

男：そうなんです。

女：食べ物や飲み物はどうするんですか。

男：飲み物は皆で下の「酒のデラックス」に買いに行くことになっているんです。

女：ああ、いいですね。

男：そうでしょう？もし途中で足りなくなったらすぐ買いに行けるし。たまにはいいかな、と思って。

女：じゃ食べ物は？

男：ピザとか、居酒屋のパーティーセットなんかを頼んでありますよ。こっちは結構たくさん頼んだので、足りなくなることはないと思います。

女：じゃ、私、明日は早く終わるはずなので、店まで取りに行きましょうか。

男：大丈夫ですよ。カラオケまで届けてもらえるように、頼んであるので。

女：そうですか。便利でいいですね。

男：あ、それから、急に決まったことであれなんですが、クリスマスも近いので皆でプレゼン

ト交換をするのはどうか、って話になったんです。

女：プレゼント交換？

男：予算は1人3000円ぐらいで。

女：おもしろそうですね。

男：急で悪いんですが、高田さんも何か、お願いします。

女の人は何をしなければなりませんか。

① 食事の準備
② 食べ物の受け取り
③ 飲み物の買出し
④ プレゼントの準備

中国語訳

1）一對男女正在談話。男生明天開始要如何通勤呢？

男：啊，今天電車也是滿滿的人呢。上班後最辛苦的事就是搭早晨的電車吧。

女：要不要考慮像我這樣，搬到離公司近一點的地方呢？

男：那也很麻煩啊。

女：那不然跟早坂一樣，搭一早的特快電車來公司如何呀？

男：絕對沒辦法。我無法七點前起床。

女：那騎腳踏車通勤呢？有時候也會看到這樣的人不是嗎。

男：騎腳踏車呀，我沒有想過這個問題呢。

女：山根的家，離公司很遠嗎？

男：搭電車是還好，但騎腳踏車就要花很多時間呢。感覺不太實際。

女：這樣呀。那要不這樣，後半段的路程騎腳踏車呢？

男：那樣或許不錯哦。電車最擁擠的時候是從吉岡站開始。所以我在那站下車，再改騎腳踏車的話…。不過我得先買台腳踏車才行。

女：原來你沒有腳踏車呀？

男：而且我最近買了許多家電，錢都花光了。

女：那只好跟早坂請教一下早起的秘訣了。

男：那就這麼辦吧。

男生明天開始要如何通勤呢？

① 從家裡騎腳踏車到公司
② 搭電車與騎腳踏車
③ 搭乘特快電車

答え　解答

④ 與早坂一起通勤

2) 一對男女正在談話。女生必須要做什麼呢？

男：妳有聽說明天尾牙的消息嗎？

女：嗯，據說今年要在那間 KTV 舉行。

男：確實如此。

女：食物跟飲料要怎麼處理呢？

男：飲料的部分，大家會一起到樓下的「酒のデラックス」去買。

女：嗯，不錯呀。

男：是吧？如果中途喝不夠的話，還能夠立刻去補貨。我覺得偶爾這樣是還可以啦。

女：那食物呢？

男：有先叫了披薩跟居酒屋的派對套餐。我叫了滿多的，應該不會吃不夠啦。

女：我明天應該會早點下班，所以就由我去店裡取餐吧。

男：不用啦。有請對方外送到 KTV 來了。

女：這樣呀。真是方便呢。

男：對了，雖然是臨時決定的一件事情。因為聖誕節快到了，所以有人提議要辦交換禮物。

女：交換禮物？

男：預算一個人大概三千日圓左右。

女：感覺真有趣呢。

男：臨時決定的真不好意思，但麻煩高田妳準備一下禮物吧。

女性必須要做什麼呢？

① 準備煮飯

② 去拿食物

③ 去買飲料

④ 準備禮物

答え　1) ③　2) ④

04 だいよんか

日本のラーメン

1. ① 即使是舊的東西，也有其便於使用的地方。

2. ② 那個演員不只在日本，在海外也相當受歡迎。

3. ③ 因為還有存款，所以現在可以不用過份地省吃儉用。

4. ③ 事到如今不用說明那種理所當然的事。

5. ③ 他的外語能力隨著他對不同文化的好奇心，一下子就成長了。

6. ② 深信朋友的清白。

7. ② 本來覺得如果送他這個禮物的話，他會高興，沒想到卻惹他生氣。

8. ② 就算現在拼命地趕到車站，也趕不上最後一班電車。

9. ③ 要成功縱然需要努力跟才能，但運氣也成為重要的要素。

10. ② 經過長年的努力，終於實現夢想，非常高興。

聽解內容

1) 男の人と女の人が話しています。男の人はどのサークルに入ることにしましたか。

男：吉岡さん、サークル、決めた？

女：私はまだ悩んでる。ねえ、一緒にテニスしない？

男：テニスか、なんかありきたりだよね。

女：なによそれ。楽しそうじゃない。

男：高校にはなかったのをやってみたいと思ってね。

女：うちの高校になかったのか…乗馬、写真、スキー、ゴルフ、ハイキング、このくらいかな。

男：大学は体育の授業が少なくなっちゃうから、俺は何か、何か運動、したいんだよね。

女：馬に乗ったことあるって言ってなかった？

男：あるにはあるけど、別に好きじゃないよ。

女：そうなんだ。

男：どうしようかな。今実は、アルバイトも探してるところなんだ。あんまりお金ない。いいのが見つかれば、いろいろな道具がそろえられるけど、そんなにすぐってわけにもいかないだろうし。

女：じゃ、これで決まりなんじゃない？大学の近くでなら、交通費もそんなに要らないだろうし。

男：そうだね。明日見学に行ってみるよ。

男の人はどのサークルに入ることにしましたか。

① 乗馬

② ハイキング

③ 写真

④ ゴルフ

2）男の人と女の人が話しています。男の人はこの後すぐ何をしますか。

男：あー、この部屋とも今日でお別れか。

女：荷物は全部オッケーね。不動産屋の人は何時に来てくれるの？

男：2時の予定。部屋の中を汚してないかとか、壊れたところはないかとか見るんだって。

女：へえ、私一人暮らししたことないから、知らなかった。鍵を渡しておしまいだと思ってた。

男：敷金を返してもらわなきゃいけないしね。

女：ふーん。

男：あ、忘れてた。水をまだ止めてなかったよ。電気とガスは先週電話しといたんだけどな。

女：今からでも遅すぎるわけじゃないでしょ。忘れないうちに、ほら、不動産屋さんが来るまでもうちょっと時間があるから、今のうちに！

男の人はこの後すぐ何をしますか。

① 不動産屋に連絡する
② 敷金を返してもらう
③ 水道局に連絡する
④ 不動産屋の人に会う

中国語訳

1）一對男女正在談話。男生最後決定參加哪個社團呢？

男：吉岡，你決定好社團了嗎？

女：我還在煩惱呢。喂，要一起去網球社嗎？

男：網球呀，感覺很普通耶。

女：怎麼這麼說呢。感覺很有趣不是嗎？

男：我在想要參加高中時沒有的社團。

女：我們高中沒有的社團呀…騎馬，攝影，滑雪，高爾夫球，健行，大概就這些了吧。

男：接下來大學裡的體育課程會減少，所以我想要做些什麼運動之類的。

女：你是不是說過你有騎過馬？

男：有是有啦，不過沒特別喜歡就是。

女：這樣呀。

男：該如何是好呢。其實我也正在找打工，身上沒什麼錢。如果能找到不錯的工

作，就能準備好器材了，但現在應該也沒辦法馬上找到好工作吧。

女：那不就剩這個了嗎？如果在大學附近活動的話，應該也不需要花太多交通費吧。

男：也是，那明天去見習看看。

男生最後決定參加哪個社團呢？

① 騎馬
② 健行
③ 攝影
④ 高爾夫球

2）一對男女正在談話。男生結束對話後要立刻去做什麼呢？

男：啊，終於到了要跟這房間道別的時候了呀。

女：行李都收好了。房仲那邊幾點會過來呢？

男：約兩點。說是要確認有沒有弄髒房間，或是損壞什麼地方之類的。

女：咦，我沒有獨自生活過，所以不知道要這樣。還以為只要把鑰匙歸還就好了。

男：還要請對方退還押金。

女：嗯。

男：哎呀，差點忘了。還沒有申請停水呢。電跟瓦斯上禮拜是已經打過電話了。

女：現在處理也不算太遲吧。趁還沒忘記，你看在房仲來之前還有時間，趕緊趁現在！

男生結束對話後要立刻去做什麼呢？

① 聯絡房仲
② 討回押金
③ 聯絡自來水處
④ 去和房仲見面

答え　1）②　2）③

05 だいごか

江戸時代

1. ③ 現在工作的進度，頂多完成一半而已。
2. ① 不經意地眺望窗外的風景。
3. ② 雖然考過證照考試，但要學的事情還很多。
4. ② 頭痛很嚴重，根本不能考試。

答え 解答

5. ② 一旦成為資深的師傅，就必須放心力在培養繼任者。

6. ② 如果想瘦，最好重新檢視自己的飲食，或是運動。

7. ③ 李小姐知道很多連日本人都不知道的諺語。

8. ① 開始工作之後，連跟朋友吃飯的時間都沒有。

9. ② 因為太過震驚，連話都說不出來。

10. ① 如果沒有去實踐，是沒辦法學習到東西。

聴解内容

1) 男の人と女の人が話しています。男の人はこの後すぐ何をしますか。

男：すみません、こちらの会員証を作りたいんですが。

女：ありがとうございます。本日運転免許証か保険証はお持ちですか。

男：ええ、これです。

女：お預かりいたします。コピーをとらせていただいてもよろしいでしょうか。

男：ええ、かまいません。

女：こちらの会員証ですが、クレジットカード機能をお付けすることもできますが、いかがいたしましょう。

男：クレジットカード機能があると、何かお得になるんですか。

女：ええ、クレジットカード払いにしていただくと、次回からお買い物代金がすべて5パーセント引きになります。お得ですよ。

男：そうですか。じゃ、お願いします。

女：それから、顔写真が必要ですので、あちらでお撮りいただかなければならないのですが…。それから、入会金1500円をお願いいたします。

男：写真は家にあるのでもいいんですよね？

女：もちろんです。このサイズのものでしたら。

男：じゃ、すぐ近くですから、今取りに行きます。またすぐ来ますから、これ、このままでいいですか。

女：ええ、では、お待ちしております。

男の人はこの後すぐ何をしますか。

① クレジットカードで買い物をする

② 写真を撮る

③ 家に戻る

④ お金を払う

2) 女の人と男の人が話しています。女の人はこれから何をしますか。

女：あの、これ、ちょっと確認していただけますか。新商品のチラシです。駅前で配布してもらう。

男：いいのができましたね。えーっと、いいと思うけど…。あれ？4日だったっけ？連休の初めに合わせて、2日発売にしたんじゃなかった？

女：本当だ。すぐ直しておきます。

男：それから、この店の写真だけど、もうちょっといいのない？

女：外観の写真ですね。今あるのは、えっと、これとこれですが。

男：うーん、何だかぱっとしないね。今回のチラシはこのままでいいけど、やっぱりどこかにお願いして、写真、撮ってもらおうか。

女：そうですね。私たちが撮るのと、プロに撮ってもらったのでは大違いでしょうから。

男：色だけでも、印刷屋さんのほうで何とかならないかな。

女：できると思いますよ。今日はもう遅いので、明日電話で聞いてみます。

男：うん、頼んだよ。

女の人はこれから何をしますか。

① チラシを確認する

② 日付を訂正する

③ 写真を撮ってもらう

④ 写真の色を直す

中国語訳

1) 一對男女正在談話。男生結束對話後要立刻去做什麼呢？

男：不好意思，我想辦這邊的會員卡。

女：非常感謝。請問您今天有帶駕照或健保卡嗎？

男：有的，在這裡。

女：那我先幫您保管。請問您介意我拿去影印嗎？

男：嗯，不介意。

女：關於我們的會員卡，是可以添加信用卡功能的，請問需要我幫您處理嗎？

男：有信用卡功能的話，會有什麼好處嗎？

女：選擇信用卡支付的話，下回開始購物金額都會打九五折。非常划算哦。

男：這樣呀。那就麻煩妳了。

女：然後我們需要客戶的大頭照，要麻煩您到那邊去拍…。然後要再跟您收取一千五百日圓的入會費。

男：照片可以用家裡現成的嗎？

女：當然可以。如果一樣是這個尺寸的話。

男：我家就在附近，我立刻回去拿。我很快就會回來，這個就先寄放這邊可以嗎？

女：可以的。那就等您回來。

男生結束對話後要立刻去做什麼呢？

① 刷卡購物
② 拍大頭照
③ 回家一趟
④ 繳入會費

2) 一對男女正在談話。女生結束對話後要去做什麼呢？

女：打擾一下，我想麻煩您確認一下這個東西。這是新商品的宣傳單，要請人到車站前發放的。

男：做得很棒呢。等等，內容是不錯，不過…。咦？是 4 號嗎？配合連假第一天，不是決定要 2 號開始販售嗎？

女：真的耶。我馬上修正。

男：然後這間店的照片，有沒有拍得更好的呢？

女：外觀的照片嗎，目前我們手邊有的是這張和這張。

男：嗯，總覺得無法讓人眼睛為之一亮呢。這次的宣傳單目前這樣算及格了，不過還是要麻煩別人再去拍照。

女：的確如此呢。我們自己拍的跟請專業人士拍的成果，的確天壤之別呢。

男：能請印刷行幫忙調整一下顏色就好嗎？

女：我覺得可行哦。不過今天時間來不及了，我明天再打電話去詢問看看。

男：嗯，那就交給妳辦了。

女生接下來要做什麼呢？

① 確認宣傳單
② 訂正日期
③ 請人拍照
④ 修改照片顏色

答え　1) ③　2) ②

06 だいろっか

おひとりさま文化

1. ① 一邊翻譯國外小說，一邊也在寫自己的小說。
2. ② 因為不知道敵人在哪裡，所以一刻都不能大意。
3. ③ 只是一昧地持續往前並不是勇敢。
4. ② 只要一申請，不管理由是什麼都不能取消。
5. ② 這次的現場表演較以往還要熱絡。
6. ① 雖然有留學的經驗，但說到我的英語實力，其實沒那麼好。
7. ③ 以為是輕微感冒而太小看它，結果躺了一個禮拜。
8. ③ 學生時期雖然學了好幾年英文，但畢業後就漸漸忘了。
9. ② 雖然不是完全不懂廣東話，但不會講。
10. ③ 如果要投資那間公司的話，只有趁現在這個時機了。

聴解内容

1) 男の人と女の人が話しています。女の人はこの後どうしますか。

男：あれ？いつもの野菜ジュースは？

女：ああ、あれね。やめたの。これからはこの健康茶。

男：え、どうして？

女：彼に言われたの。野菜ジュースなんて飲まなくても、野菜をたっぷり使って料理をすればいいよって。

男：確かにそうだけど、それは家で、でしょ？

女：上田君もそう思うでしょ？

男：それに、僕ら昼はいつもコンビニ弁当で、ろくに野菜食べられないんだから、野菜ジュースもあったほうが健康的でいいと思うけどな。野菜をたっぷり使った料理って、毎回意識するのも面倒でしょ？

女：やっぱりそうよね。いつものも買うわ。これは午後にゆっくり飲むことにする。

答え　解答

女の人はこの後どうしますか。

① 野菜ジュースだけ買う
② 健康茶だけ買う
③ どちらも買う
④ どちらも買わない

2) 男の人と女の人が話しています。男の人は何をしなければなりませんか。

女：課長、お疲れ様です。

男：お疲れ。

女：今ちょっとよろしいでしょうか。

男：うん、何？

女：来週月曜日の健康診断の件なんですが。

男：今年は隣の武本医院なんだよね？何時に行けばいいんだっけ？

女：朝8時半からです。8時までに受付を済ませていただくと、早く検査してもらえるそうです。それから、この受診表をお持ちいただけますか。生年月日などは私のほうで記入しておきましたので。

男：手間をかけて悪いね。

女：いえ。それから、健康保険証も必要ですので、お願いします。

男：わかった。去年は写真が必要だったよね？

女：ええ。課長、先月社員証用に撮影したの、2枚あったと思うんですが、まだお持ちですか。

男：あれか、どこに入れたかな。探してみるよ。

女：もしなければ、土日の間にこのサイズのものを準備していただけますか。

男：わかった。

女：よろしくお願いします。

男の人は何をしなければなりませんか。

① 8時までに病院へ行く
② 受診表に記入する
③ 証明写真を探す
④ 顔写真を撮りに行く

中国語訳

1) 一對男女正在談話。女生結束對話後要怎麼做呢？

男：咦？妳平常喝的蔬果汁呢？

女：那個呀，已經不喝了。接下來都喝這個健康茶。

男：為什麼呀？

女：男友跟我說的。不必喝蔬果汁這種東西，

只要在料理中加入大量蔬菜就可以了。

男：是有道理。但那是要在家裡才行吧？

女：上田你也這麼想，沒錯吧？

男：加上我平常都吃超商的便當，不太有機會吃蔬菜，我覺得喝蔬果汁是對健康蠻有幫助的。至於使用大量蔬菜來料理，每次都要刻意去留意也很麻煩吧？

女：果真如此呢。那我買平常喝的飲料就好了。這個茶就留到下午慢慢喝吧。

女生結束對話後要怎麼做呢？

① 只買蔬果汁
② 只買健康茶
③ 兩者都買
④ 兩者都不買

2) 一對男女正在談話。男生必須要做什麼呢？

女：課長，您辛苦了。

男：辛苦了。

女：您現在方便嗎？

男：嗯，怎麼啦？

女：關於下週一健康檢查的事情…

男：今年是在隔壁的武本醫院沒錯吧？話說，要幾點到才好呢？

女：早上八點半開始。最晚八點前完成報到手續的話，聽說就能夠早點進行檢查。然後能請您帶著這張受檢表去嗎？出生年月日我有先幫您填好了。

男：讓妳費心了，真不好意思呀。

女：別這麼說。然後請您也要記得帶著健保卡。

男：我知道了。去年需要照片對吧？

女：是的。課長，我記得上個月為了員工證拍了兩張照片，您還留著嗎？

男：那個呀，我再找找看放到哪兒去了。

女：假使沒找到的話，能請您利用週末時間準備好這個尺寸的照片嗎？

男：我了解了。

女：那就麻煩您了。

男生必須要做什麼呢？

① 八點以前要到醫院
② 填寫受檢表
③ 找出證件照
④ 去拍大頭照

答え　1) ③　2) ③

外国語

1. ② 雖然知道效率不好，但無法改變已經習慣的做法。
2. ③ 因為弄髒了借來的書，所以不能不賠償。
3. ① 雖然說在學校學了英文，但並不是很會說。
4. ② 相較於白天的熱鬧，夜晚非常安靜。
5. ② 不愧是在美國生活過，她英文很流暢。
6. ① 根據這季的業績狀況，修正今後的計畫。
7. ③ 雖然是有點難的工作，但這工作也不是我們自己做不到的。
8. ③ 略過死板的客套話，我們馬上進入正題吧。
9. ① 他並不是在說謊，可能真的什麼都不知道吧。
10. ③ 如果這個做法行不通的話，只好試其他方法了。

聴解内容

1）男の人と女の人が話しています。2人はこの後何をしますか。

男：ああ、やっと終わったね。
女：最終日までたくさん来ていただけて良かったですね。
男：さて、何から始めようか。
女：机といす、パソコンやプロジェクターなんかの機材、ポスターもたくさんあるのを取らなきゃいけないし、自由に取ってもらってたパンフレットも、結構余りがありますね。
男：ああ、余ったのはそれぞれ種類ごとに数を確認しなきゃいけないし。
女：種類が多くて面倒ですね。それに、正確に数えなきゃいけないからアルバイトの学生に任せるのもちょっと不安だし…。
男：そうだ、機械類は情報課のメンバーが会議室を回って回収に来てくれるって。
女：じゃ、私たちはこの手間がかかるのから取り掛かりましょうか。
男：そうだね。
2人はこの後何をしますか。
① 机と椅子を片づける
② パソコンやプロジェクターを片づける
③ ポスターを剥がす
④ パンフレットの数を数える

2）男の人と女の人が電話で話しています。女の人は今日何をしますか。

男：では先生、来月の講演会、どうぞよろしくお願いいたします。
女：ええ、楽しみにしています。
男：そうだ、当日配布するパンフレットに先生のお写真をお載せしてはという意見が出たのですが、よろしいですか。
女：ええ、大丈夫ですよ。ちょうど今日の午後でしたら時間がありますから、お持ちしましょうか。
男：いえいえ、ご足労いただくには及びません。メールでお送りいただけますか。
女：でも私、そういえば最近写真なんて撮ってないわ。
男：そうでしたか。先生、今日は一日研究室にいらっしゃいますか。
女：ええ、そのつもりです。
男：ちょうど私の部下が先生の大学にお伺いする用事があるので、そのついでに研究室にお邪魔するわけにはいかないでしょうか。
女：撮りに来てくれるの？いいわよ。何時頃？
男：えーっと、3時頃だと思います。高橋といいますので、よろしくお願いします。
女：わかりました。わざわざありがとう。
女の人は今日何をしますか。
① 男の人のところへ行く
② メールで写真を送る
③ 高橋さんに写真を撮ってもらう
④ 男の人に会う

中国語訳

1）一對男女正在談話。在這之後兩個人會做什麼呢？

男：啊啊，終於結束了呢。
女：到最後一天能有這麼多人來真是太棒了呢。
男：好了，該從何處著手呢？
女：桌椅和電腦，投影機之類的器材，還有很多需要拆下來的海報，然後提供給大眾自由取閱的手冊等也剩很多呢。

答え　解答

男：啊啊，而且剩下的這些還得要確認好各自的種類和數量才行呢。

女：種類繁多真是麻煩呢。而且必須正確地清點數量才行，所以交由工讀的學生來做的話感覺不放心。

男：對了，聽說機械類的東西，資訊課會派人到各會議室回收。

女：那樣的話我們就從最花心力的工作先進行吧。

男：好呀。

在這之後兩個人要做什麼呢？

① 整理桌椅
② 整理電腦和投影機
③ 拆海報
④ 清點手冊的數量

2) 一對男女正在通電話。女生今天要做什麼呢？

男：那麼下個月的演講會就麻煩老師您了。

女：嗯，真令人期待呀。

男：對了，有人提議說要將老師的照片印在當天發送的手冊上，您覺得如何呢？

女：好的，沒問題。剛好今天下午我有空，我再送過去給你吧。

男：不用勞煩您跑一趟。能請您用電子郵件寄給我嗎？

女：不過說到這個，其實我最近都沒在拍照呢。

男：這樣呀。老師您今天整天都會待在研究室嗎？

女：是呀，我打算如此。

男：剛好我部下要到老師的大學拜訪，能否順道去您研究室叨擾一下呢？

女：是要來幫我拍照嗎？大約幾點呢？

男：這個嘛，我想大概三點左右。他姓高橋，再麻煩您多指教了。

女：我知道了。謝謝你們特地跑這一趟。

女生今天要做什麼呢？

① 去拜訪男生的公司
② 用電子郵件寄出照片
③ 請高橋幫忙拍照
④ 去找男生

答え　1)④　2)③

忍者

1.　② 他一有不順心的事，就一定會開始抱怨。
2.　② 只差一步而輸掉比賽，真的很不甘心。
3.　② 一開始如果早點對應就好了，卻因為放著不去處理，反而問題變大了。
4.　① 到了這個年紀，終於了解父母親他們所講的話了。
5.　① 隨著網路的普及，電視的影響力變小了。
6.　② 英文成績雖然是全年級第一，但數學卻不及格。
7.　② 這個產品因為是用傳統的製法做的，所以不能大量生產。
8.　② 又不是有錢人，所以無法過豪奢的生活。
9.　① 故鄉被開發這件事，讓人覺得有點感傷寂寞。
10.　③ 就我所知，沒那樣的事。

聽解內容

1) 男の人と女の人が話しています。吉田先生が主任に選ばれたのはどうしてだと言っていますか。

男：来年の主任は吉田先生に決まったらしいよ。

女：へえ意外。絶対高橋先生だと思ってた。でも、どうしてかな。

男：高橋先生は学生に慕われてるからね。

女：それに、吉田先生の教えたクラスより、成績だって断然よかったのに。

男：やっぱりあれじゃない？高橋先生は、その。

女：校長先生と馬が合わないから？

男：うん。高橋先生は成績第一ってところがあるんだよ。授業だってほら、かなり試験を意識してるでしょ。校長先生は成績も大事だけど、授業中の子ども達の気づきを大事にして、っていつもおっしゃってるし。やっぱりそこが気に食わないんじゃないかな。

女：私もそんな気がするわ。吉田先生はそのあたり、どちらにも偏り過ぎてないのよね。関係もよさそうだし。

吉田先生が主任に選ばれたのはどうしてだと言っていますか。

① 学生の成績を一番に考える先生だから

② 校長先生とうまくやれているから

③ 学生に慕われている先生だから

④ 校長先生に嫌われているから

2）女の人と男の人が話しています。男の人はどうして家へ帰れないのですか。

男：あ、さくら。

女：あなた、大丈夫？

男：僕は大丈夫。それより、津田駅と武田駅の間で立ち往生しちゃって。

女：そうなの。

男：そっちは？

女：もう、びっくりしたわよ。子ども達なんて怖がって泣いちゃって。でも、家の中は心配には及ばないわよ。ちょっと物が落ちたぐらいだから。

男：それならよかった。今、点検中とかで、いつまた動くかわからないんだよね。だから遅くなるかもしれないけど、こっちは大丈夫だから心配しないで。

女：わかった。気を付けてね。

男の人はどうして家へ帰れないのですか。

① 地震で電車が徐行運転をしているから

② 地震で男の人の家が被害を受けたから

③ 地震で電車が動いていないから

④ 地震で男の人が被害を受けたから

中国語訳

1）一對男女正在談話。吉田老師被提拔為主任的原因是什麼呢？

男：聽說明年的主任確定是吉田老師了。

女：什麼，真想不到呀。我還以為絕對是高橋老師呢。不過到底是為什麼呀？

男：因為學生們都崇拜高橋老師的關係吧。

女：而且明明成績也比吉田老師帶的班級好很多。

男：果然還是因為那個原因吧。高橋老師他…

女：因為跟校長不合嗎？

男：是呀，高橋老師是成就導向的老師哦。就算上課也很注重考試不是嗎？校長常說成績固然重要，但更要注重課堂上孩子們的狀況。果然是因為這點的關係而無法認同吧。

女：我也這麼覺得呢。吉田老師在這一點上

倒是很平衡，和校長的關係看來也不錯。

吉田老師被提拔為主任的原因是什麼呢？

① 因為是最注重學生成績的老師

② 因為跟校長關係很好

③ 因為為學生們所崇拜

④ 因為被校長討厭

2）一對男女正在談話。男生為何無法回家呢？

男：啊，小櫻。

女：你還好嗎？

男：我沒事。不過我被困在津田站和武田站之間了。

女：原來是這樣。

男：妳呢？

女：嚇死我了。孩子們也都嚇哭了。不過不用擔心家裡哦。只是有些東西摔下來而已。

男：那真是謝天謝地。現在正在維修中，所以不知道何時才會再運作。或許會晚歸，不過我這邊很平安妳不用操心。

女：我知道了。那你小心呀。

男生為何無法回家呢？

① 因為地震的關係，所以電車慢速行駛。

② 因為地震的關係，所以男生的家受損。

③ 因為地震的關係，所以電車停駛。

④ 因為地震的關係，所以男生受害。

答え　1）②　2）③

---

09 だいきゅうか

移民問題

1. ① 詳細內容再以書面告知。

2. ③ 以現在的研究成果為基礎，試著建立新的假說。

3. ① 休假日如果因為下雨而不能出門的話，只能在家裡讀書。

4. ② 這個工廠 24 小時無休連續生產。

5. ② 我因為外派的關係，所以不得不搬家。

6. ② 他被老師罵，不但沒有反省，聽說還反抗老師。

7. ③ 以政治家這樣的立場，必須要常常注意自己的言行舉止。

8. ① 以那個男人被逮捕為開端，跟事件有關係

答え　解答

的人士，接二連三被逮捕了。

9. ① 雖然說是專業人士，但也會有搞錯的情況。

10. ③ 這個是研究 20 年之後得出的結論。

聴解内容

1) 男の人と女の人が話しています。女の人がこの写真集を気に入っている一番の理由は何ですか。

男：めずらしい、何見てるの？

女：寺沢明美さんって人が撮った写真の写真集。

男：へえ、写真に興味なんてあったんだ。

女：写真に興味があるからっていうより、何ていうかな。

男：この写真家の写真の撮り方が気に入った？僕、撮り方の違いなんてさっぱり分からないけど。

女：それもあるわよ。それに、こんな風に写真一枚一枚に面白いタイトルがついてるし、説明も詳しく書かれてる。

男：ほんとだ。こんな写真集もあるんだね。でもこれ、写真集のタイトルの1985って何？

女：私たちが生まれた1985年のことよ。生まれたとき、ここはこうだったんだ、あそこはどうだったんだろう、って色々考えるの、面白いよ。

男：だからそんなに好きなんだね。

女：そういうこと。

女の人がこの写真集を気に入っている一番の理由は何ですか。

① この写真家が好きだから

② 写真のタイトルや説明がわかりやすいから

③ 写真集のタイトルが面白いから

④ 写真を見ながら小さい時の街の様子を考えられるから

2) 店の人が商品の紹介をしています。この冷蔵庫の新しい点はどこですか。

皆さんご覧ください。こちらが新しくなった朝日冷蔵庫の最新型です。まずはこちら、旧型とサイズは変わりませんが、中の機械を整理したことで、今までの1.3倍の容量を実現しました。また、今回も環境に配慮し、消費電力を一般的な冷蔵庫の約8割に抑えています。冷蔵庫の臭いが気になるというご意見もかなり頂戴してい

ましたので、これまでオプション設備としていた消臭パワーセットを標準設備といたしました。また、こちらもご覧ください。冷蔵庫内の設定温度などがこちらのモニターで一目でわかるようになりました。

この冷蔵庫の新しい点はどこですか。

① サイズが大きくなったこと

② 省エネルギーであること

③ 冷蔵庫の中の臭いがとれること

④ 冷蔵庫の中の温度が外から見られること

中国語訳

1) 一對男女正在談話。女生喜歡這本攝影集的主要理由是什麼呢？

男：真難得呀，在看什麼呢？

女：一位叫寺澤明美的人的攝影集。

男：咦，原來妳對攝影有興趣呀。

女：與其說有興趣，倒不如…該怎麼說才好呢…

男：妳對這位攝影師的拍攝方式感興趣囉？我個人對攝影風格是完全沒有研究就是了。

女：那也是原因之一哦。再加上像這樣，每張照片上都有一個有趣的標題，然後附上詳盡的說明。

男：真的耶。原來也有這樣風格的攝影集呀。不過這個攝影集的標題「1985」是什麼意思呢？

女：那是指我們出生年代的 1985 年哦。我們誕生那年，這邊是這個模樣，另一邊又會是什麼模樣呢…諸如此類的，讓我產生許多想法。真的很有趣哦。

男：所以妳才會這麼喜愛呢。

女：就是如此。

女生喜歡這本攝影集的主要理由是什麼呢？

① 因為喜歡這個攝影師

② 因為照片的標題與說明淺顯易懂

③ 因為攝影集的標題很有趣

④ 因為可以邊看照片邊想像小時候的街道風景

2) 店員正在介紹商品。這個冰箱的新賣點在哪兒呢？

各位請看。這就是改款後最新型的朝日冰箱。首先是體積上雖與舊型相同，但調整了內部的機械設備後，比之前增加 1.3 倍的收納

容量。再來是考慮到環保，耗電量也控制在一般冰箱的八成左右。因為也有收到許多客人反應冰箱異味的問題，所以這次就把原本加價選配的強力除臭裝置，改成一般的標準配備。最後再請看一下這邊。透過這個螢幕可以一目瞭然冰箱內溫度的設定等相關資訊。這個冰箱的新賣點在哪兒呢？

① 體積變大
② 省電機能
③ 冰箱內的除臭機能
④ 可以從外部看見冰箱內的溫度資訊

答え　1）④　2）④

10 だいじゅっか

若者の OO 離れ

1. ② 不管被別人怎麼說，我都不在意。
2. ③ 因為做了壞事，所以不得不謝罪道歉。
3. ② 為了健康，晴天會走路上班順便運動。
4. ① 大人不可以否定小孩本身的努力。
5. ② 就算課很無聊，也不可以在教室睡覺。
6. ② 因為才剛開始學日文，口說就不用講了，連片假名都不會唸。
7. ② 雖說懂廣東話，但僅止於看懂漢字的程度。
8. ① 他下班時間一到就馬上下班。
9. ② 沒想要利用朋友來賺錢。
10. ① 不忍想像災區的慘狀。

聴解内容

1）男の人と女の人が話しています。女の人はどうして SNS を使わないと言っていますか。

男：佐々木さんって、DOMO も GAGA も、みんながやってる SNS 全然やってないよね。
女：前はやってたよ。友達だったじゃない。
男：そうだった、そうだった。どうして全部やめちゃったの？
女：全部じゃないけどね。
男：まさか、アカウントを誰かに悪用された？
女：そんなまさか。私もその話、聞いたことあるけどね。それより、SNS って、一度やり始めるとやめられなくなるよね。

男：そうそう。勉強とか、全然手につかなくなっちゃうよね。
女：でも、昔の友達とまた連絡が取れるようになったりして、よかったんだけどね。
男：そうそう、そこが楽しいよね。写真が見られたりして。
女：そう、写真。いろいろ載せてたんだけど、一度友達に SNS に載せていい？って聞くのを忘れちゃって。
男：トラブルになったのか。
女：その子のお父さんが結構厳しい方でね。その子との関係までぎくしゃくしちゃったから、いっそのこと、と思ってやめたの。
男：そういうことか。

女の人はどうして SNS を使わないと言っていますか。

① 悪用されるのが怖いから
② 勉強できなくなると困るから
③ 知らない人に写真を見られてしまうから
④ 友達との関係がこじれたことがあるから

2）学生が市民会館の職員の人と話しています。学生はどうして手続きができませんでしたか。

学生：あのう、来年の２月１３日にそちらの大ホールをお借りする予定の、石山大学の横内と申します。
職員：横内さん、施設利用のお手続きですね。利用申請書と電話でお伝えした料金の一部はお持ちですか。
学生：はい、これです。
職員：ありがとうございます。えーっと…いいですね。じゃ、これは一旦お預かりして、後でコピーをお渡ししますね。
学生：よろしくお願いします。
職員：それから、利用計画書は？
学生：あ、これです。
職員：拝見します。…この計画書だと、ちょっとよくわからないですね。照明や音響設備の操作はこちらの職員が行いますので、いつ、どのタイミングで何が必要なのか、よくわかるように書いてください。まだ時間がありますから、今月中にもう一度見せてもらえますか。
学生：わかりました。
職員：それを見てから手続き完了としましょう。

学生はどうして手続きができませんでしたか。

① 利用申請書と料金を忘れたから
② 利用申請書のコピーがなかったから
③ 利用計画書の書き方がよくなかったから
④ 利用計画書を提出しなかったから

中国語訳

1）一對男女正在談話。女生說明自己為何不使用 SNS（社群網路服務）呢？

男：說到佐佐木妳呀，無論是 DOMO 或 GAGA 也好，大家平常都會使用的 SNS，妳都沒在用呢。

女：之前都有使用呀。我們不是好友嗎？

男：對齁、對齁。那妳為何都不用了呢？

女：也沒有全部都不用啦。

男：該不會是帳號被盜用過吧？

女：最好是啦。雖然我也有聽過類似的事件啦。話說 SNS 這種東西，開始用了就戒不掉了不是嗎。

男：是啊是啊。像讀書什麼的就完全不會去做了。

女：不過能夠重新開始和老朋友取得聯繫，是蠻好的沒錯啦。

男：是呀是呀，那正是最有樂趣的地方。能看見照片之類的。

女：嗯，我也是上傳了許多照片，但有一次忘記事先詢問朋友能不能上傳…

男：結果惹麻煩了嗎？

女：那個朋友的父親是相當嚴厲的人，因此造成我們關係變得很緊繃。所以乾脆心一橫就不使用了。

男：原來有這樣的事呀。

女生說明自己為何不使用 SNS（社群網路服務）呢？

① 因為害怕被盜用
② 因為擔心影響到學習
③ 因為會被陌生人看到照片
④ 因為和朋友的交情生變

2）學生與市民會館的職員正在談話。學生為何無法完成手續辦理呢？

學生：您好，我是申請明年二月十三日要租借大禮堂的石山大學的橫內。

職員：橫內你好，要辦租用設施的手續是吧。請問有帶借用申請表和電話中提到的部

份租金嗎？

學生：有的，在這邊。

職員：謝謝您。嗯…看起來沒問題，那我先跟您收下這張，待會兒再給你影印的副本。

學生：麻煩您了。

職員：再來是租用計畫單呢？

學生：嗯，在這邊。

職員：讓我看看…這份計畫單我看不太懂呢。因為燈光跟音響設備是由我們單位的職員來操作，所以要請你再清楚地寫一次你們在什麼時候、哪個時機點需要哪些東西。因為時間還很充裕，能否麻煩你這個月中再拿來給我看一次？

學生：我知道了。

職員：等看過之後，手續就完成了。

學生為何無法完成手續辦理呢？

① 因為忘了帶租借申請表和租金
② 因為沒有租借申請表的影本
③ 因為沒有寫好租用計畫單
④ 因為沒有繳交租用計畫單

答え　1）④　2）③

11 だいじゅういっか

トイレ

1. ③ 不管是深夜還是早上，都受附近的噪音所困擾。

2. ③ 看情勢如何，有必要重新研擬海外發展的計畫。

3. ② 不管投票給誰，都必須要事先好好思考。

4. ① 也不是完全讀不懂日文報紙，只是不知道讀法的漢字很多。

5. ② 如果沒有健康的話，就無法度過充實的老年生活。

6. ② 她的藉口前後不一致，讓人聽不下去。

7. ① 雖然因為地震房屋半毀，但至少家人都平安無事。

8. ① 如果是小學生就算了，但都大學生了還不知道這種程度的常識，就是大問題了。

9. ③ 不管是狗還是貓，都是很受歡迎的寵物。

10. ③ 這部電影不得不讓我們思考和平的重要

性。

聴解内容

1) 男の人と女の人が話しています。女の人は自分が在宅勤務することについてどう思っていますか。

男：うちの会社もとうとう在宅勤務が導入されるのか。

女：希望者はマネージャーに先に相談するのよね。

男：俺、さっそく相談してきたよ。来月から。毎日ってわけじゃないけどね。田中さんは？

女：私はいいわよ。

男：意外だな。毎日満員電車で通うのは大変って、よく言ってるじゃん。在宅なら、乗らなくていいんだよ？

女：それはそうだけどね。ま、そこはいいところよね。私の友達にもいるよ。働きたい時に働けていいって言ってる。でもね、自分のペースで仕事ができるって、つまり、しっかり時間管理をしなきゃいけないってことでしょ？

男：うん、そうだね。期日は期日だし。

女：私はだめだと思うの。だらだらしちゃいそうで。

男：ああ、そういう人には向いてないかもね。効率が悪くなっちゃって、かえって仕事をする時間が長くなったりして。

女：あなたは大丈夫ってこと？すごいね。

男：まあね。やってみなきゃわからないけど。

女の人は自分が在宅勤務することについてどう思っていますか。

① 規律性が問われるので難しそうだ
② 好きな時に働けるのはいいことだ
③ 期日を守って仕事がはかどりそうだ
④ 時間管理は自分にもできそうだ

2) 男の人と女の人が話しています。男の人はどうしてカードを作ったほうがいいと言っていますか。

男：菊池さん、また小銭をバラバラして。

女：私、佐々木君みたいにカード使わないからね。

男：作ったらいいのに。便利だよ。あ、あそこにちょうど案内が置いてある。

女：ほら見て、年会費も少しかかるみたい。

男：そんなに高いわけじゃないよ。

女：それに、カード払いだと、知らないうちにたくさん使ってて、後で請求書を見てびっくりってこともあるでしょ？

男：それなら、ここのコンビニでだけ使えるように設定してもらえばいいよ。

女：へえ、最近はそういうのもあるんだ。

男：コンビニで買うものなんて、大した金額にはならないでしょ？

女：そうね。

男：それに、見て。買い物すると毎回ポイントがついてお得だよ。

女：少しじゃない。

男：塵も積もれば山となるって言うだろ？ほら、これさっきのレシート。僕なんてこんなにポイントが貯まってるんだよ。結構お得じゃない？

女：そうね。カード、作ろうかな。考えてみる。

男の人はどうしてカードを作ったほうがいいと言っていますか。

① 年会費が安いから
② 小銭を数える面倒がなくなるから
③ お金を使いすぎないから
④ ポイントを貯めてお得に買い物ができるから

中国語訳

1) 一對男女正在談話。女生對於自己在家工作的話題有什麼看法呢？

男：我們公司最終還是會引進在家工作的方式嗎？

女：有意願的人要事先找經理討論是吧。

男：我當下立刻去找經理談了。下個月就開始。但也不是每天都在家工作就是。那田中妳呢？

女：我就算了吧。

男：真令人意外呢。妳不是經常抱怨天天搭客滿的電車通勤很累人嗎？在家工作的話，可以不用搭電車不是很好嗎？

女：話是沒錯啦。那的確是吸引人的地方。我的朋友裡也有一樣的人哦。主張想工作的時候就可以工作。不過呀，要能自主工作，換句話說，就是必須確實做好時間管理才行不是嗎？

男：是呀沒錯。畢竟完成工作的期限是固定的。

女：我覺得自己做不到。感覺會不注意就拖拖拉拉的…

男：啊，的確是不適合那樣的人呢。效率變差，相對地工作時間反而拉長了呢。

女：所以你可以就是了？真強呀。

男：這個嘛，反正不試看看怎知道呢。

女生對於自己在家工作的話題有什麼看法呢？

① 要求規律性所以感覺難以達成
② 能夠在自己喜歡的時間工作是很棒的
③ 要遵守期限，工作似乎才能順利進行
④ 自己似乎也能有效率地管理時間

2) 一對男女正在談話。男生為何主張要辦卡比較好呢？

男：菊池妳又亂放零錢。

女：因為我不像佐佐木一樣有信用卡呀。

男：明明辦一下就好了。很方便哦。啊，那邊剛好有擺申請單。

女：你看，好像需要一些年費呢。

男：沒多貴呀。

女：況且刷卡消費偶爾也有不知不覺刷太多，等看到帳單才嚇一跳的情形不是嗎？

男：擔心的話就設定成只能在這裡的超商使用不就得了。

女：原來最近還有這種設定呀。

男：超商消費的話就不會花費大筆金額了吧？

女：是呀。

男：而且妳看，刷卡消費每筆都會累積點數，很划算哦。

女：才那麼一點。

男：俗話說積少成多呀。妳看，這是剛才的發票。不知不覺我也累積了這麼多點數了呢。相當超值不是嗎？

女：也是啦。我再考慮看看要不要辦好了。

男生為何主張要辦卡比較好呢？

① 因為年費便宜
② 因為數零錢很麻煩
③ 因為不會過度消費
④ 因為累積點數還能便宜購物

答え　1) ①　　2) ④

---

12 だいじゅうにか

お祝い

1. ③ 那株植物完全不受嚴酷環境的影響而生存著。

2. ③ 因為這次的事件是跟公司的威信有關，所以不能輕忽。

3. ② 不論是發音還是說話方式，她的日文都如同母語話者般道地。

4. ① 他下課鐘聲一響，馬上就從教室離開。

5. ② 如果是平常的話很早就睡了，但今天為了看電視而熬了夜。

6. ① 父母親一開口就講學習跟學校成績的事情。

7. ② 跟著名師學習的他，所學到的技術都是貨真價實的。

8. ② 因為他是背叛自己的夥伴才獲得成功的，所以不值得讚賞。

9. ① 您來這附近的時候，務必要順道來我們這邊。

10. ① 一被叫到自己的名字，他馬上很有氣勢地站起來。

聴解内容

1) 男の人と女の人が話しています。男の人は何をしようと言っていますか。

男：ねえ、やっぱり僕たち、最近太ったよね。

女：私もそう思ってた。やっぱり。

男：一緒にダイエット、始めようよ。

女：うん、竹本君がやるなら、私もやってみようかな。あのね、断食ダイエットって知ってる？

男：え、断食なんて無理だよ。

女：ほんとにずっと食べないわけじゃないよ。これ見て。雑誌に載ってたの。こんな風に断食の日を定期的に作るんだって。断食って言っても、晩ご飯を抜くだけよ。

男：いやでも、規則正しく食べるほうが絶対に健康的だよ。

女：じゃ、バナナダイエットとか？

男：それも似たようなもんじゃないかな。運動しようよ。前の市民公園、夕方になるとジョギングしてる人、たくさんいるんだよ。

女：私、走れない。

男：じゃ、ウォーキングでもいいよ。

女：ウォーキングね…大変そう。ここはやっぱり断食よ。

男：いやあ、僕は変に食べないよりカロリーをうまく消費するほうがいいと思うけどね。

男の人は何をしようと言っていますか。

① 食事を抜く

② 決まったものだけ食べる

③ 体を動かす

④ 何も食べない

2) 男の人と女の人が話しています。女の人が行かなかったのはどうしてですか。

男：吉岡さん、どうして昨日、一緒に来なかったの？用事があるとか友達が何だとか言って、あれ、嘘でしょ。

女：あれ、みんなにばれてた？

男：少なくとも僕はわかった。

女：最近忙しかったから、昨日は早く帰れるなら早く帰りたいって気持ちだったのよ。

男：ほら出た。顔に書いてあるよ、嘘だって。

女：はあ、なんだか毎回お代を出してもらうのが悪くてね。

男：まあ、それもそうだけど、僕らも先輩になったときに同じこと、後輩にしてあげればいいだけじゃない。気にすることないよ。

女：わかってるんだけどね…。

女の人が行かなかったのはどうしてですか。

① 友達と約束があったから

② 上司に気を使うから

③ 後輩におごってあげられないから

④ 早く家に帰りたかったから

中国語訳

1) 一對男女正在談話。男生說自己計畫要進行什麼呢？

男：我們最近果然發福了。

女：我也這麼覺得。果然沒錯。

男：我們開始減肥吧。

女：好呀，竹本要減的話我也一起試試吧。你聽過斷食瘦身法嗎？

男：那個，我沒辦法斷食啦。

女：不是真的一直都不進食啦。你看看這個，雜誌上介紹的。要像這樣定期地設定斷食日。而且這邊的斷食，也只是不

吃晚餐而已哦。

男：不過還是要規律地飲食才是健康的王道啦。

女：不然香蕉瘦身法如何？

男：那也是差不多的方式不是嗎？我們去運動啦。前面的市民公園，傍晚都會很多民眾去跑步哦。

女：我跑不動。

男：不然也可以走路呀。

女：走路感覺也很累人。我還是先嘗試斷食好了。

男：不好吧，我覺得與其刻意不吃，不如巧妙地消耗掉熱量比較好。

男生說自己計畫要進行什麼呢？

① 少吃一餐

② 只吃固定的食物

③ 活動筋骨

④ 斷食

2) 一對男女正在談話。女生為何沒赴約呢？

男：吉岡妳昨天怎麼沒一起來呢？說什麼臨時有事朋友怎麼了之類的，是騙人的吧？

女：哎呀，被大家看穿了嗎？

男：至少我看得出來。

女：因為最近太忙了，所以昨天想說能早點回家的話就想早點回去休息。

男：妳看又來了。妳說謊都寫在臉上。

女：唉，總覺得每次都讓前輩出錢很過意不去啦。

男：這樣呀，是也沒錯啦。不過我們有一天也會成為前輩呀，到時候用相同方式對待後進不就好了。妳用不著介意啦。

女：我也不是不明白啦，不過…

女性為何沒赴約呢？

① 因為與朋友有約

② 因為顧慮上司

③ 因為沒辦法請後進吃喝

④ 因為想早點回家

答え　1)③　2)②

答え

解答

13 だいじゅうさんか

日本の夏の過ごし方

1. ① 不管是不是故意的，做了壞事就應該要道歉。
2. ① 台灣雖然不大，但卻享受著山跟海等大自然的恩惠。
3. ① 因為是自己要承接的，事到如今不能說做不到。
4. ② 他一副我沒有打算要跟你說話的樣子，持續不理我。
5. ② 雖然我知道這樣下去不行，但就是忍不住想喝酒。
6. ② 有「不勞動者不得食」這樣的諺語。
7. ② 不知道從哪裡飄來很香的味道。
8. ① 身為裁判員，竟然因為私人交情而改變判定，真是令人無法相信。
9. ① 因應當地狀況，有必要調整計畫。
10. ③ 就算上有名的補習班，本人沒有努力的話，成績是不會提升的。

聴解内容

1) 男の人と女の人が話しています。

女：あーあ、山田伸太郎の新しい小説、せっかく買ったのに、忙しくて、まだ半分も読んでない。今日こそ早く帰れるといいんだけど。

男：森の何とか、って本？僕は普段小説とか読まないんだけど、テレビやネットでもすごく話題になってたから買っちゃったよ。でも、読むのにすごく時間がかかってる。

女：どうして？彼は小説であまり難しい言葉を使わないから読みやすいと思うけど。

男：文章はわかりやすいんだけど、登場人物が多くて、誰がどんな人かわからなくなっちゃうんだ。

女：人物が多いからこそ、いろいろなドラマが生まれておもしろいんじゃない。

男：小説をよく読む人にとってはそうなのかな。でも、僕はやっぱり苦手だな。

女：読んでいくうちに慣れると思うよ。今度、他の小説を貸してあげるよ。

男の人は小説についてどう思っていますか。

① 文章はわかりやすく、登場人物が少ないため読みやすい。

② 文章はわかりやすいが、登場人物が多いため読みにくい。

③ 文章はわかりにくいが、登場人物が少ないため読みやすい。

④ 文章はわかりにくく、登場人物が多いため読みにくい。

2) 男の人が話しています。

断捨離という言葉をご存じでしょうか。不要なものを捨てて執着から離れることを目指す整理法を指す言葉です。2010年ごろから流行り出したとされています。単に物が減って部屋が広くなるだけではなく、気持ちや考え方もすっきりし、無駄な買い物をしたり無駄に時間を使うことがなくなります。節約したいとお考えの方も、自分の生活を見つめなおし、ぜひ断捨離を取り入れてみてください。例えば、今の携帯電話や各種保険のプランを比べ、本当に自分の生活に合ったものに切り替えることもできるでしょう。ただ消費することのみが、豊かな生活をもたらすとは限らないことを知っていただきたいと思います。

男の人が言いたいことは何ですか。

① 不要なものがあれば迷わず捨てるべきだ

② 買い物しすぎると時間を無駄にしてしまう

③ 高価なものを買うより常に節約を心掛けるべきだ

④ より多く消費することがより豊かだというわけではない

中国語訳

1) 一對男女正在談話。

女：唉，明明特地買了山田伸太郎的新小說，卻忙到連一半也看不完。今天能夠早點下班就好了。

男：是那本叫做什麼森林的小說嗎？我是不看小說的人，但電視跟網路上的討論度很高所以也買下去了。不過閱讀需要花費很多時間呢。

女：會嗎？他的小說裡不會使用太艱澀的字句，我覺得蠻容易閱讀的呀。

男：文章寫得很淺白沒錯，但出場角色太多了，讓我會搞不清楚誰是誰。

女：就是因為角色多，所以劇情才會豐富有

趣不是嗎？

男：對經常閱讀小說的讀者而言是那樣吧！但對我來說果然還是頂吃力的呢。

女：我認為讀著讀著就會習慣哦。我下次也借你其他小說吧。

男生對於小說有什麼看法呢？

① 文章淺顯易懂而且出場角色少，所以很容易閱讀

② 文章淺顯易懂，不過出場角色多，所以不容易閱讀

③ 文章難以理解，不過出場角色少，所以很容易閱讀

④ 文章難以理解而且出場角色多，所以不容易閱讀

2) 男生正在說話。

您聽過斷捨離這個詞彙嗎？原意是指藉由捨棄不需要的物品，讓自己超脫執著的一種打掃方式。據說是 2010 年左右開始流行的。不僅少了雜物，房間變得寬敞，心情與想法也會變得俐落，漸漸地自己就不會去亂買東西或虛度光陰。想要省錢的您也可以藉此重新審視自己的生活方式，試著將斷捨離應用其中。舉例來說，可以比較手機或各種保險的方案，轉換成最適合自己生活的模式。筆者希望各位能覺察到，並非只有消費的行為才能創造出有價值的生活。

男生想要表達的想法是什麼呢？

① 不需要的東西應當毫不猶豫的捨棄

② 太頻繁的購物是一種浪費時間的行為

③ 比起買昂貴的物品更要注重日常的節約

④ 更多的消費不一定會創造出更有價值的生活

答え　1)②　2)④

14 だいじゅうよんか

日本人と旅行

1. ② 發表新產品之後，那間公司確實地一直在擴大市場占有率。

2. ② 想辦法看能不能在夏天之前瘦下來。

3. ① 這是根據史實所寫成的歷史小說。

4. ② 不管是平日還是假日都必須要工作。

5. ③ 從上半年業績來看，年度目標能夠確實達

成吧。

6. ① 出差順便去觀光地走走看看。

7. ③ 考量了截至目前為止的一些問題點，做了新的樣品機器。

8. ① 不限年齡跟性別誰都可以參加。

9. ② 因為地震，住家倒塌了，不得不過著避難的生活。

10. ① 現在，智慧型手機是日常生活中不可或缺的東西。

聴解内容

1) 女の人が話しています。

私の趣味は海外旅行です。日本とは違う文化に触れるのが楽しくてたまりません。今はとても便利な時代になったと思います。私が子どもの頃は、海外は本当に遠いところでした。当時の私にとって海外というのは、テレビや本だけで触れられる世界でした。現在のようにインターネットが発達していたわけではありませんから、海外の情報は限られていました。だからこそ、私はいつかいろんな国へ行ってみたいと願うようになったのだと思います。旅行を通して、いろいろな国の友人ができました。彼らとは英語でやりとりしています。そうは言っても、私は英語が下手なので、毎日の勉強が欠かせません。いつか英語で友人たちに日本を案内できるようになりたいものです。

女の人はどうして勉強が欠かせないと言っていますか。

① 旅行の時、困らないようにしたいから

② 海外でできた友達とコミュニケーションをとりたいから

③ 仕事で外国人に日本を案内する必要があるから

④ インターネットで外国の情報を得たいから

2) 女の人が話しています。

日本人の睡眠時間は世界で最短だという調査結果があります。皆さんは、毎晩しっかりと睡眠をとれていますか。睡眠時間が短すぎるのは問題ですが、時間が長ければよいというものでもありません。適切な長さの質の高い睡眠こそが一番の理想です。では、理想の睡眠を得るためにはどうすればよいでしょうか。いくつかのポイントを簡単にお話しします。光の刺激は睡眠

の質を下げるため、スマートフォンやパソコンなどは寝る前には見ないようにしましょう。また、室温は15.5℃〜20℃がいいそうです。少し寒いくらいのほうが入眠しやすいのです。寝る前の読書もストレスレベルを下げ、筋肉もリラックスするため、入眠の助けになります。先ほど紹介したポイントは決して特別なことではないので、今晩からでも試してみてください。

話の内容と合うものはどれですか。

① 部屋の電気は刺激になるので絶対に消したほうがいい
② 部屋が暑いと寝にくくなる
③ 寝る前に本を読むのはストレスが溜まってよくない
④ よく眠るためには特別な方法がある

中国語訳

1) 女生正在說話。

我的興趣是出國旅行。能接觸到與日本不同的文化是非常愉悅的。我覺得現今已是個相當便捷的時代。在我小時候，國外是相當遙遠的存在。對幼小的我來說，國外是個只能在電視或書本中出現的世界。因為不同於網際網路發達的現在，國外的資訊是相當有限的。正因為如此，自己才會夢想總有一天要到世界各國看一看。透過旅行，我認識了不同國家的朋友，與他們都是用英語溝通。不過我的英文很遜，所以還是得每天學習。我期許自己有天能用英語向朋友們導覽日本。

女生為何說自己必須學習呢？
① 因為想讓自己旅行時能一切順利
② 因為想和國外認識的朋友溝通
③ 因為工作上必須向外國人導覽日本
④ 因為想取得網路上的國外資訊

2) 女生正在說話。

調查結果顯示日本人的睡眠時間是全世界最短的。各位每晚都有確實獲得充足的睡眠嗎？雖然睡眠時間過短是個問題，但也並非睡眠時間越長就越好。適當的長度與優質的睡眠才是最理想的。那麼，我們該如何獲得理想的睡眠品質呢？讓我簡單地分成幾個重點來說。由於光線的刺激會導致睡眠品質下降，請盡量避免在睡前使用手機跟電腦。再者，據說室溫維持在15.5℃〜20℃是最好

的。因為稍微冷一點的溫度讓人比較容易入眠。睡前的閱讀能紓解累積的壓力，讓肌肉獲得放鬆，所以有助於睡眠。目前介紹的幾個重點都不是什麼特殊的事項，因此請各位不如今晚就立即嘗試看看吧。

符合談話內容的是哪一項呢？
① 房間的燈光會影響睡眠，所以必須關掉比較好
② 房間太熱的話會不容易睡著
③ 睡前的閱讀會造成壓力的累積所以不好
④ 為了獲得睡眠品質，有特別的方法

答え　1）②　　2）②

---

15 だいじゅうごか

浮世絵

1. ① 有必要花光全部獎金去買嗎？
2. ② 最近兒子成績退步，數學才勉強及格而已。
3. ③ 野狗現在也一副要襲擊行人的樣子，不斷地吠叫。
4. ② 一沾上毒品，就很難恢復正常生活。
5. ② 用那樣的用字遣詞來拜託長輩，實在太失禮了。
6. ① 一般人就算了，專業人士做出那樣的發言真的令人吃驚。
7. ② 從我家到公司走路大概也就 20 分鐘。
8. ① 我也只能遵從上司的指示了。
9. ③ 從他平常的言行舉止來看，不覺得他是個值得信賴的人。
10. ③ 這個月就要結束營業。

聴解内容

1) 女の人が話しています。

「若い時の苦労は買ってでもしろ」なんて言葉がありますよね。でも、これって、本当に正しいと思いますか。私はそうは思いません。誰だって苦労なんかしたくないはずですよね。私は、苦労よりも経験という言葉のほうがしっくりくる気がします。自由な時間も体力もある若いうちにいろんなことを経験することで、柔軟な発想を持った、視野の広い大人になれると思います。

それらの経験の中に苦労も含まれるかもしれませんが、せっかくの青春を苦労だけして過ごすなんて、何だかかわいそうじゃないですか。楽しいことも、嬉しいことも、悲しいことも、辛いことも、いろいろ経験することが大切だと思います。もちろん、いい経験の割合が多いにこしたことはありません。大人になった時、青春の思い出が苦労しかないなんてことにならないようにしたいですね。

女の人が言いたいことは何ですか。
① 若いうちに様々な経験をすることで視野が広がる
② 若いうちに積極的に大変な仕事をしたほうがいい
③ 誰でも若いうちは苦労しなければならない
④ 大人に必要なのは若い時苦労した思い出だ

2) 男の人と女の人が話しています。

男：この映画何だか期待外れだったね。原作の漫画はすごく面白いのに。

女：やっぱり漫画は実写化しないほうがいいね。キャラクターの雰囲気を再現できてなかったし。

男：俳優とキャラのイメージが合ってなかったね。演技自体はよかっただけに残念。

女：そうだね。それに、脚本にも問題があると思う。あれじゃ、原作を読んでない人には意味がわからないよ。

男：長い話を無理やり短くしたみたいで流れが飛んでる感じだったね。

女：続編もあるらしいけど、公開されたら見たい？

男：今度はまずネットで評判を調べてから決めようかな。

2人はこの映画についてどう思っていますか。
① 原作の漫画のように面白くはなかったので、残念だ
② 俳優の演技がいまいちだった
③ 短い映画だったので、内容がよくわからなかった
④ あまり面白くなかったので、続編が公開されても見ない

中国語訳

1) 女生正在說話。

記得有句俗話說：「年輕的時候就多吃點苦吧。」但你認為這句話真的沒錯嗎？我就不這麼認為。沒有人會刻意去吃苦的吧。比起吃苦，我覺得「經驗」這個詞更貼切。我認為趁年輕的時候，有自由的時間和良好的體力，可以多方面地去嘗試體驗，才能讓自己成為一個能夠柔性思考，宏觀遠矚的成年人。或許其中也不乏辛苦的經驗，但如果你把一生一次的青春年華全都拿來吃苦，不覺得令人惋惜嗎？無論是快樂的事、開心的事、難過的事、辛酸的事，多多去體驗，我認為是相當重要的。當然，好的體驗比例高一點是再好不過的了。希望成為大人之後，對於青春的回憶不要只有辛勞。

女生想表達的主張是什麼呢？
① 趁著年輕嘗試多方體驗，讓自己看得更遠
② 趁著年輕要積極地從事辛苦的工作比較好
③ 無論是誰年輕的時候都必須吃苦
④ 對於一個大人而言，需要的是年輕時的辛苦經歷

2) 一對男女正在談話。

男：這部電影總覺得令人失望呢。明明原作的漫畫那麼好看。

女：果然漫畫還是不要真人化比較好呢。因為無法呈現出角色真實的氛圍。

男：演員跟角色的印象搭不起來。只有演技很棒而已，這一點真是令人覺得惋惜。

女：就是說呀。而且我覺得劇本也有問題。對沒有讀過原作的人來說，根本不知道在演什麼。

男：感覺硬是把原本長篇的劇情給縮減，讓人覺得太跳躍了。

女：聽說還會有續集。出了之後你還會想看嗎？

男：之後的話，應該會先查完網路評價再做決定吧。

他們對於這部電影有什麼樣的看法呢？
① 覺得沒有原作漫畫那麼有趣，很可惜。
② 演員的演技差強人意。
③ 電影太短了所以不知道在演什麼。
④ 因為不是很好看，所以就算有續集也不會去看。

答え　1)①　2)①

日本人と掃除

1.　③ 如果知道不可行，大不了就直接放棄。
2.　② 那個人明明自己也沒做得多好，卻很嚴厲地批判別人的錯誤。
3.　① 一旦知道這個秘密，就再也沒辦法回到正常的生活。
4.　③ 不管有沒有反對的人，社長都不會改變他的意見。
5.　③ 電影讓我們體驗在現實當中不存在的世界。
6.　③ 這個案子是否要照目前的樣子進行，要看這季的業績。
7.　① 視會場狀態而定，活動也有可能中止。
8.　③ 那個選手在前幾天的比賽引退。
9.　① 未來不管有什麼困難在等著我，我都不會認輸。
10.　③ 整理並說明，事態惡化到這個地步的經過。

聴解内容

1) 男の人と女の人が話しています。
　　男：出張用にスーツケースを買わないといけないなあ。
　　女：スーツケースならあるじゃん。前に韓国に行く時に買ったやつじゃだめなの？
　　男：だめってこともないけど、海外旅行用にって大きいのを買っただろ？おかけでお土産はいっぱい買えたけど、出張は国内だし、せいぜい1泊か長くても2泊だから、もっと小さいのがいいな。持ち運びが楽なほうがいい。
　　女：大は小を兼ねるとはいかないか。今度お店へ見に行こうか。ネットでサイズだけ見てもよくわからないでしょ。
　　男：うん、そうだね。前はネットで買って、思っていたよりもかなり大きかったもんね。
　　女：あんなに大きいってわかってたら、私のは小さめのを買ってたよ。2人で同じのを買うことなんてなかったね。
　　男：まあ、過ぎたことを言ってもしょうがないさ。
男の人は今回、どんなスーツケースを買いたいと思っていますか。

① お土産がたくさん入れられるもの
② 小さくて、持ち運びしやすいもの
③ 女性が持っているものと同じもの
④ 韓国製のもの

2) 男の人と女の人が話しています。
　　男：肉と魚、どっちが好きって、考えてみたら不公平な質問だと思わない？
　　女：え、どういう意味？
　　男：肉っていうと、人間が食べてる種類はせいぜい、牛、豚、鶏、あと羊ぐらいなもんだろ？魚って、もっといろんな種類を食べてるじゃん。
　　女：そう言われると、魚って一括りにしてるけど、実際には何を食べてるかわからないことも多いよね。
　　男：そうでしょ。料理の名前だって、肉料理はビーフ何とかとかポーク何とかとかいうけど、魚料理だとフィッシュ何とかっていうのが多い気がするんだ。
　　女：そうかもね。私は牛肉はよく食べるけど、鶏肉はあまり好きじゃないんだよね。だから、一言で肉が好きとは言えないかもね。魚は……、やっぱり区別できないな。ところで、あなたは肉と魚、どっちが好きなの？
　　男：僕は種類を問わず、肉も魚もどっちも好きだよ。
2人はどう言っていますか。
① 女の人は肉なら何でもよく食べるが、魚は食べないと言っている
② 男の人は肉は食べるものの種類が少なく、その点で魚と違うと言っている
③ 女の人は魚について、どんな種類があるかよく認識できていると言っている
④ 男の人は肉と魚に好き嫌いがあると言っている

中国語訳

1) 一對男女正在談話。
　　男：必須去買一個出差用的行李箱吧。
　　女：行李箱的話我們不是有嗎？之前要去韓國的時候買的那個不能用嗎？
　　男：也不是不行啦。不過，當時是為了出國玩，所以特地買了大型的，不是嗎？雖說幸虧如此，我們才能買一大堆伴

手禮。但出差只是在國內，頂多過夜一晚，最多兩晚而已，要更小一點的才適合。最好是在行走時方便攜帶的。

女：大的不能兼容小的優點呀。下次一起去店裡逛逛吧。在網路只能看尺寸也無法做決定，不是嗎？

男：嗯，是呀。之前就是在網路買的，結果實品比想像中還要大很多呢。

女：當初如果知道那麼大的話，我就會買小的了。這樣就不會兩個人都買一樣的了。

男：算了啦，事情都過了抱怨也無濟於事。

男生這一次計劃要買什麼樣的行李箱呢？

① 能夠放很多伴手禮的行李箱
② 小型而且方便拖行的行李箱
③ 與女生同款的行李箱
④ 韓國製的行李箱

2) 一對男女正在談話。

男：你比較喜歡吃肉還是魚，這樣的問題不覺得很不公平嗎？

女：咦，什麼意思呢？

男：說到肉類，人類吃的種類不過就是牛豬雞，還有羊沒錯吧？但魚類的話，我們吃的種類卻多很多呢。

女：被你這麼一說，雖然統稱魚類，但實際上我們吃的是什麼魚，其實大多不清楚呢。

男：就說吧。感覺肉類的料理會說出是牛肉呀或是豬肉等等的，但魚類料理通常只會說是魚這樣而已。

女：或許吧。像我常吃牛肉但不喜歡吃雞肉，因此只說「喜歡吃肉」似乎也不妥。至於魚嘛…我果真是分不出來呀。話說，你喜歡吃肉還是吃魚呢？

男：我不分種類兩者都愛吃。

他們要表達什麼呢？

① 女生說自己肉類都吃，但是不吃魚
② 男生說肉類以食物來說種類很少，這一點和魚類是不同的
③ 女生說自己很清楚魚有多少種類
④ 男生說自己對肉類和魚類都會挑食

答え　1)②　2)②

出産のあれこれ

1. ② 使用經過層層挑選過的最高級食材所作成的料理。
2. ③ 在一個人生活之後，就以此為契機開始自己做菜。
3. ③ 自從一個人生活後以此為契機開始自己做菜。
4. ① 為了不要忘記點子，只要想到了就馬上筆記下來。
5. ③ 就父母的立場來看，小孩的成功就像自己的事一樣高興。
6. ③ 就老師的角度來看，我們的技術還尚未成熟。
7. ③ 他雖然有才華，但總是三分鐘熱度，所以做什麼事都半途而廢。
8. ② 他一會說累，一會又說忙，沒時間，完全不幫忙家事。
9. ③ 不是只有寒冷的季節才會感冒。
10. ② 雖然是不能說謊，但就算說實話也會被罵。

聴解内容

1) 男の人と女の人が話しています。

男：この前、旅行の計画を立ててたけど、どこに行くか決まった？

女：決まったよ。3泊4日で台湾旅行に行くことにした。でもね、知ってる？台湾は冬でも暖かいと思ってたけど、実はそうとも限らないみたい。北のほうは寒いんだってさ。

男：そうなんだ。ところで、何で台湾にしたの？

女：最初は国内旅行にしようと思ってたんだけど、国内旅行も結構お金がかかるし、どうせ同じぐらいの費用なら海外でもいいかなって思って、でも、ヨーロッパだとやっぱり高いし遠いから。私、長時間飛行機に乗るの嫌だから、近いところにしたの。

男：ふーん。あ、でも、近さで言ったら韓国のほうが近いじゃん。

女：私、辛い食べ物苦手だし、何より寒いじゃん。寒がりな私には冬の韓国は楽しめそうにないんだよね。

男：あれ、さっき台湾も冬は寒いって言ってなかったっけ？

女：そう。北は寒いらしいから、南のほうに行くことにしたの。

男：そうなんだ。じゃあ、お土産忘れずに買ってきてよね。

女の人はどうして旅行先を台湾に決めましたか。

① 台湾の冬は寒いから

② 韓国より近いから

③ 飛行機に乗るのが好きだから

④ 費用が国内旅行と変わらないから

2) 男の学生と女の学生が話しています。

男：再来週のプレゼンの打ち合わせ、来週の火曜日の午後だったよね？どうしてもはずせない急用ができちゃったから、日程を変えたいんだけど、大丈夫？

女：そうなの。私は今週はもう予定が埋まってるけど、来週の月曜日から木曜日の午後なら空いてるよ。

男：ちょうどよかった。僕も週の後半はバイトであまり時間がとれないから。じゃあ、月曜日にしようか。早く打ち合わせをしたほうが、問題点を改善する時間も確保できるし。

女：わかった。じゃあ、22日の午後に決定で。

男：あ、ちょっと待って。22日って月曜日なの？曜日を間違えてた。さっき話した急用って、22日なんだ。

女：それじゃあ、元のスケジュールのままで大丈夫だね。

男：うん、ごめん、勘違いしてた。

打ち合わせは何曜日に行いますか。

① 月曜日

② 火曜日

③ 水曜日

④ 木曜日

中国語訳

1) 一對男女正在談話。

男：妳之前在訂旅行的計畫，確定好要去哪裡了嗎？

女：確定囉。我決定要去台灣旅遊四天三夜。不過你知道嗎，我原本以為台灣就算冬天也會很暖和，但其實未必如此

呢。聽說北部會比較冷。

男：這樣呀。話說妳為什麼決定是台灣呢？

女：一開始我是計畫要在國內旅行，但旅費比想像中還高，所以就想說不如花一樣的錢出國旅遊算了。但歐洲的話太貴又太遠，我也很討厭搭長途飛機，所以就選了近一點的地方。

男：這樣呀。但說到近，韓國不是更近嗎？

女：我呀，不敢吃辣，而且最主要的還是因為寒冷。對於怕冷的我來說，冬天的韓國似乎不太能夠盡情玩樂。

男：咦，你剛剛不是有說台灣冬天也很冷嗎？

女：是呀。聽說北部很冷，所以我決定往南部去呀。

男：原來如此。那別忘了帶伴手禮回來給我哦。

女生為何決定要到台灣旅遊呢？

① 因為台灣的冬天很冷

② 因為比韓國近

③ 因為喜歡搭飛機

④ 因為花費和國內旅遊一樣

2) 男女學生正在談話。

男：下下週發表的討論，時間是下星期二的下午沒錯吧？因為臨時有一件必須要處理的事情，所以我想改日期，妳可以嗎？

女：這樣呀。我這週的行程是都已經安排好了，不過，下星期一到四的下午都有空喔。

男：那還真巧。我後半週也是要忙著打工，所以抽不出時間。那就星期一吧。早點討論的話，也能確保改善問題點的時間。

女：我知道了。那就決定是22日的下午了。

男：啊，等等。22日是星期一嗎？我搞錯星期幾了。剛剛我說臨時有事的日子就是22日。

女：那就維持原定的計畫吧。

男：嗯，抱歉我弄錯了。

討論要在星期幾舉行呢？

① 星期一

② 星期二

③ 星期三

④ 星期四

答え　1）④　2）②

Kawaii 文化

1. ③ 能在這樣的地方重逢，不是命運是什麼呢？
2. ③ 為了救濟貧苦的村子而進行了募款。
3. ③ 體驗過留學生活後，除了語言之外也學習到各種事情。
4. ② 我有幸受邀來到這樣的場合，著實感激。
5. ② 因為經驗不足，所以無法臨機應變。
6. ③ 哪怕是一眼，也想見見在海外生活的情人。
7. ① 在小孩面前不遵守交通號誌，是身為父母不該有的舉動。
8. ③ 在不考慮空氣阻力的情況之下計算。
9. ② 因為有足夠的儲蓄，就算現在把工作辭掉也沒關係。
10. ③ 女友擺出惡鬼般的怒容。

聴解内容

1）男の人と女の人が話しています。

男：年末の食事会、楽しみだな。卒業してからはみんなで会う機会なんてなくなっちゃったから、何だか同窓会みたいな気分だよ。

女：実際、小規模な同窓会だよ。ところで、もうお店決めた？

男：いや、まだだけど。いつもと同じ居酒屋でいいでしょ。あの店、居心地がいいし、そんなに高くないから、友達で集まるのにちょうどいいんだよなあ。

女：え、知らないの？あのお店、もうないよ。今は焼き鳥がメインのお店になってるみたい。

男：え、そうなの？でも、焼き鳥も悪くないじゃん。お店の中が居酒屋の時のままなら広くてゆっくりできるんじゃないかな。

女：建物はそのままなんだけど、内装はいろいろと変わっちゃって、以前みたいにゆっくりはできないみたいだよ。私も会社の人の話を聞いただけで、行ったことはないけど。

男：じゃあ、他の店を探したほうがよさそうだね。あ、でも、一応今度下見がてら行ってみようよ。

女：それはいいけど、他にもお店の候補、考えと

かないとね。

男の人はどうして以前の居酒屋が好きですか。

① 焼き鳥がおいしかったから
② 内装が変わっているから
③ 居心地がよく値段が高くないから
④ 会社の人のおすすめだから

2）男の人と女の人が話しています。

男：転職しようかと思うんだけど、何かアドバイスとかある？

女：そもそもどうして転職したいのか教えてくれない？理由もわからないままいきなり転職したいって言われても、アドバイスなんて思い浮かばないよ。

男：ああ、そうだよね。上司と反りが合わないなんてこともないし、パワハラだのブラック企業だのっていう問題もないんだ。

女：じゃあ、どうして？

男：実は今の会社の仕事に全く興味がないんだよ。大学の専攻とも全然関係ないし、やりがいを感じることができないんだ。

女：専攻は電子工学だったっけ？まさか出版業界に就職するなんてね。

男：俺は学んできた知識を活かせる仕事がしたいんだ。でも、好きな分野だからって向いているとは限らないし、今の仕事だってやりがいを感じられないだけで、実は向いているかもしれないだろ？そう考えたら、すぐに辞める気にもなれなくて、ずっと悩んでるんだ。

女：なるほどね。向いてるかわからないなら、もう少し今の会社で様子をみてみたらどうかな。もし余裕があったら転職に向けたスキルアップなんかもしながらさ。

男：うん、考えてみるよ、ありがとう。

男の人はどうして転職を考えていますか。

① 上司と仲が悪いから
② ブラック企業だから
③ やりがいを感じないから
④ 自分に向いているから

中国語訳

1）一對男女正在談話。

男：年底的聚餐，真令人期待呢。畢業之後大家都沒有相聚的機會了，彷彿是要辦同學會一樣的心情呢。

女：其實就是小型的同學會呀。話說已經決定好餐廳了嗎？

男：是還沒啦，不過應該還是會在老地方的那間居酒屋吧？那間店氣氛舒服而且也不貴，最適合一群朋友一起聚會了呢。

女：咦，你沒聽說嗎？那間店收了喔。好像變成一間販賣烤雞肉串為主的店。

男：咦，真的假的？烤雞肉串也不壞呀。店裡面如果還是跟居酒屋時期一樣寬敞的話，還是一樣能待很久呀。

女：建築物本體雖然沒有變，但內部裝潢改了很多，好像無法如同往常一樣久坐了呢。不過我也只是聽其他同事說，自己還沒有去看過。

男：看樣子還是去找找其他店家比較好呢。不過也找個時間，再去店裡探探狀況吧。

女：那也是一個方法啦，不過也是要先思考其他可以候補的店。

男生為何喜歡以前的居酒屋呢？
① 因為烤雞肉串很美味
② 因為裝潢很奇特
③ 因為氣氛很好而且不貴
④ 因為公司同事的推薦

2）一對男女正在談話。

男：我在想乾脆換個工作好了，妳有什麼建議嗎？

女：可以先告訴我為什麼想換工作嗎？如果不知道理由，就算你突然跟我說想要換工作，我也提不出什麼好的建議。

男：嗯，也是啦。不是跟上司不合，公司也沒有職場霸凌，也不是黑心企業。

女：那到底為什麼呢？

男：其實是因為我對現在公司的工作完全沒有興趣。而且跟我大學的主修完全無關，所以感覺不到任何意義。

女：印象中你的主修是電子工程吧？沒想到竟然會跑去出版業工作。

男：因為我想從事一份能夠活用所學知識的工作。話說回來，未必喜歡的領域就一定適合自己。現在的工作只是感覺不到意義，但或許是適合自己的吧？當我這麼思考後，就又打消了辭職的念頭，真是不斷地令人苦惱呢。

女：原來如此呀。如果不知道適不適合自己的話，那就再稍微觀察一下公司的情況如何呢。如果有餘力的話，也可以一邊提升自己轉職時所需要的能力。

男：好的，我再想想。謝啦。

男生為什麼思考要換工作呢？
① 因為跟上司處不好
② 因為是黑心企業
③ 因為感覺不到工作意義
④ 因為適合自己

答え　1）③　2）③

日本人とパン

1. ② 說到我老爸，好像又不聽醫生的忠告喝了酒。
2. ① 這裡的街道古色古香、風景優美，是很有名的觀光聖地。
3. ② 我們跟李先生一家有來往。
4. ② 少子化及高齡化一直這樣持續下去的話，日本的未來會變得怎樣呢？
5. ③ 對父母親來說，小孩不管幾歲都是小孩。
6. ① 自己的心理狀態健康，才有餘力給予他人溫暖。
7. ① 如果可以的話，想把那時候的失敗當作沒發生過。
8. ③ 那個政治家失言的狀況不勝枚舉。
9. ③ 最近已經是不出門就可以買東西的時代了。
10. ② 就算是危急的狀況，換個方式思考，也許會變成轉機。

聴解内容

1）男の人と女の人が話しています。

男：ねえ、友達へのお土産以外に、旅行の記念に何か買って帰ろうよ。

女：このキーホルダーなんてどう？これ、お守りみたいなものらしいよ。デザインによってどんな運気が上がるかが違うって。

男：ふーん、どれどれ、赤いのは仕事で成功したい人向けで、持ってるとやる気が出るって。黄色いのは健康運か。緑が恋愛運で、青が

金運だって。何か、色のイメージとは合ってない気がするね。

女：お金持ちになりたかったら青だよね。でも、仕事で成功してもお金が稼げるよね。そっちのほうが充実感のある人生を送れそうな気がするから、私はこっちだな。

男：健康であればこそ、仕事にも恋愛にも全力で打ち込めると思うから、僕はこれかな。お金なら働いて稼げばいいし。

質問1　男の人は何色のキーホルダーを買いますか。
　　　①赤
　　　②黄
　　　③緑
　　　④青

質問2　女の人は何色のキーホルダーを買いますか。
　　　①赤
　　　②黄
　　　③緑
　　　④青

2) 男の人と女の人が話しています。

女：たかしが小学生になったら習い事をさせようと思うんだけど、どうかな？

男：いいと思うよ。俺も小学校の頃は習字教室に通ってたな。中学に入る前にやめちゃったけど。

女：確かに習字を習わせる人は多いみたい。集中力を養うためだって。

男：そうなんだ。そう言えば、俺の周りだとそろばんを習ってるやつもいたな。暗算が得意で羨ましかったよ。

女：英会話なんていいかなと思ってたけど、学校の授業でも実生活でも役に立ちそうだから、そろばんもよさそうよね。

男：英会話か。確かに今の時代、英語が話せるにこしたことはないね。

女：私、何年もスイミングスクールに通ってたんだけど、今にして思えば、水泳って何の役に立つのかわからないんだよね。

男：いやいや、大人はもちろん成長過程の子どもであっても運動は大切だよ。いや、成長過程だからこそと言ったほうがいいかも。たかしにも習わせようか。

女：そうなんだ。じゃあ、そうしましょう。

質問1　男の人は子どもの頃何を習っていましたか。
　　　①習字
　　　②スイミング
　　　③そろばん
　　　④英会話

質問2　2人は子どもに何を習わせることにしましたか。
　　　①習字
　　　②スイミング
　　　③そろばん
　　　④英会話

中国語訳

1) 一對男女正在談話。

男：喂，除了給朋友的伴手禮之外，我們也買些什麼當作旅行的紀念吧。

女：這個鑰匙圈如何呢？這個很像護身符之類的東西哦。據說不同的款式可以提升不同的運氣。

男：我來看看，上面說紅色的是給想要事業成功的人，帶在身上就會有幹勁。黃色的是祈求健康呢。綠色的是祈求戀愛，藍色的是招財。我總覺得跟顏色本身的感覺很不搭耶。

女：想要成為富翁的話要選藍色呀。不過事業有成的話也等於是能賺到錢吧。感覺那樣是比較有充實感的人生，那我選這個囉。

男：我覺得要健康才能全力地投入工作和戀愛，我就選這個吧。錢反正靠工作賺就可以了。

問題1　男生會買什麼顏色的鑰匙圈呢？
　　　①紅色
　　　②黃色
　　　③綠色
　　　④藍色

問題2　女生會買什麼顏色的鑰匙圈呢？
　　　①紅色
　　　②黃色
　　　③綠色
　　　④藍色

2) 一對男女正在談話。

答え　解答

女：等たかし上小學之後我想讓他去學才藝，你覺得如何呢？

男：可以呀。我小學的時候也有去學書法，雖然上國中前就停了。

女：好像真的很多人會讓小孩子去學書法呢。說是可以培養專注力。

男：原來是因為這樣呀。說到這個，當時身旁也有學珠算的朋友呢。我很羨慕他心算很強呢。

女：我覺得英語會話也不錯。但是珠算無論在學校課業或日常生活感覺都很有用，好像不錯呢。

男：英語會話呀。的確現在這個年代，會講英語是再好不過的了。

女：我自己是學了好幾年的游泳。不過現在想想，還是不曉得游泳帶給我什麼樣的幫助。

男：不是這樣說的。大人就不用說了，就算是成長期的孩子，運動還是相當重要的喔。不對，應該要說成長期更需要才是。我們也讓たかし去學吧。

女：這樣啊，那就這麼辦吧。

問題1 男生小時候學的才藝是什麼呢？
　　　① 書法
　　　② 游泳
　　　③ 珠算
　　　④ 英語會話

問題2 他們決定要讓小孩子學什麼才藝呢？
　　　① 書法
　　　② 游泳
　　　③ 珠算
　　　④ 英語會話

答え　1）質問1 ②　　質問2 ①
　　　2）質問1 ①　　質問2 ②

20 にじゅっか

日本人と春

1. ③ 他對繪畫的感受性很好，但技術好像還不夠純熟。

2. ② 在說不上是深夜還是早晨的時間醒了。

3. ① 像這樣沒有依據跟驗證的文章，根本不是論文。

4. ② 他裝成很壞的樣子，但其實很膽小。

5. ① 光是想到他非常沒責任感這件事就覺得煩躁。

6. ③ 就因為她是女性，所以沒有得到公平公正的評判，很不甘心。

7. ① 因為不喜歡沉默，所以怎樣都要講點話。

8. ③ 最近寒意漸緩，已經有春天的氣息。

9. ① 我已厭倦每天在電車上人擠人的生活。

10. ① 身為一個社會人士，必須要有常識跟禮貌。

聴解内容

1）男の人と女の人が話しています。

男：お年玉っていくらあげればいいのかな。就職して10年近く経つけど、今までお年玉をあげる機会なんてなかったのに、今度の正月は10年ぶりくらいに親戚がうちで集まるらしいんだ。

女：子どもの年齢にもよるでしょ。何歳ぐらいの子がいるの。

男：母さんの話だと、小学校の5年生の男の子と3年生の女の子が兄妹で、あと中学2年の女の子が来るらしい。高校2年の男の子の親戚もいるけど、たぶん来ないと思う。

女：小学生の兄妹は1人3000円、中2の女の子は5000円かな。

男：じゃあ、11000円必要だね。

女：あ、もし高校生の子が来たら、5000円か10000円でいいんじゃないかな？

男：じゃあ、もしその子が来たら10000円あげることにするよ。

女：うちの親戚は子どもが多いから、結構大変。去年、小学生だった双子の姉妹が中学生になったし、他にも今中3の子も2人いるの。あと小学校4年生から6年生までが1人ずつ。

質問1 男の人はお年玉をいくら用意しますか。
　　　① 11000円
　　　② 16000円
　　　③ 21000円
　　　④ 26000円

質問2 女の人はお年玉をいくら用意しますか。

① 24000円
② 29000円
③ 31000円
④ 34000円

2) テレビで血液型占いを見ています。

テレビ：今日最も運勢がいいのはB型のあなた。突然アイデアをひらめいたり、思いがけない助っ人が現れたりするかもしれません。万事順調な一日となるでしょう。ラッキーカラーは黄色です。2位はA型のあなた。あなたの意見が周りに受け入れられそうです。積極的に自分の考えを伝えてみましょう。ラッキーカラーは緑です。3位はAB型のあなた。疲れている時の無理は禁物です。適度な休憩をとることで運気も回復するかもしれません。ラッキーカラーは赤です。4位はO型のあなた。口は災いのもとと言います。口を滑らせないように注意してください。ラッキーカラーは青です。

男：うーん、今日は疲れてるし会社を休もうかな。運勢もそんなによくないみたいだし、運気回復のための休憩だと思って。

女：何言ってるの、普段は占いなんてばかばかしいって言ってるくせに。あなたが会社を休むなら、私だって同じ理由で休むわ。

男：同じ理由って何だよ？君の今日の運勢は……、あ、僕のほうがましか。

女：ほら、さっさと準備しないと会社に遅れるよ。

質問1　男の人の血液型は何ですか。
① A型
② B型
③ O型
④ AB型

質問2　女の人の血液型は何ですか。
① A型
② B型
③ O型
④ AB型

中国語訳

1) 一對男女正在談話。

男：壓歲錢要包多少才好呢？雖然出社會工作快 10 年了，但一直都沒有包紅包的機會。聽說這次過年會有 10 年不見的親戚來家裡團聚。

女：要看小朋友的年齡吧。大約是幾歲的孩子呢。

男：聽我媽說，有一對兄妹是小學五年級的男生和三年級的女生，還有一個國中二年級的女孩子會來。有一個親戚是高中二年級的男孩子，但我猜他大概不會來。

女：小學生的兄妹一人 3000 日圓，國中二年級的女孩子 5000 日圓吧。

男：那總共要準備 11000 日圓呢。

女：啊，如果念高中的男孩子有來的話，包 5000 日圓或 10000 日圓應該可以吧。

男：那麼如果那個孩子有來的話，我就包 10000 日圓給他吧。

女：我們家親戚的孩子很多，所以非常棘手。去年讀小學的雙胞胎姐妹升國中了，而且還有另外兩個國三的孩子。再加上小學四年級到六年級各有一個孩子。

問題1　男生要準備多少的壓歲錢呢？
① 11000 日圓
② 16000 日圓
③ 21000 日圓
④ 26000 日圓

問題2　女生要準備多少的壓歲錢呢？
① 24000 日圓
② 29000 日圓
③ 31000 日圓
④ 34000 日圓

2) 正在看電視上的血型運勢。

電視：今天運勢最佳的人是 B 型的你。會突然靈光湧現，或是有意想不到的貴人出現。是個萬事順利的一天。幸運色是黃色。第二名是 A 型的你。你的意見能為周遭的人所採納。試著積極地表達自己的想法吧。幸運色是綠色。第三名是 AB 型的你。最忌諱疲勞時硬撐。適當地休息，運氣也會回升。幸運色是紅色。第四名是 O 型的你。俗話說禍從口出。要留意自己的言詞。幸運色是藍色。

男：嗯，今天好累喔還是跟公司請個假吧。運勢看起來也沒那麼好，就當作是恢復運氣的休息吧。

答え　解答

女：說什麼鬼話，平常明明就說運勢什麼的很愚蠢。如果你要請假的話，我也要用相同理由請假喔。

男：什麼叫相同的理由？看看你今天的運勢…啊，我還比你好一點呀。

女：還敢說，再不快點準備的話上班要遲到囉。

問題1　男生是什麼血型呢？

　　　　① A 型

　　　　② B 型

　　　　③ O型

　　　　④ AB 型

問題2　女生是什麼血型呢？

　　　　① A 型

　　　　② B 型

　　　　③ O型

　　　　④ AB 型

答え　1) 質問1 ③　　質問2 ②

　　　2) 質問1 ④　　質問2 ③

答え（復習）

1～4

1
1）親しむ
2）タイミング
3）とどまら
4）不可欠な
5）改めて
6）こなし
7）おさえる
8）心地良い
9）良好な
10）つぶれ

2
1）であれ
2）とは
3）そばから
4）それまでだ
5）上で
6）にかかわらず
7）であろうと
8）思いきや
9）さることながら
10）ところで

3
1）H
2）G
3）C
4）A
5）J
6）B
7）D
8）E
9）F
10）I

4
1）②　2）①　3）②　4）③

5
聴解内容
1）A：お金はたまったのに、休日がなくて旅行に行こうにも行けないんだ。
　　B：① だったら、一緒に沖縄へ行こうよ。
　　　② そんなに忙しいんだね。
　　　③ へえ、どこへ行ったんですか。
2）A：単語って、覚えたそばから忘れちゃうんだよね。
　　B：① どうやったら覚えられるかな。
　　　② どうしても忘れたいんだね。
　　　③ 思い出は大事にしないと。
3）A：喧嘩して、つい彼女にきついこと言っちゃった。
　　B：① 謝るなら早いにこしたことはないよ。

② こう言っても過言ではないね。
③ お礼に何か買おうよ。
4）A：今から駅に向かったところで、終電には間に合わないよ。
　　B：① じゃ、電車で行くのがいいと思う。
　　　② そうかな、走れば間に合うかも。
　　　③ それなら、切符を買わないと。

中国語訳
1）A：明明錢都存好了，但沒有休假就算想旅行也沒時間去。
　　B：① 要不然我們一起去沖繩吧。
　　　② 原來你那麼忙呀。
　　　③ 這樣呀，那你去了哪？
2）A：單字這種東西，一記起來又會立刻忘記呢。
　　B：① 到底要怎樣才能記得住啊。
　　　② 原來你那麼想忘掉呀。
　　　③ 要好好珍惜回憶才行。
3）A：吵架的時候忍不住對她說出很傷人的話語。
　　B：① 要道歉的話越快越好哦。
　　　② 要這麼說也不為過啦。
　　　③ 買個什麼東西謝謝她吧。
4）A：就算現在趕去車站，也趕不上末班電車囉。
　　B：① 那麼我覺得搭電車去可以。
　　　② 或許吧。可是用跑的說不定還來得及。
　　　③ 那樣的話，就必須買車票了。

答え
1）②　2）①　3）①　4）②

5～8

1
1）リアリティ
2）俊敏な
3）没頭し
4）日帰り
5）楽天的な
6）絶大な
7）養わ
8）ざっと
9）意欲
10）普及する

2

1) あまり
2) どころではない
3) とあって
4) ざるをえない
5) ないことには
6) とはいえ
7) からといって
8) ところをみると
9) ばかりだ
10) からというもの

3

1) 成人になったというものの
2) 現場の状況を見ることなしに
3) 1円たりとも貸してやる
4) 大学で教えるかたわら作家
5) 彼の主張もわからないものでもない
6) 勉強を頑張ってきただけに
7) 何かできるのではあるまいか
8) 調べた限りそんな記録はなかった
9) 指示通りにやればいいものを
10) 嬉しさといったらありはしない

4

1) ①　2) ①　3) ②　4) ②

5

聴解内容

1) 女の人と男の人が話しています。2人が一番ほしかったものは何ですか。

男：見て、1000円以上のレシートを見せれば1回抽選できるって。

女：2枚あるわ。1回ずつ引きましょ。

男：景品は…結構いいね。君は絶対a賞でしょ？

女：うん、当たるといいな。

男：でもあそこ、日本人の観光客ばっかりなんでしょ？そんなところに行くのって、僕にとっては全然魅力的じゃないんだけど。

女：あなた、そんなこと気にするの？私は全然気にしない。日本では味わえない外国の食べ物を食べて、きれいな海を見てのんびりできればそれでいいの。

男：あ、ビール1年分だって。当たったらどうしよう。部屋が狭くて置けないよ。

女：そんな。b賞だって、当たる人、とっても少ないんじゃない？心配しなくても大丈夫よ。

男：c賞は10名様だって。

女：当たるかもね。いろいろ選べるみたい。高級

コーヒーセット、食器か…それはいいやあ。

男：まあまあ、まずは引いてみなくちゃ。100円のお買い物券でもいいんだから。

女：私は…これ！あ〜、私、全然だめなのに。あなたに全部あげるよ。狙ってたの、これでしょ？毎晩家で楽しんで。でも、太らないようにね。

男：すごいね！ありがとう！じゃ、僕はa賞を狙わないと…これだ！ははは、僕、実は苦手なんだ。君にあげるから、おいしいのを入れて楽しんでよ。

女：ありがとう！実はハワイはこの年末に行くのがもともと決まってたの。だからこれが一番ほしかったんだ！

2人が一番ほしかったものは何ですか。

① 女：ア　男：イ
② 女：ウ　男：ア
③ 女：エ　男：イ
④ 女：イ　男：ア

2) 女の人と男の人が話しています。これから男の人が使うものはどれですか。

男：あれ？引越し、月曜日だよね？

女：うん、そうなんだけど…。片付けがなかなか進まなくて。

男：大きいものは運ぶのが大変だと思うけど、まだこんなにあるんだね。どうするの？

女：ベッドとか、この机は大丈夫。明日リサイクル店の人が来てくれることになってるの。高くはならないだろうけど、引き取ってもらえることは引き取ってもらえるから。

男：この本は？いっぱいあるね。

女：あ〜、もらってくれない？

男：もらってもね。リサイクル店って、本はだめなの？

女：明日来てくれる店の人は、本の引き取りはやってませんって。それに、中にいろいろ書いちゃったから、他の店でも、無理かなって。

男：捨てるしかないね。あ、こういう雑誌は妹が読みたがるかも。

女：いいよ、持って帰ってくれると助かる。

男：あ、このくらいの大きさのケース、ほしかったんだ。

女：実はね、この辺りが結構汚れてるんだけど。もしよかったら、持ってってくれると助かるな

292

あ。

これから男の人が使うものはどれですか。

① ケース

② ベッド

③ 雑誌

④ 本

3) 女の人と男の人が話しています。男の人は何を
しなければなりませんか。

男：あ、田中さん。準備、手伝いましょうか。

女：ありがとう。会議の準備よりそのネクタイ、
どうしたの？直したら？それから準備は…プ
ロジェクターとマイクをチェックしてきてく
れる？

男：はい。あ、その書類は？今、持っていきましょ
うか。

女：あー、いいの、これは。ありがとう。

男：そうですか。わかりました。

女：この書類はいいんだけど、この封筒、会議室
に行くついでに、吉田課長のところに届けて
くれないかな。田中から、って言って渡せば
いいから。

男：でも、今日課長はお休みじゃ…デスクに置
いておいてもいいんですか。

女：ああ、そうだった。それならそれはいいわ。

男：はい。

男の人は何をしなければなりませんか。

① 会議に必要なものを持っていく

② 身だしなみを整えて、会議の準備をする

③ 会議の準備をし、封筒を届ける

④ 女の人が持っている資料を、会議室に持って
いく

4) 女の人と男の人が話しています。女の人は今か
ら何をしますか。

男：武田さん、どこか具合でも悪いんですか。青
い顔をして。

女：あ、課長、すみません。何だか朝から体がだ
るいんです。

男：この頃暑くなったり寒くなったりだからかな。
熱は？

女：大丈夫だと思いますよ、ちょっとだるいだけ
ですから。

男：来週からセールも始まるし、来週休まれる
と困るんだよ。うつるのも怖いし。はい、これ。
ちゃんと測って。少しでもあったら今日は

帰っていいからね。しっかり休んで。

女：すみません、心配かけちゃって。そうします。

女の人は今から何をしますか。

① 熱を測る

② 来週まで仕事を休む

③ すぐに家へ帰る

④ 仕事を続ける

中国語訳

1) 一對男女正在談話。他們最想要的獎項是什
麼呢？

男：妳看，只要出示消費一千日圓以上的發
票，就能抽一次獎呢！

女：這有兩張耶。我們各抽一次吧。

男：獎項還蠻優的耶。妳一定想要 A 獎對吧！

女：嗯，希望能抽中呢。

男：不過那個地方都是日籍觀光客對吧？要
去那種地方的話，對我來說沒什麼吸引
力就是了。

女：你會在意那種事嗎？我完全 ok。能嚐嚐
在日本吃不到的外國美食、看看美麗的
海洋、享受悠閒的時光，那就夠了。

男：哇，還有一年份的啤酒耶。如果抽中這
個怎麼辦，房間太小放不下呀。

女：說什麼傻話。就算是 B 獎，抽中的人一
定超少的。不用瞎操心啦。

男：C 獎有 10 個名額耶。

女：這個說不定會抽中耶。選擇似乎很多
樣。有高級咖啡組合、餐具…。可是那
個不太需要。

男：反正先抽看看就知道。就算中個 100 日
圓購物券也是不錯啦。

女：我先抽囉…中了這個！哇…這個不適合
我啦。全部送你，你最想要的不就是這
個嗎？每晚好好在家享受吧。不過，別
不小心發胖哦。

男：很給力耶。謝啦！這樣一來，我非得抽
中 A 獎才行了…結果中了這個，哇哈
哈，這個我不行。反正要送妳，妳就泡
杯美味的咖啡好好享受一下吧。

女：謝謝。其實今年底本來自己就要去夏威
夷了啦。所以我本來最想要的正是這個
呀！

他們最想要的獎項是什麼呢？

293

① 女：ア　男：イ
② 女：ウ　男：ア
③ 女：エ　男：イ
④ 女：イ　男：ア

2) 一對男女正在談話。接下來男生會使用的東西是哪樣呢？

男：咦？週一才要搬家對吧？

女：嗯，是沒錯啦…不過東西一直收不完。

男：我覺得大件物品不適合搬運，沒想到還有這麼多呀。妳打算怎麼處理？

女：床鋪跟這張桌子已經 ok 了。明天會有資源回收的人來拿。雖然說賣不了幾個錢，不過還是能賣就賣吧。

男：那這堆書籍呢？

女：啊～可以送你嗎？

男：就算收了也…。資源回收的店家不收書籍嗎？

女：明天要來收的店員有說他們沒有在處理書籍。況且，也都寫了許多東西在裡面，所以其他店家應該也是沒辦法收。

男：那就只能扔了吧。啊，這類型的雜誌我妹或許會想看。

女：好呀，你能帶回去的話真是幫了我一個大忙。

男：啊，我一直在找這樣大小的盒子呢！

女：其實這一塊蠻髒的耶。當然不介意的話，你願意把他帶走也是幫了我一個忙。

接下來男生會使用的東西是哪樣呢？
① 盒子
② 床鋪
③ 雜誌
④ 書籍

3) 一對男女正在談話。男生必須做什麼呢？

男：啊，田中小姐。我也一起幫忙準備吧。

女：謝謝。比起會議的準備，你那條領帶怎麼回事？不重打一下嗎？至於準備什麼…可以幫我確認一下投影機和麥克風嗎？

男：好的。啊，那份文件呢？我現在送過去吧。

女：這個沒關係。謝啦。

男：這樣呀。我知道了。

女：這份文件是不用啦，不過這個信封，你去會議室的途中可以順便幫我拿去給吉

田課長嗎？跟他說是田中要給他的就行了。

男：不過今天課長休假…不然我先擱在他辦公桌上也行嗎？

女：對齁。那就算了。

男：好哦。

男生必須做什麼呢？
① 送會議需要的資料過去
② 整理儀容，然後進行會議的準備。
③ 做會議準備和送信封
④ 將女生手上的文件送到會議室

4) 一對男女正在談話。女生接著要做什麼呢？

男：武田，妳有哪裡不舒服嗎？臉色發青耶…

女：啊，抱歉課長。不知為何早上就開始全身無力。

男：因為這時期忽冷忽熱的關係吧。有發燒嗎？

女：我覺得沒事啦。就只是覺得累累的。

男：下週要開始促銷活動了，到時候才請假會給大家添麻煩哦。而且傳染出去也很可怕。來，先用這個量一下體溫吧。如果有任何發燒症狀，妳現在可以立刻下班，好好回家休養。

女：很抱歉讓您操心了。就照您說的辦。

女生接著要做什麼呢？
① 測量有沒有發燒
② 請假到下週結束
③ 立刻回家
④ 繼續工作

答え
1) ①　2) ①　3) ②　4) ①

9 ～ 12

1
1) 過剰な　　　　　2) メディア
3) プライベート　　4) ごまかす
5) 模索する　　　　6) 見込ん
7) さぞ　　　　　　8) 心細かっ
9) 左右される　　　10) 縁起

2
1）どころか　　　　　2）てならない
3）なくされた　　　　4）ような
5）してまで　　　　　6）限って
7）なくしては　　　　8）ものだ
9）先立って　　　　　10）なり

3
1）E　　　　　2）B　　　　　3）J
4）G　　　　　5）A　　　　　6）F
7）C　　　　　8）I　　　　　9）D
10）H

4
1）②　2）①　3）②　4）①

5
聴解内容

1）男の人と女の人が話しています。男の人はどうして転職を考えているのですか。

男：実は僕、今の会社は今年いっぱいで辞めようと思ってるんだ。

女：え、知らなかった。そうなんだ。

男：うん。やりがいがないわけでもないし、上司もみんないい人ばかりだから、言い出しにくいんだけどね。

女：そりゃ、そうよね。

男：実は親が病気になっちゃって。

女：そうなんだ。治療費が結構かかるの？それで転職？

男：そこは何とか、大丈夫なんだけど、父さんの店の仕事、今のうちに習っとかなきゃ、と思って。

女：そうだったんだ。大変ね。

男の人はどうして転職を考えているのですか。

① 仕事のやりがいが感じられないから

② 病気の親をみてあげたいから

③ もっとお金が必要だから

④ 父親の店を継ぐから

2）男の人と女の人が話しています。男の人はどうして反対していますか。

男：ここはどうかな？

女：駅から近いの？

男：うん、徒歩5分だって。間取りはこんな感じ。

女：よさそうね。広さもちょうどいいし、日当たりもよさそう、ここにしましょ。

男：あ、でも、だめだよ。見てここ、建ってけっこう経ってるみたい。

女：心配ないんじゃない、ほら、昨年リフォーム済みって書いてあるよ。写真も見てみようよ。うーん…。

男：えーっと、これかな。

女：大丈夫よ。

男：ねえ、急ぎじゃないんだから、決めちゃわないで、もうちょっといろんなところ、見てみようよ。

女：えー、もう見飽きちゃった。写真もきれいそうじゃない、大丈夫よ。

男：写真はそうだけど…。

男の人はどうして反対していますか。

① 不便なところにあるから

② 早く決めたいから

③ 部屋の写真がきれいではないから

④ 古い部屋だから

3）女の人と男の人が話しています。女の人はどんな人が一番苦手だと言っていますか。

男：会議、長かったね。

女：本当。でも、今日はよかった。

男：なかなか熱が入ってたみたいだけど。

女：そうね。いつもは会議って言っても、報告会みたいな感じかな、何も話し合ってなかったの。意見のある人は、意見をひとこと言って、おしまい。

男：え、そうなんだ。

女：みんな仕事があるから時間を合わせるのも難しくて、せっかく集まったのに、これをしました、あれをしますって、報告だけならメールでいいじゃないね。

男：うんうん。僕もそう思う。でも、どうでもいいことを、こと細かく聞いてくる人がいても厄介だと思うけど。あと、話を聞かない人。

女：だけど、話し合うべきことは話し合いたいでしょ。自分の意見を一度も言わない人って、何のために来たの？って思っちゃう。本当によくわからない。

男：そうだね。

女の人はどんな人が苦手だと言っていますか。

① 自分の意見を主張する人

② メールで済ませず会議をしようと言う人

③ 他の人の話を聞こうとしない人

④ 何も意見がない人

4) 男の人と女の人が話しています。女の人はどうしてこの漫画が好きですか。

男：何、漫画？

女：うん、江戸時代のね。

男：へー、歴史を勉強してるんだ。

女：まあ、勉強になるところもあるかな。でも、これはフィクションよ。

男：どんな話？

女：私たちみたいな、普通の人の話。

男：そんなの、おもしろいの？幕府の人が登場するようなのかと思った。

女：そういうのも、読んだことあるよ。国の中心で何が起きてたのかわかるようなの。でもね、今はこういうのほうがいいの。

男：ふーん。じゃ、歴史の勉強にもなって一石二鳥、ってわけではないんだ。

女：うーん、普通の人の話だけど、歴史には沿ってるからね。勉強にもなるよ。でもやっぱり、国の中心で起きてることを、普通の人がどう感じていたか、読んでいるといろいろ想像させられるのよ。

男：それが君はいいんだ。

女：うん、私にとってはね、とってもおもしろいよ。

女の人はどうしてこの漫画が好きですか。

① 当時の人の考え方を自分も考えられるから

② 漫画を読むことで、歴史の勉強ができるから

③ 当時の幕府の動きを知ることができるから

④ フィクションだから

中国語訳

1) 一對男女正在談話。男生為何要考慮換工作呢？

男：說實話，我一直在考慮今年年底辭職。

女：這樣呀，沒聽你提過呢。原來如此。

男：是呀。並不是這份工作沒有意義，而且上司跟同事人也都很好，所以才遲遲不敢遞辭呈。

女：這麼說也的確如此呢。

男：說實話是爸媽生病的關係。

女：這樣呀。需要龐大的治療費用，所以才要換工作嗎？

男：這倒是還好。只是覺得必須趁現在，好好把我爸店裡的工作先學好。

女：那還真是辛苦呢。

男生為何要考慮換工作呢？

① 無法感受到這份工作的意義

② 要照顧生病的父母

③ 需要更多的金錢

④ 因為要繼承父親的店

2) 一對男女正在談話。男生為何要反對呢？

男：覺得這裡如何呀？

女：離車站近嗎？

男：嗯，聽說走路五分鐘就到。格局大概是這樣。

女：看起來真不錯呢。坪數也剛好，日照也感覺不錯，那就選這吧。

男：啊，不過不行。妳看這裡，屋齡似乎已經很老了。

女：沒必要擔心那個啦，你看，這邊有寫去年才剛重新整修呀。我們也看看照片吧。嗯…

男：照片嘛…是這個嗎？

女：看起來很 ok 呀。

男：反正又不急，先別太早下決定嘛，我們再去多看看其他物件吧。

女：什麼嘛，我已經看膩了。照片不是也很漂亮嘛，可以了啦。

男：照片看起來是漂亮沒錯啦…

男生為何要反對呢？

① 因為物件的位置不便利

② 因為想要早點決定

③ 因為房間的照片不漂亮

④ 因為房間很舊

3) 一對男女正在談話。女生認為哪種人是最難相處的呢？

男：剛剛的會議開得還真久。

女：真的。不過今天成果不錯。

男：感覺討論相當熱烈呢。

女：是呀。平常雖說是開會，但比較像是在報告，都沒有相互交換意見。有意見的人也只是簡單交待一下就草草結束了。

男：喔，是這樣啊。

女：大家都有各自的工作要忙，要喬出彼此時間是蠻困難的，所以既然都聚在一起了，如果只是報告自己做了什麼，接下

來要做什麼之類的事項，那不如傳郵件聯絡就好了。

男：沒錯沒錯，我也那麼覺得。不過遇到不需要討論的小事卻要問到底的人，也會覺得很棘手。還有就是不專心聽人講話的人。

女：話雖如此，有需要討論的事情還是會想跟大家討論不是嗎？我不禁覺得完全不說出自己想法的人，到底為什麼要來開會呢？真搞不懂這種人。

男：是呀。

女生認為哪種人是最難相處的呢？
① 堅持自己意見的人
② 不傳郵件要開會討論的人
③ 不願意聆聽他人意見的人
④ 完全沒有意見的人

4) 一對男女正在談話。女生為何喜歡這本漫畫呢？

男：那是什麼東西，漫畫嗎？

女：嗯，江戶時代的。

男：這樣呀，原來妳在研究歷史呀。

女：也可以這麼說啦，多少有學到一些。不過，這是虛構的故事。

男：是在描述什麼呢？

女：像我們這樣，一般老百姓的故事。

男：那樣的漫畫，有趣嗎？我還以為會有幕府的人物登場呢。

女：那種題材的我也看過哦。可以了解到國家的中心發生過的歷史。不過現在的我比較喜歡這種題材的。

男：如果是這樣，它就不是那種可以同時學歷史、一舉兩得的漫畫囉。

女：這個嘛，雖然是平民百姓的故事，但都有依照歷史，所以還是有學到東西呀。不過當然更重要的是，閱讀的時候可以讓我去想像，平民百姓對於國家中心所發生的事件，會有著怎樣的感受。

男：妳覺得那樣很棒就是。

女：是呀，對我來說非常有趣哦。

女性為何喜歡這本漫畫呢？
① 因為自己也能思考到那個時候人們的想法
② 因為可以用閱讀漫畫來學習歷史
③ 因為可以知道當時幕府的動向
④ 因為是虛構的故事情節

答え
1) ④　2) ④　3) ④　4) ①

13～16

1
1) 手軽に
2) 独占し
3) 憧れ
4) 斬新な
5) 極端な
6) 鮮やかな
7) 取り戻し
8) 噂話
9) 和らげる
10) 紛らわせる

2
1) 応じて
2) つつも
3) ほしいものだ
4) かかわらず
5) 限りは
6) 基づいて
7) までして
8) ようとも
9) くせして
10) 限りに

3
1) 現実に即して考えなければ
2) 誰からともなく
3) 1人でもできると言ってしまった手前
4) 日本を皮切りとして
5) 解決する方法はないものか
6) 腹が張り裂けんばかりに食べた
7) 費やすに足るものだろうか
8) 資格を持っていようがいまいが関係ない
9) 実家の仕事を継ぐまでのことだ
10) その洞窟は入ったが最後

4
1) ①　2) ②　3) ④　4) ③

5
聴解内容
1) 女の人が商品の宣伝方法について新入社員に説明しています。

商品の宣伝と言っても、いろいろです。まずは電話で直接、一般の消費者に宣伝を行う場合。朝晩は何かと忙しく、しっかりと我々の話に耳を傾けていただけないことも多いので、昼過ぎ

がいいでしょう。

では、一般企業に商品を売り込む場合はどうでしょうか。先ほどと同じように、何かと忙しい週明けの月曜日や、給料日の前後、年末の決算期などは避けたほうが賢明でしょう。また、言うまでもありませんが、土日は社員の方が不在ですので、これもいけません。

宣伝対象がどこの誰であれ、相手のことをよく考えて宣伝活動を行うことが何より重要です。女の人は宣伝活動の何について説明しましたか。

① 宣伝する相手
② 宣伝するポイント
③ 宣伝するタイミング
④ 宣伝したときの相手の反応

2) 母親と子どもがバスの中で話しています。

男：あー、ねえ、本当に行かなきゃだめ？
女：当たり前でしょ。
男：嫌だなあ。
女：もう、まだ言ってるの？先生は鬼ってわけじゃないのよ。あなたのことをよく考えてくれる、いい方じゃない。
男：だってちょっと怖いもん。ちょっと痛いし。
女：それはあなたのせいでしょ。先週先生が仰った通りにしなかったから。いつも、忘れちゃった、忘れちゃった、って言って、そのまま寝ちゃうんだもん。
男：お母さんは嫌じゃなかったの？小さいとき。
女：嫌じゃなかったって言うか、お母さん実は、子どもの頃は行ったことがなかったよ。
男：えー、すごい。
女：すごくない！おじいちゃんとおばあちゃんはね、甘いものなんて全然食べさせてくれなかったから。
男：じゃ、僕がこうなったのはお母さんのせいだ！
女：何言ってるのよ！自分のせいよ。さ、あの信号を渡ったら着くわよ。

2人は今どこに向かっていますか。

① 学校
② 歯科医院
③ 料理教室
④ 学習塾

3) 上司と部下が電話で話しています。

男：もしもし、吉田さん、鈴木です。久しぶり。
女：鈴木さん、お久しぶりです。
男：赤ちゃんとの生活はどう？
女：いろいろ大変ですが、何とか。
男：そう。吉田さん、会社に戻るのは来年の4月の予定だったよね？
女：ええ、その予定ですが。
男：実は、最近、ちょっと人手不足でね。仕事がわかってる人のほうがいいし、吉田さんならその点、何も問題ないでしょ？だからもし1月から戻れるようなら、どうかな、と思って。
女：そうでしたか。
男：もちろん、いきなりフルタイムってわけにはいかないのはよくわかってるから、その辺は柔軟に対応するよ。考えてみてくれない？
女：そういうことでしたら…。
男：じゃ、急で悪いんだけど、今週中に返事、もらえるかな？
女：ええ。

上司は部下にどんなお願いをしましたか。

① 1月から今まで通り毎日働いてほしい
② 今週中に仕事を辞めるかどうか教えてほしい
③ 早めに会社に戻ってほしい
④ 人が足りないので仕事がわかる人を探してほしい

中国語訳

1) 女生正對新進員工說明商品的宣傳方式。

說到商品宣傳，有各種不同的方式。首先是透過電話直接打給消費者進行宣傳。早晚的時段因為比較繁忙，客戶大多沒有耐心聽我們說話，中午過後的時段應該比較適合。

那麼，如果是要銷售給一般企業的時候該怎麼做呢？就像我剛剛說的，要避開休假剛結束的忙碌週一、發薪日的前後以及年底結算的時期，這才是正確的。再者，相信大家都知道，週六、週日員工都放假，所以這時段也不行。

無論銷售的目標身份為何，仔細衡量對方狀況再進行宣傳活動才是最重要的。

關於宣傳活動，女生做了什麼說明呢？

① 宣傳的對象
② 宣傳的重點
③ 宣傳的時機
④ 宣傳時對方的反應

2）一對母子在公車上談話。

男：喂，真的一定得去嗎？

女：這是當然的呀。

男：好煩哦。

女：怎麼還在抱怨呢？醫生又不是妖魔鬼怪，他是會替你著想的好人哦。

男：可是人家就是害怕嘛。而且會有點痛。

女：那要怪你自己啊。你上禮拜不好好聽醫生的話，總是嚷嚷忘了忘了就直接跑去睡覺，不是嗎？

男：媽媽妳不會很討厭嗎？當妳還小的時候。

女：與其說不會覺得討厭，應該要說媽媽小時候其實沒去過哦。

男：天哪，好厲害。

女：才不呢。是因為爺爺奶奶都不給媽媽吃甜食的關係啦。

男：那我變這樣就是媽媽妳害的！

女：你說這什麼話！你自己造成的啦。好了，過了前面那個紅綠燈就到囉。

他們現在正要往哪兒去呢？

① 學校

② 牙醫診所

③ 料理教室

④ 補習班

3）上司與部下在通電話。

男：喂喂，吉田嗎？我是鈴木。好久不見了。

女：鈴木，好久不見了。

男：和寶寶的生活過得如何呀？

女：壓力很大呢，但勉強過得去。

男：這樣呀。吉田原本預定明年四月要復職對吧？

女：是的，預定是如此。

男：其實，最近因為人手不足的關係，而且考量到原本就熟悉工作的人會比較好，想說如果由妳來做的話一定沒問題的，對吧？所以，如果要妳從一月開始回來上班的話，覺得如何呢？

女：原來是因為這樣呀。

男：當然不可能立刻要求妳回來做全職的工作，這一點是有調整空間的。怎麼樣？妳願意考慮看看嗎？

女：如果真是如此的話…。

男：這麼臨時真不好意思，不過，能否在這週內給我答覆呢？

女：好的。

上司對部下提出怎樣的請求呢？

① 希望部下從一月開始一如往常每天上班

② 希望部下在本週告訴自己是否要辭職

③ 希望部下儘早返回職場

④ 人手不足的關係，所以希望部下幫忙找適合的人選

答え

1）③　2）②　3）③

17 ～ 20

1

1）過言　　　　　2）陰謀

3）持ち前　　　　4）苛まれ

5）寄せ集め　　　6）勤勉な

7）速やかに　　　8）分厚い

9）復興　　　　　10）ベース

2

1）したら　　　　2）ないように

3）となると　　　4）を経て

5）ものとして　　6）つつ

7）よう　　　　　8）にせよ

9）こそ　　　　　10）とも

3

1）A　　　2）E　　　3）D

4）F　　　5）G　　　6）J

7）B　　　8）C　　　9）Ｉ

10）H

4

1）③　2）①　3）③　4）④

5

聴解内容

1）男の人と女の人が話しています。

女：ええ、一般中国語会話のコースですね。月曜日と水曜日の6時から8時までのコース、それから火曜日と木曜日の7時から9時までのコースがありますが。

男：授業の内容は同じですか。

女：ええ、進み方は多少ずれることもありますが、コース全体で勉強する内容は変わりません。

男：授業料も？

女：ええ、もちろん。

男：一般中国語会話のコースは週2回のものしかないんですね？どうしようかな…。

女：週1回のコースもございますよ。教師とマンツーマン、もしくは1対2のコースです。1対2のコースは同僚やご家族とご一緒にお申し込みいただいてもかまいませんし、こちらでレベルの合う学生さんをご紹介することもできます。

男：料金のほうは？

女：少々、お高くなります。週2回のコースは1回2時間、全部で30回、5万9800円ですが、マンツーマンのコースは10回で2万5000円です。1回は1時間です。

男：そうですか。マンツーマンコースの曜日と時間は？

女：マンツーマンのコースですと、時間や曜日は自由にお決めいただけますよ。

男：僕、残業や出張はいつあるかわからないし、事前に授業をお願いしていても取り消し、ってことになっちゃう可能性もあるんですが…。

女：キャンセル料は授業当日の午前中まででしたらかかりませんよ。

男：そうなんですね。それはいいなあ。

女：ええ、忙しいサラリーマンの方にご好評いただいています。

男：あ、でも、自由に決められるとなると、だんだん面倒になって、コースの途中で諦めてしまうかもしれないので…。やっぱり毎週7時に来ることにします。よろしく。

男の人はどのコースに申し込むことにしましたか。

① 月曜日と水曜日のコース
② 火曜日と木曜日のコース
③ マンツーマンのコース
④ 1対2のコース

2）不動産屋で父親と娘が話を聞いています。

不動産屋：文化大学へのご入学、おめでとうございます。しかしながら、うちの学生向け物件は残りが僅かとなっております。まずはこちらのコーポ東山。3階と5階のお部屋です。家賃は5万8千円です。こちらはセキュリティーが非常にしっかりとしたお部屋ですので、お嬢様にお薦めですよ。入り口は二重ロック、窓は防犯用の強化ガラスを使用しております。また、文化大学の学生専用ですので、その点もお父様にとっては安心材料になるのではないでしょうか。次にご紹介するのは竹村ハイツです。5階の一番奥のお部屋とこの真ん中のお部屋でして、他のお部屋よりも広々としておりますし、こちらの奥のお部屋ですと、何より日当たりと見晴らしが自慢です。こちらのお家賃は5万3千円でございます。

男：家を探すのが遅すぎたみたいだね。今はこの2つしか残ってないんだ。どうする？

女：竹村ハイツ、いいなあ。この部屋からの見晴らしなんて、最高。あの、セキュリティーは？

不動産屋：窓は一般的なガラスですが、入り口は同じく二重ロックですよ。

男：あれ？この物件、エレベーターがないんですか。

不動産屋：そうなんです。それで、こんなに広いのにこのお家賃なんですよ。

男：じゃ、やめておいたほうがいいね。

女：大丈夫よ、私。スポーツはしないけど、階段ぐらいのぼれる。

男：そうかなあ。お、それにここ、前は大竹通りなんだ。やめておけよ。大竹通りって、さっき通ってきたところだよ。あんなに車が多い通りの前だと、夜もうるさいんじゃないかな。

女：でも、5階だよ？そんなにうるさいかな？

男：まあ、それは見に行ってみればわかるか。とにかく父さんはセキュリティーがよりしっかりしたところのほうが安心だけど。あ、でもこっちもエレベーター、ないんだ。低い階の部屋ならいいけど…。あの、この2つ、今から見に行けますか。

不動産屋：ええ、もちろんです。

問題1　女の人はどの部屋がいいと言っていますか。
　　　① コーポ東山の3階の部屋
　　　② コーポ東山の5階の部屋
　　　③ 竹村ハイツの一番奥の部屋
　　　④ 竹村ハイツの真ん中の部屋
問題2　男の人はどの部屋がいいと言っていますか。
　　　① コーポ東山の3階の部屋
　　　② コーポ東山の5階の部屋
　　　③ 竹村ハイツの一番奥の部屋
　　　④ 竹村ハイツの真ん中の部屋

中国語訳

1) 一對男女正在談話。

女：嗯，中文生活會話課程是嗎？我們有一三的六點到八點以及二四的七點到九點的課程…

男：是一樣的上課內容嗎？

女：是的，偶爾進度上的快慢會有些微差距，但整體課程的學習內容是相同的。

男：學費也是嗎？

女：嗯，當然了。

男：中文生活會話課程只有一週兩次的模式啊。讓我想想…

女：也有一週一次的課程哦。與老師一對一，或者一對二的模式。一對二的話，您可以跟同事或家人一起報名，也可以由補習班這邊安排相同能力的同學一起上課。

男：費用的話是多少呢？

女：會稍微貴一些。一週兩次的課程是每次上2小時、三十堂共五萬九千八百日圓。不過，一對一課程是十堂兩萬五千日圓，每堂一小時。

男：這樣啊。一對一課程是禮拜幾的幾點上課呢。

女：一對一課程的話，上課時間和禮拜幾您都可以自由選擇哦。

男：因為我需要臨時加班或出差，所以即使預約了上課時間也有取消的可能性…

女：如果是在上課日的中午前取消的話，是不用扣違約金的哦。

男：原來如此呀。那很方便耶。

女：是呀，這制度深受忙碌的上班族歡迎呢。

男：啊，但，如果可以自由選擇的話，怕上一上就開始覺得麻煩，搞不好就半途而廢…所以，我還是決定每週七點過來上課好了。再麻煩了。

男生決定要報名哪個課程呢？
① 一三的課程
② 二四的課程
③ 一對一的課程
④ 一對二的課程

2) 父親與女兒在房仲門市聽說明。

房仲：恭喜您來讀文化大學。遺憾的是，我們店裡適合學生的物件僅剩下這些了。首先是這間コーポ東山，有三樓和五樓的房間，房租五萬八千日圓，房間的保全設施非常完備，推薦給令千金參考。入口有雙重門鎖，窗戶是使用防盜用的強化玻璃。再加上只提供給文化大學學生租用，相信這一點對身為父親的您來說也會是令人安心的部分。接下來要介紹的是竹村ハイツ。五樓最裡面的房間與這個正中央的房間，比其他房間更寬敞。而且，五樓最裡面這間最棒的是日照和看出去的視野。房租是五萬三千日圓。

男：我們好像太晚開始找房子了。現在只剩這兩間，妳打算如何呢？

女：竹村ハイツ感覺不賴。這房間看出去的景色是最棒的。請問保全設施如何呢？

房仲：窗戶雖然是一般材質的玻璃，但入口一樣有雙重門鎖哦。

男：咦？這個物件沒有電梯是嗎？

房仲：是的。也因此這麼大的坪數房租會是這個價格。

男：那還是先算了吧。

女：沒關係啦。我是沒在運動沒錯，但樓梯這種還是爬得上去。

男：這樣呀。咦，對面是大竹路啊。妳還是算了吧。大竹路是剛剛我們經過那條哦。座落在車潮擁擠的馬路前面，晚上豈不就吵得不得了？

女：但房間在五樓不是？會那麼吵嗎？

男：總之我們去看看就知道。爸爸認為安全設備確實的地方我會比較安心。哎呀，

答え　複習解答

不過這間也沒電梯啊！如果是低樓層的
房間是還可以啦…。這個嘛，請問我們
現在方便過去看這兩間房嗎？

房仲：嗯，當然歡迎。

問題1　女生覺得哪個房間好呢？
　　　　① コーポ東山三樓的房間
　　　　② コーポ東山五樓的房間
　　　　③ 竹村ハイツ最裡面的房間
　　　　④ 竹村ハイツ正中央的房間

問題2　男生覺得哪個房間好呢？
　　　　① コーポ東山三樓的房間
　　　　② コーポ東山五樓的房間
　　　　③ 竹村ハイツ最裡面的房間
　　　　④ 竹村ハイツ正中央的房間

答え

1) ②

2) 問題1　③　　問題2　①

一緒に頑張りましょう！

作　　　者／王可樂日語
圖 文 版 型／必思維品牌顧問公司

總 策 劃／王頂倨
營 運 統 籌／林嫩筑
主　　　筆／王可樂日語
網 路 行 銷／王可樂日語
執 行 策 劃／吳銘祥
專 業 校 對／王可樂日語
中 文 翻 譯／謝如欣、黃士哲

責 任 編 輯／李寶怡、張華承
美 術 編 輯／張靜怡
封 面 協 作／廖又頤
總 編 輯／賈俊國
副 總 編 輯／蘇士尹
編 輯／高懿萩
行 銷 企 畫／張莉滎、蕭羽猜

發 行 人／何飛鵬
法 律 顧 問／元禾法律事務所王子文律師
出 版／布克文化出版事業部
　　　　　台北市中山區民生東路二段 141 號 8 樓
　　　　　電話：(02) 2500-7008　傳真：(02) 2502-7676
　　　　　Email：sbooker.service@cite.com.tw

發 行／英屬蓋曼群島商家庭傳媒股份有限公司城邦分公司
　　　　　台北市中山區民生東路二段 141 號 2 樓
　　　　　書虫客服服務專線：(02) 2500-7718；2500-7719
　　　　　24 小時傳真專線：(02) 2500-1990；2500-1991
　　　　　劃撥帳號：19863813；戶名：書虫股份有限公司
　　　　　讀者服務信箱：service@readingclub.com.tw

香港發行所／城邦 (香港) 出版集團有限公司
　　　　　香港灣仔駱克道 193 號東超商業中心 1 樓
　　　　　電話：+852-2508-6231　傳真：+852-2578-9337
　　　　　Email：hkcite@biznetvigator.com

馬新發行所／城邦 (馬新) 出版集團 Cité (M) Sdn. Bhd.
　　　　　41, Jalan Radin Anum, Bandar Baru Sri Petaling,
　　　　　57000 Kuala Lumpur, Malaysia
　　　　　電話：+603-9057-8822　傳真：+603-9057-6622
　　　　　Email：cite@cite.com.my

印 刷／凱林彩印股份有限公司
初 版／2021 年 3 月　初版 2 刷 2021 年 4 月
售 價／NT620 元
I S B N／978-986-5405-97-7
E I S B N／978-986-5568-41-2(EPUB)